Esther Koch

Das Erbe der Väter

Roman

Bibliografische Information der Deutschen Nationalbibliothek:
Die Deutsche Nationalbibliothek verzeichnet diese Publikation in
der Deutschen Nationalbibliografie; detaillierte bibliografische Daten sind im Internet über http://dnb.dnb.de abrufbar.

Covergestaltung: © Tom Jay – www.tomjay.de
Foto: © Semen Barkovskiy – Fotolia.com

Handlungen und Namen sind frei erfunden. Etwaige Ähnlichkeiten
mit lebenden oder verstorbenen Personen sind rein zufällig und
nicht beabsichtigt.

Herstellung und Verlag
BoD – Books on Demand, Norderstedt

ISBN: 978-3-7504-0905-7

Für Mama und Papa, Oma und Uroma.

Und für all jene, die ich nicht kennenlernen durfte.

Schmerzen! Mein Kopf. Gesicht wie tausend Nadeln. Ich atme noch. Es tut weh. Es tut gut, ich atme. Meine Finger ... ich kann sie bewegen. Ich greife ... scharfe Steinchen. Und Sand ... Erde. Weiche, feuchte Fasern. Meine Beine. Ich kann sie bewegen. Kalt. Ich friere. Warum bin ich ... meine Kleidung ist nass. Ich höre, fühle ... Wasser.

Dunkel. Augen öffnen. Es geht. Es ist immer noch dunkel. Ich kann den Kopf heben, mich aufstützen. Ich sehe Bewegung. Zweige. Sträucher. Bäume. Dort oben ... schwarze Zweige vor dunkelblauem Himmel. Der Wind bewegt sie. Nacht. Kalt. Ich ... schaffe es ... mich aufzusetzen. Wasser. Ich war im Wasser. Warum? Warum der Schmerz? Gewitter im Kopf. Schraubstock am Schädel. Meine Augen brennen. Warum sitze ich hier in der Nacht, nass, mit Schmerzen? Ich muss ... aufstehen. Langsam. Ich ... stehe ... meine Beine gehorchen mir. Diese Kopfschmerzen! Ich muss vom Wasser weg. Einen Fuß vor den anderen setzen. Wo bin ich? Unwichtig. Ich gehe. Zu den schwarzen Bäumen dort. Vor mir. Über mir. Ich muss klettern. Meine Füße rutschen. Ich halte mich fest und ziehe mich hinauf. Nicht nach unten schauen. Sonst wird der Schmerz schlimmer. Über mir, die Bäume.

Mir ist übel. Ich muss mich ausruhen. Dann weiter. Ich bin oben, lehne mich an den Baumstamm. Raue Rinde an meinen Händen. Sicherheit. Ich ruhe mich aus. Immer noch

Schmerzen. Was ist nur geschehen? Alles dreht sich. Meine Beine geben nach. Ich klammere mich an den Baum, um nicht zu fallen. Ich will nicht wieder hinunter zum Wasser. Aber ich bin schon auf den Knien. Ich setze mich hin, lehne mich fest gegen den Stamm. Vielleicht kann ich den Schmerz in die Rinde drücken. Ich bin müde. Darf ich schlafen? Oder wache ich dann nicht mehr auf? Gleichgültig. Ich weiß ohnehin nicht …. Wer ich bin. Wo ich bin. Was passiert ist. Die Schwärze. Schlaf. Ja. Ich will schlafen. Bis der Schmerz vorbei ist. Lange … schlafen.

Kapitel 1

Tante Lenis Erbe

„Ich glaube, wenn Menschen Dinge besitzen
und sie die Welt eines Tages verlassen,
dann bleibt etwas von ihrem Wesen
an den Stücken zurück. Wie Fingerabdrücke."
- Anna Crowe, The Sixth Sense (1999)

Felix Leonhardt klappte den Blitz seines Fotoapparates zu, bevor er ihn in die gepolsterte Tasche zurücklegte. Mit dem Handrücken strich er sich die dunklen Haare aus der Stirn und blickte sich um.

Der weitläufige, niedrige Kellerraum, in dem er sich befand, war trocken, die Wände weiß verputzt, und die LED-Röhren an der Decke versorgten auch den letzten Winkel mit kaltem Licht.

Dr. Christian Frankenberger, Felix' Freund aus Kindertagen, hatte den kleinen Bungalow am Rande des Südschwarzwalds in Waldshut-Tiengen, im Wohngebiet unterhalb des Vitibuck, einige Jahre zuvor gekauft.

„Was willst du denn mit diesem Riesenkeller anfangen?", hatte Felix bei der ersten Besichtigung seinen Freund gefragt.

„Partykeller," hatte Christian lapidar geantwortet. *„Oder ich stelle hier unten einen OP-Tisch auf und mache meine eigenen kleinen ... Experimente."*

„Dann musst du aber noch Schallschutz anbringen, Herr Doktor. Damit die Schreie die Nachbarn nicht stören," hatte Felix entgegnet. *„Oder willst Du aus Frankenberger Frankenstein machen?"*

„Ha ha, sehr witzig."

„Was denn? Du hast angefangen."

Felix lächelte und schüttelte den Kopf, um die Erinnerung zu vertreiben. Bis vor wenigen Tagen war, entgegen aller Partykeller- und Frankenstein-Pläne, der Kellerraum fast völlig leer gewesen. Natürlich bis auf die üblichen Umzugskartons der Kategorie *Die-räume-ich-später-irgendwann-mal-aus.*

Jetzt allerdings standen, lagen und lehnten auf der gesamten Fläche verteilt die Erbstücke von Christians kürzlich verstorbener Großtante Helene, der Schwester seines Großvaters.

Felix wandte sich seinem Laptop zu, das er auf einer Kommode aus Eichenholz abgestellt hatte. Zeilen und Spalten voller Zahlen, Stichwörter und Bemerkungen füllten die geöffnete Datei. Beschreibungen und Maßangaben von Vasen, Kandelabern, Schatullen, Statuetten, kleineren und größeren Gemälden in hölzernen Rahmen, aber auch von einer ganzen Anzahl an größeren und kleineren Möbelstücken.

Er nahm seinen aufgeklappten Laptop in beide Hände und drehte sich damit langsam einmal um sich selbst, um zu prüfen, ob er auch wirklich alles erfasst hatte. Vorsichtig schritt er dann, den Computer auf den linken Unterarm balancierend und mit der Hand stützend, zwischen den Möbelstücken hindurch und warf gelegentlich einen Blick in seine Aufzeichnungen.

Im Vorbeigehen strich er mit der rechten Hand liebevoll über den einen oder anderen Gegenstand.

Felix liebte diese Tätigkeit, den Kontakt mit Dingen, die so unglaubliche, alte Geschichten zu erzählen wüssten, wenn sie es nur könnten.

Immer wenn er von Kollegen, Freunden oder Bekannten gebeten oder von diesen an Dritte weiterempfohlen wurde, ein schönes altes Erb-, Erinnerungs- oder Fundstück zu betrachten und zu schätzen, war es für Felix wie eine Reise in die Vergangenheit. Manchmal berührte er ein solches Stück und stellte sich vor, die Gedanken und Empfindungen der Personen nachvollziehen zu können, die es mit Liebe, Fantasie und Geschick hergestellt, verziert oder endbearbeitet hatten.

Hin und wieder schloss er dann für einige Momente die Augen und konnte die Werkstatt des Künstlers vor sich sehen, das frische Holz riechen. Er spürte die Hitze des Feuers in einer Schmiedewerkstatt und das warme Blut, das nach einer unbedachten Handhabung des Werkzeugs aus einer Wunde auf das Werkstück getropft war.

Er konnte die Tränen auf den Wangen des Lehrbuben schmecken, der aus irgendeinem Grund eine saftige Maulschelle vom Meister bekommen hatte.

Dann kam es ihm so vor, als seien es seine eigenen Tränen, die zu weinen er sich immer versagt hatte, trotz des tyrannischen Verbotes seines Vaters, seinen Wunschberuf erlernen zu dürfen. Wie gerne hätte er mittlerweile eine eigene Antiquitätenhandlung, vielleicht mit einer kleinen Holzwerkstatt besessen, anstatt anderen Leuten mehr oder weniger wertvolle Immobilien anzudrehen.

Wie sehr er es doch hasste, den reichen Klienten und seinem geldgierigen Chef, in dessen Unternehmen ihn sein Vater großzügig hineingebracht hatte, nach dem Mund reden zu müssen.

Aber er hatte dieses Theater bereits lange und erfolgreich genug durchgehalten, um mittlerweile Junior-Partner zu sein. Das ermöglichte ihm die Abgabe mancher Aufträge an zuverlässige Subunternehmer und die etwas freiere Einteilung seiner Zeit, sodass mehr davon für sein geliebtes Hobby übrig blieb, das er mit mehr Leidenschaft ausübte als seinen Beruf, und das ihm auch die eine oder andere nicht zu verachtende Provision bei erfolgreichen Auktionen und Verkäufen einbrachte.

Dieses Mal war Felix von seinem Freund Christian gebeten worden, den hinterlassenen Besitz seiner Großtante Helene zu schätzen, zu katalogisieren und – idealerweise – für gutes Geld zu veräußern. Manches würde Christian natürlich selbst behalten. Er hatte die alte Dame sehr gemocht und in den letzten Tagen unter den Dingen in seinem Keller einige Erinnerungsstücke ausgesucht und teilweise schon in seinen Wohnräumen untergebracht.

Felix hatte ihm dabei geholfen und sich bei jedem einzelnen Teil anhören dürfen, wo es in Helenes altem Häuschen in Freiburg gestanden hatte. Und sogar, welchen Platz es in ihrer letzten Residenz hatte. Dabei hatte Felix Helene selber einige Male mit Christian zusammen in beiden Wohnungen besucht und dort auch einige Stücke bewundern dürfen.

Außerdem hatte Helene einen guten Geschmack gehabt, für den sie von vielen Leuten bewundert worden war.

Zumindest bis zu dem Zeitpunkt, als Christians Großonkel Walter irgendwann spurlos verschwunden war.

Danach, so schien es, hatte auch ihr Interesse an neuen materiellen Dingen nachgelassen, denn kaum eines der Objekte, die sie hinterlassen hatte, konnte nach dem zweiten Weltkrieg entstanden sein.

Eines der Möbelstücke hatte Felix heute mit besonderer Aufmerksamkeit untersucht und katalogisiert. Es war eine sehr gut erhaltene alte Truhe, etwa einen Meter zwanzig lang, etwas mehr als einen halben Meter breit und achtzig Zentimeter hoch, mit gewölbtem Deckel und feinen Intarsien, vermutlich Nussbaum und Ahornwurzel. Form, Stilelemente und Verarbeitung ließen ihn das gute Stück auf ein Alter von ungefähr 250 Jahren schätzen.

Unglücklicherweise stellte die schöne Truhe Felix und Christian vor ein Problem. Sie war verschlossen und der Schlüssel schien nicht auffindbar zu sein.

Felix betrachtete die Truhe mit glänzenden Augen. Er hätte den ganzen restlichen Tag dort verbringen und das Meisterwerk von allen Seiten bewundern können. Es war nicht das Gefühl, dieses exzellent gearbeitete Stück besitzen zu wollen, das ihn fesselte. Ihm genügte es, sie ansehen zu dürfen. Zwar hatte er sich einige Male dabei ertappt, wie er überlegte, die Truhe selber von seinem Freund Christian zu erwerben, aber er war sicher, dass ein Auktionshaus einen Preis erzielen würde, der sich außerhalb von Felix' finanzieller Leistbarkeit befand. Christian selbst würde ihm das Schmuckstück sicher für einen Spottpreis abtreten. Aber allein der Gedanke, seinen Freund um ein kleines Vermögen zu bringen, kam Felix wie Betrug vor.

Zunächst mussten sie ohnehin einen Weg finden, die Truhe zu öffnen, bevor sie sie zum Verkauf anbieten konnten.

Felix fuhr sich mit der Hand durch die Haare und überlegte einen Moment. Dann holte er seine Kamera aus der
Fototasche. Er überprüfte die Einstellungen, kniete sich vor
die Truhe und machte ein paar Nahaufnahmen vom metal-
lenen Schloss der Truhe. Anschließend holte er einen kleinen Messschieber aus dem Aktenkoffer, der aufgeklappt
auf der untersten Kellerstufe lag, und notierte sämtliche er-
mittelten Innen- und Außenmaße des Schlosses in seinem
Computer.

Die Kamera wanderte in ihre Tasche zurück, Computer
und Messschieber verschwanden in Felix' Aktenkoffer.

Mit der Kameratasche über der Schulter und dem Koffer
in der Hand ging Felix die Kellertreppe hinauf, knipste das
Licht aus und schloss die Tür hinter sich.

„Christian? Ich bin fertig!" rief er in das stille Haus hinein.

„Super!" Ein hochgewachsener, blonder Mann um die
Vierzig trat in den Korridor. „Ich danke dir. Und? Glaubst
du, wir werden was los von den Sachen? Es wäre ja schön,
wenn ich alles behalten könnte. Aber so viel Stellfläche
habe in nun doch nicht, wie du weißt. Die Sachen in meinem Keller vergammeln lassen will ich auch nicht. Und auf
den Sperrmüll werfe ich garantiert nichts davon." Die beiden Männer gingen nebeneinander durch den Flur zur
Haustür.

„Nun ja," antwortete Felix. „Da sind viele wunderschöne und möglicherweise durchaus wertvolle Stücke dabei. Besonders, wie gesagt, die große Truhe. Und du hast wirklich keinen Schlüssel dazu?"

Christian öffnete die Tür. „Tut mir leid. Nein. Ich habe nochmal sämtliche Schränke, Schubladen, Schachteln und was man sich vorstellen kann, durchsucht. In Helenes Sachen ist kein Schlüssel, der in dieses Schloss passt. Meinst du, das wird den Preis drücken?"

Felix lachte auf, während er in den sonnigen Vorgarten hinaustrat. „Würdest du ein so großes Möbelstück für eine vierstellige Summe kaufen, obwohl du es nicht verwenden kannst, bloß weil es von außen hübsch aussieht?"

Christian blieb stehen und staunte: „Vierstellig? Glaubst du wirklich? Das wäre allerdings enorm." Er ging weiter und beschleunigte seine Schritte auf dem Kies, um das Gartentor für Felix zu öffnen.

„Andererseits," fuhr er fort, „Tante Leni hat die Truhe trotz dieses Schönheitsfehlers immerhin auch behalten."

Felix trat zu seinem Wagen, öffnete den Kofferraum und legte den Aktenkoffer und die Kameratasche hinein. „Aber deine Tante Helene hat die Truhe ja bereits besessen, als der Schlüssel abhanden kam. Und weißt du was?" Er schlug den Kofferraumdeckel zu. „Vermutlich hat sie persönlich das Wissen um den Verbleib des Schlüssels mit ins Grab genommen."

Christians Blick fixierte Felix' Kofferraumdeckel. „Wenn wir Pech haben, hat sie sogar den Schlüssel selbst mit ins Grab genommen."

Die beiden Männer sahen sich eine Weile an, bis Felix fragte, „Warum sollte sie so etwas tun?"

Christian lachte, „Mann, das sollte ein Witz sein." Das Lächeln verschwand aus seinem Gesicht, und er fuhr fort, „Oder glaubst du ehrlich, dass in der Truhe etwas so Wertvolles steckt, dass sie es am liebsten, na ja, mitgenommen hätte?"

„Wer weiß?" Felix ging um den Wagen herum zur Fahrertür. „Auf jeden Fall würde es den enormen Preis völlig ruinieren, wenn du jetzt hinunter gingest und versuchtest, das Schloss aufzubrechen. Davon rate ich dir also dringend ab."

Er stieg ein und schlug die Autotür zu. Christian beugte sich hinab und sprach durch das offene Autofenster. „Keine Sorge. Ich werde versuchen, meine Neugier zu zügeln. Hast du eine andere Idee?"

Felix ließ den Motor an. „Oh ja, ich denke schon."

Das Auto brauste über den Kies davon und Christian blieb mit offenem Mund und einer ungestellten Frage auf den Lippen zurück.

Kapitel 2
Generationsspiel

*„Ärzte verbringen die meiste Zeit damit, sich auf die Zukunft zu konzentrieren,
sie zu planen, darauf hin zu arbeiten.
Doch an einem bestimmten Punkt erkennt man plötzlich,
dass sich das Leben jetzt abspielt.
Nicht erst wenn das Studium vorbei ist, oder die Facharztausbildung,
sondern jetzt und hier. Es passiert gerade eben.
Einmal blinzeln und man hat es verpasst."*
  *- Dr. Meredith Grey, Grey's Anatomy: Die jungen Ärzte, S5E24, Jetzt oder
  nie, Intro (2009)*

Christian ging langsam zurück ins Haus. Er schloss die Tür und lehnte sich mit dem Rücken dagegen.

Er dachte an seine Großtante Helene, die wenige Wochen zuvor im Alter von unglaublichen einhundertundzwei Jahren in ihrer Freiburger Einrichtung für betreutes Wohnen im Schlaf verstorben war.

Rüstig war sie noch gewesen, und geistig komplett auf der Höhe. Bis zuletzt hatte sie sich Bücher aus allen möglichen Leihbüchereien geholt oder bringen lassen. Sie hatte Biographien und Kriminalromane bevorzugt. Die spannenden Leben anderer Menschen, realer wie fiktiver, hatten sie interessiert, über ihr eigenes hatte sie nie sprechen wollen.

Christian hatte nur wenige Versuche unternommen, seiner Großtante Fragen über ihre Vergangenheit zu stellen.

„Gestern war gestern, junger Mann," pflegte sie dann zu sagen. *„Warum willst du deine Gegenwart mit Gedanken*

an die Vergangenheit verplempern, wenn du doch eine Zukunft zu planen hast?"

Und doch las sie leidenschaftlich gerne Bücher über die Vergangenheit fremder Leute.

Christian konnte sich nicht vorstellen, dass Helenes Leben nicht interessant gewesen war. Was konnte man in über hundert Jahren alles erleben! Gut, es war verständlich, wenn sie die Erlebnisse, die die beiden Weltkriege unweigerlich mit sich gebracht hatten, gerne ungeschehen gemacht hätte. Möglicherweise hatte sie liebe Menschen verloren, vielleicht gar den Vater? Christian wusste es nicht.

Auch sein eigener Vater, Erich, der Sohn von Helenes Bruder Hans, hatte keinerlei Kenntnis über die Dinge, die Helene hätte erzählen können, wenn sie es nur gewollt hätte.

Vor allem die merkwürdige Sache mit Großonkel Walter, welche das auch immer gewesen sein mochte, hatte zeitweilig für Rätselraten bei Felix, Christian und dessen Eltern gesorgt. Aber die Mischung aus eisigem Schweigen und offener Feindseligkeit, welche ihnen bei ihren unschuldig gestellten Fragen auf das Heftigste entgegen geschlagen war, hatte sie von weiteren Nachforschungen absehen lassen.

Und nun war Großtante Helenes langes Leben zu Ende.

Auf ihren testamentarischen Wunsch hin war sie im kleinen Kreis in Freiburg beigesetzt worden, fernab vom Rest ihrer Familie. Ihr Bruder, Christians Großvater, und dessen Frau lagen in Luttingen bei Laufenburg am Hochrhein begraben.

Christian ging in die Küche und widmete sich wieder der Zubereitung seiner Samstags-Gemüsesuppe, eine Tradition, die er von seiner Mutter übernommen hatte. Er wusste genau, dass gerade in diesem Augenblick in einer anderen Tiengener Küche ebenfalls Gemüse für die Zubereitung einer Suppe geputzt wurde.

Natürlich konnte er jederzeit zur Wohnung seiner Eltern hinunter gehen und bei ihnen zu Mittag essen. Das galt für jede Mahlzeit an jedem Tag. Das hatten sie ihm unmissverständlich klar gemacht, als er sich damals seine erste eigene Wohnung gesucht hatte. Seine Mutter kochte immer noch für drei und würde es weiterhin tun. Aber meistens war es dann sein Vater, der mit den Resten einer wieder einmal zu üppig bereiteten Mahlzeit beglückt wurde.

„Du mästest mich, Gisela!" hörte Christian seinen Vater sagen. *„Und unser Junge ist und bleibt rank und schlank, weil er vernünftigerweise nie mehr kocht als er essen kann."*

Prinzipiell war Christian seine Selbständigkeit und die Unabhängigkeit von seinen Eltern schon immer sehr wichtig gewesen, daher hatte er sofort nach seinem Auszug begonnen, sich selbst um seine Ernährung und Wäsche zu kümmern. Zum Glück hatten seine Eltern keine größeren Probleme damit, das zu akzeptieren, außer eben der traditionellen zusätzlichen Portion bei den warmen Mahlzeiten.

Allerdings kam es schon das eine oder andere Mal vor, dass Christian nach einer anstrengenden Schicht im Spital weder Lust hatte zu kochen oder essen zu gehen, noch sich mit einem simplen Butterbrot zufrieden geben wollte. Diese Gelegenheiten schienen seine Mutter darin zu bestätigen, grundsätzlich eine Portion ‚für Christian' im Topf oder im Kühlschrank zu haben. Kam Christian nicht zum Essen, bekam Erich die Portion zusätzlich.

„So geht das nicht weiter!" hatte ihm sein Vater einmal zugeraunt, als seine Mutter in der Küche verschwunden war, um den nicht weniger üppigen Nachtisch zu holen.

„Entweder brauchen wir einen Hund ..." Christian hatte genau gewusst, was nun kommen würde. *„Oder du brauchst eine Frau, die das Kochen übernimmt, damit deine Mutter endlich kapiert, dass sie dich nicht mehr füttern muss."*

Christian hatte gelacht und geantwortet: *„Als ob das so einfach wäre. Ihr könnt ins Steinatal rüberfahren und euch* im Tierheim einfach einen Hund aussuchen, aber die richtige Frau ..."

„Du denkst, das ginge so einfach? So ein Hund muss doch zu uns passen! Da kann man doch nicht irgendeinen nehmen, bloß weil er süß aussieht, und hinterher buddelt er uns die Tulpen aus oder pinkelt aufs Sofa."

„Ach? Und mit Frauen ist das weniger kompliziert? Da nehme ich einfach irgendeine, bloß weil sie süß aussieht, und hinterher buddelt sie mir die Tulpen aus oder pinkelt ..."

„Christian!" Unbemerkt war Gisela wieder an den Tisch getreten. Sie hatte das Tablett abgestellt und finster von einem Mann zum anderen geschaut.

„Wir brauchen keinen Hund, Erich. Und Christian ... nun," hatte sie mit gesenkter Stimme angemerkt, „wir hatten doch darüber gesprochen, dass wir ihn sein Leben so leben lassen wollen, wie er sich das vorstellt. Das geht uns nichts an." Sie hatte sich gesetzt und unter den entgeisterten Blicken der beiden Männer begonnen, ihren Schokoladenpudding mit Sahne zu sezieren.

„Es tut mir leid, mein Junge," Erich hatte sich verschwörerisch zu Christian hinübergelehnt. „Sie glaubt immer noch, dass ... du ... und Felix."

„Mama?" Christian ließ diese Art von Unterhaltung immer halb genervt, halb amüsiert über sich ergehen. „Ich bedaure sehr, dich zu enttäuschen, aber du wirst dir wirklich ein anderes Feld suchen müssen, auf dem du deine Toleranz – die dich natürlich sehr ehrt - ausleben kannst. Aber ich bin da – und ich sage es noch einmal ausdrücklich – KEIN geeignetes Objekt. Denn - ich – bin – nicht – schwul! Felix im Übrigen auch nicht."

Meistens wurde an dieser Stelle des Gesprächs damit begonnen, die einzelnen – wenigen – Episoden mit Freundinnen zu rekapitulieren, die die beiden Freunde in ihrem Leben schon gehabt hatten, und die Frage erörtert, weshalb die Beziehungen nicht von Dauer gewesen waren.

Schließlich verabschiedete sich Christian in der Regel mit der Frage an seine Mutter, wie er denn die Tatsache zu bewerten habe, dass sie, Gisela, den größten Teil ihrer Freizeit statt mit ihrem Mann lieber mit ihrer besten Freundin Rosmarie, die sie liebevoll *Rosi* nannte, verbrachte.

Gisela schob ihren Sohn dann mit einem „*Sei nicht so frech!*" und dem Hinweis auf den morgigen Menüplan aus der Wohnungstür hinaus.

Christian warf ein Lorbeerblatt in die duftende Flüssigkeit auf dem Herd und rührte vorsichtig um.

Er seufzte.

„Wer ist das?"

„Ich weiß es nicht. Er hat sich heute Abend auf den Hof geschleppt."

„Geschleppt? Ist er verletzt?"

„Er blutet am Kopf. Hat mir einen Mordsschrecken eingejagt, als ich noch ein bisschen Holz hereinholen wollte. Er stand da, als ich vom Schuppen kam. Stand da, streckte die Hand aus und sagte irgendwas. Ich hab's nicht verstanden. Dann ist er umgefallen."

„War der Arzt da?"

„Vor einer Stunde. Sagt, er hat wohl eine Gehirnerschütterung. Ist gestürzt. Oder geschlagen worden. Völlig durchnässt war er auch."

„Wohl ein Flüchtling?"

„Mag sein. Hab halt nicht verstanden, was er gesagt hat. Waffen trägt er keine bei sich und auch keine Papiere."

„Da! Er rührt sich."

„Ja, ganz ruhig. Sie sind hier sicher. Bleiben Sie liegen."

„Versuchen Sie nicht zu sprechen. Ruhen Sie sich aus."

„Oh, er verliert wieder das Bewusstsein."

„Geh. Schick Beat nochmal nach dem Arzt. Ich mach mir Sorgen."

Kapitel 3
Der Markt der Fundsachen

Mrs. Sanderson: „Doktor, was glauben Sie und Ihre Assistenten
denn nun wirklich in Hill House zu finden?"
Dr. Markway: „Vielleicht nichts weiter als ein paar knarrende Fußböden.
Aber vielleicht auch, ich sage vielleicht, den Schlüssel zu einer anderen Welt."
- Bis das Blut gefriert (1963)

Zu Hause angekommen, nahm Felix mit einem Becher Kaffee und seinem Laptop am Schreibtisch Platz. Er zog die Speicherkarte aus seiner Digitalkamera und lud die Fotos, die er an diesem Vormittag in Christians Keller aufgenommen hatte, auf die Festplatte seines Rechners. Zuletzt öffnete er in einem Internetbrowser mehrere Reiter mit Auktions- und Verkaufsplattformen.

Felix hatte seine Erfahrungen mit verschiedenen Plattformen und Auktionshäusern gemacht, denen man online Artikel für eine erste Ansicht anbieten konnte. Er wusste, wo er mit welchen Artikeln die besten Ergebnisse erzielte, sowohl was den Gewinn beim Verkauf anging, als auch den Preis, wenn er selbst etwas erwerben wollte. Zudem war es ihm das eine Mal mehr, ein anderes Mal weniger wichtig, ob das jeweilige Auktionshaus einen guten Ruf unter nationalen und internationalen Kennern und Fachleuten besaß oder nicht. Besser war das grundsätzlich, aber nicht immer wichtig. Das kam immer auf den einzelnen Artikel an.

Entsprechend dieser Erfahrungen brachte Felix nun nacheinander die einzelnen größeren und kleineren Habseligkeiten von Großtante Helene bei den Auktions- und Verkaufshäusern unter. In einigen Fällen würde er im Laufe der kommenden Woche noch veranlassen müssen, dass die Möbelstücke so bald wie möglich aus Christians Keller abgeholt und in die jeweiligen Showrooms, die Ausstellungsräume der Auktionshäuser transportiert würden, wo die Interessenten sie begutachten konnten.

Nach knapp vier Stunden war er beim letzten Artikel, den er anbieten wollte, angekommen.

Mit gemischten Gefühlen stellte Felix fest, dass mittlerweile bereits die ersten Fragen zu dem einen oder anderen auf der Online-Auktions-Plattform eingestellten Stück per E-Mail eingegangen waren. Natürlich freute er sich darüber, wenn seine angebotenen Artikel schnell Interesse weckten, aber andererseits ärgerte er sich, wenn es ihm nicht gelang, alle möglicherweise aufkommenden Fragen von potenziellen Käufern vorherzusehen und direkt in die Beschreibung einfließen zu lassen. Er konnte sich aber mit der Beantwortung der E-Mails noch ein wenig Zeit lassen. Je näher der Zeitpunkt des Angebotsendes heranrückte, um so schneller beantwortete er solche Fragen, weil er wusste, dass er auf diese Weise so viele Interessenten wie möglich im Rennen halten konnte. Diese würden einander schließlich einen rasanten und spannenden Gebotsendspurt liefern, der den Endpreis in die Höhe trieb. Immerhin wollte Felix ja Geld verdienen, für seine Kunden und für sich selbst. Bei diesen Artikeln erhielt er, wie meistens, eine kleine Provision – darauf hatte Christian bestanden -, aber er wollte natürlich auch gerne für seinen Freund das Beste herausholen, was möglich war.

Felix trank etwas Kaffee und öffnete noch einmal das Dokument, das die Maße und Detailbeschreibungen von Tante Helenes wunderbarer Holztruhe enthielt. Er betrachtete die Worte und Zahlen, welche in rein mathematischen Begriffen versuchten, das Wesen des fein gearbeiteten, nach mindestens zwei Jahrhunderten offensichtlich immer noch zuverlässig funktionierenden Eisenschlosses darzustellen.

Felix wusste, dass es wenig Sinn haben würde, eine verschlossene Truhe zum Verkauf anzubieten, wenn kein Schlüssel dabei war, um sie zu öffnen. Zweifellos würde wenigstens einer von diesen selbsternannten Schatzsuchern darauf bieten, nur um hinterher das Schloss aufzubrechen und zu sehen, ob sich nicht eventuell weit größere Reichtümer darin befänden, als ein solcher Katze-im-Sack-Kauf ihn kosten würde. Natürlich würden Truhe, Deckel und Schloss dabei beschädigt werden, aber das war solchen Leuten meistens egal.

Allein dieser Gedanke tat Felix in der Seele weh. Er würde sich die größte Mühe geben, zu verhindern, dass dieses schöne Stück einem solchen Menschen in die Hände fiel.

Außerdem musste Felix sich eingestehen, dass es ihn selbst brennend interessierte, was die Truhe enthielt. Schatzsucher war auch er in gewisser Weise, aber ausgestattet mit Skrupeln und Gewissen.

Und dann war da noch Christian. Die Truhe und ihr Inhalt gehörten zu seinem Erbe. Er hatte ein Anrecht, zu wissen, was genau er da geerbt hatte. Vielleicht hatte er sogar die Pflicht dazu.

Felix' Fantasie begann, Blüten zu treiben. Möglicherweise befanden sich wirklich Schätze darin, Schmuck, alte, wertvolle Münzen, Akten, Urkunden aus längst vergessenen Zeiten, Beweise für brisante, ungelöste geschichtliche Rätsel.

Er nahm einen Bleistift aus dem Stiftebecher und drehte ihn zwischen den Fingern, wie eine Majorette ihren Tambourstab in Zeitlupe. Ein paar Minuten überlegte er, bevor er schließlich den Bleistift zurück in den Becher schnellen ließ und gezielt eine An- und Verkaufsplattform aufrief.

Dort gab er unter ‚Gesuche‘, ohne Beschränkung auf ein bestimmtes Bundesland, die Daten des Schlosses und eine der Realität nicht ganz entsprechende Beschreibung des Möbelstücks an, zu dem es angeblich gehörte. Er schrieb, er suche nach einem Schlüssel, der möglicherweise zu diesem Schloss passen könnte.

Felix wusste, dass Bemerkungen wie ‚ich zahle jeden Preis‘ einen Eindruck von Verzweiflung vermittelten. Und das war immer schlecht, da man damit den möglicherweise utopischen Preisvorstellungen des Verkäufers ausgeliefert war. Er hatte beim Kaufen mittlerweile einige Übung im Feilschen, wobei er manches Mal eine gehörige Portion Schauspielkunst mit einfließen lassen musste.

Also machte er schlicht überhaupt keine Angabe dazu, wie viel zu zahlen er prinzipiell bereit war. Manchmal war ein Hauch von Gleichgültigkeit recht hilfreich, wenn es Felix auch in diesem speziellen Fall ziemlich schwer fiel, da seine Abenteuerlust und sein detektivischer Instinkt nun endgültig geweckt waren.

Besonders quälend war nach solchen Aktionen immer das Warten. Mehr konnte er jetzt aber nicht tun.

Er sah auf seine Armbanduhr. Viertel vor Sechs. Er lehnte sich in seinem bequemen Bürostuhl zurück und schloss die Augen. Er musste nicht lange darüber nachdenken, wie seine Pläne für den restlichen Samstagabend aussehen könnten. Nachdem er den Vormittag inmitten all der wunderbaren Möbel und Kunstgegenstände in Christians Keller verbracht hatte, wollte er dorthin zurückkehren und vielleicht ein wenig mit seinem Freund über dessen Erinnerungen plaudern, die er eventuell mit dem einen oder anderen Stück verband.

Christian hatte außerdem vor ein paar Tagen mit Felix' Hilfe einen von Helene geerbten Sekretär in sein Büro getragen. Auch dieser war ein exquisit erhaltenes Prachtstück, trotz seines stolzen Alters von an die hundert Jahren. Dieser Sekretär enthielt, laut Christian, immer noch einige Packen unsortierter Dokumente aus Helenes Besitz.

Felix stand auf und ging zum Telefon. Christian könnte ihm heute Abend ruhig ein Glas Wein spendieren und ihm erlauben, einen Blick in diese alten Papiere zu werfen. Vielleicht fänden sich darunter sogar noch Rechnungen oder andere Hinweise auf die Werkstätten, aus denen einige der Gegenstände und Möbel stammten, die Felix heute Nachmittag der Welt zum Kauf angeboten hatte. Diese Angaben könnte man dann ergänzen und damit im Idealfall sogar noch mehr Interessenten gewinnen oder höhere Preise verlangen.

Felix wählte Christians Nummer und legte den Hörer ans Ohr. Bereits nach dreimaligem Klingeln wurde geantwortet. „Hey, Mr. Madson! Hast du schon Geld für mich verdient?"

Felix verdrehte die Augen. *Rufnummernerkennung. Tolle Erfindung ... eigentlich.* „Na klar, massenweise, nur heute noch nicht."

Christian lachte. „Was gibt's denn Neues?"

„Bis auf die Truhe habe ich alles versorgt." sagte Felix, während er zurück zu seinem Schreibtisch schlenderte. „Jetzt müssen wir nur abwarten."

Christian seufzte. „Und was machen wir mit dem Truhenmonster?"

„Ein wenig mehr Respekt bitte," Felix musste lachen. „Rein theoretisch könnte sich deine Altersvorsorge darin befinden. Du willst doch nicht riskieren, dass dir die durch die Lappen geht."

„Einen Blick würde ich schon gerne riskieren, da hast du recht. Sag mal, was war denn das nun für eine Idee, die du angeblich vorhin hattest? Wäre nett gewesen, wenn du mich heute Vormittag nicht so ratlos auf der Straße hättest stehen lassen."

Felix ließ sich auf sein Sofa fallen. „Hast du für heute Abend schon Pläne oder kann ich vorbeikommen? Dann erzähle ich es dir."

„Nur die üblichen Junggeselle-aus-gutem-Haus-Pläne. Aber ein Besuch von dir tut's auch."

„Gutes Haus! Jetzt übertreib mal nicht!"

Christian kicherte, „Schon gut. Komm rüber, sobald es dir passt. Ich spendiere auch ein Fläschchen."

„Oder zwei?"

„Von mir aus. Mach dich auf die Socken!"

„Alles klar!" Felix lachte, schüttelte den Kopf und legte auf.

Er kannte Christian schon sehr lange. Er hatte ihn sofort gemocht, als Christian, der *Neue*, an jenem Februartag in der vierten Klasse vorne beim Lehrer stand, nicht wissend, was ihn erwarten würde.

Felix hatte damals durchaus viele Kumpels in seiner Klasse gehabt. Nicht so sehr Freunde, aber eben die *Bande*, mit der man nach der Schule auch mal den einen oder anderen Schabernack anstellen konnte. Wäsche von den Leinen klauen, Schellen kloppen, Hühner freilassen oder der Nachbarskatze lustige Papierhüte aufsetzen oder Glöckchen an den Schwanz binden. Aber wenn man dann dabei erwischt wurde, konnte man sich nicht unbedingt darauf verlassen, dass alle gemeinsam zu den Untaten standen. Des Öfteren hieß es dann schon mal ‚*Das war ganz alleine Felix' Idee*' oder ‚*Der Uwe hat uns dazu angestiftet*'. Oder eben ein globales ‚*ICH hab nix gemacht!*'

Durch Dick und Dünn war man nicht miteinander gegangen. Aber an jenem Morgen hatte Felix das sichere Gefühl, dass das mit diesem *Neuen* anders werden würde. Und er behielt recht.

Sie hatten seitdem zusammen einiges durchgestanden und einander immer mit Rat, und soweit möglich auch Tat, unterstützt. Die erste Liebe und die erste diesbezügliche Enttäuschung, das erste eigene Auto, den Schulabschluss, Prüfungsvorbereitungen …

Christian hatte das Glück gehabt, nach seinem Medizinstudium in Tübingen eine Anstellung als Arzt in der Abteilung für Innere Medizin des Waldshuter Spitals zu bekommen, während Felix sich gezwungen sah, beruflich in seines Vaters Fußstapfen zu treten.

Felix beneidete Christian heimlich darum, dass dieser seine Träume immer hatte verwirklichen dürfen, während er selbst sich nie dazu aufraffen konnte, seinem Vater auch nur einmal die Stirn zu bieten.

Er wäre damals gerne mit Christian nach Tübingen gegangen, als dieser sein Medizinstudium begann, um selber Kunstgeschichte zu studieren. Aber da hatte sein Vater, ohne das überhaupt mit ihm vorher abzusprechen, den Ausbildungsplatz für Felix bereits ‚klargemacht' und ihm Undankbarkeit vorgeworfen, als Felix auch nur Anstalten gemacht hatte, zu protestieren und seinen eigenen Weg gehen zu wollen.

Schon immer war Christian in solchen Zeiten für ihn da gewesen. Daran hatte auch die zeitweilige Entfernung zwischen Tiengen und Tübingen nichts ändern können. Er hatte immer freundliche, aufmunternde Worten für Felix übrig gehabt, und oft besuchten sie sich am Wochenende oder in Christians Semesterferien gegenseitig, um zusammen ins Kino zu gehen oder einen neuerschienenen Videofilm anzuschauen.

Denn eine große Gemeinsamkeit, die sie schon immer verbunden hatte, war ihrer beider Leidenschaft für Filme. Seit ihrer frühen Jugend hatten sie zusammen unzählige neue und alte, schlechte und gute, lustige, traurige und spannende Filme gesehen und in sich aufgenommen. Es war für beide eine Möglichkeit, der Realität für eine Weile zu entkommen. Je fantastischer die Thematik des jeweiligen Films, umso begeisterter waren beide davon. Und umso häufiger schauten sie ihn sich an.

Viele Stunden der Flucht vor der Wirklichkeit und vor seinem Vater hatte Felix in Christians Zimmer mit dessen ersten von selbstverdientem Geld bezahlten Fernseher und Videorecorder verbracht.

Science-Fiction, Gruselfilme, Krimis. Je abstruser, je besser. Und umso länger dauerte es jedes Mal, bis die Tatsachen um ihn herum seine volle Aufmerksamkeit wieder in Beschlag nehmen würden.

Felix schüttelte die Erinnerungen an die Vergangenheit, die ihn manchmal ohne Vorwarnung überfielen und ihn wie ein schmerzhafter Hammerschlag trafen, von sich und ging zum Schreibtisch. Er verstaute seinen Laptop in seinem innen gepolsterten Aktenkoffer und entschloss sich, vorsichtshalber auch die Kamera mitzunehmen. Dann machte er sich auf den Weg zu Christians Bungalow.

Kapitel 4
Die Jagd beginnt

„In diesem Haus darf keine Tür geöffnet werden,
ohne dass die vorige verschlossen wurde! Es ist lebenswichtig,
immer daran zu denken! Das ist nicht so einfach, wie es erscheinen mag."
- Grace Stewart, The Others (2001)

Christian öffnete auf Felix' Klingeln hin die Tür und entdeckte die Kameratasche auf dessen Schulter. „Nanu? Noch mehr Fotos?"

„Man kann ja nie wissen." Felix trat ein und ging weiter ins Wohnzimmer. Dort legte er sein Gepäck auf ein Tischchen neben dem Sofa und setzte sich.

Christian trat mit zwei Gläsern und einer Rotweinkaraffe hinzu und ließ sich neben Felix nieder. Er stellte die Gläser auf den niedrigen Tisch vor dem Sofa und schenkte ein.

„Hast du bestimmte Pläne für heute Abend?" Christian setzte die Karaffe ab und griff nach seinem Glas.

Felix nahm das andere. „Habe ich. Aber erst mal – Prost, auf ein hoffentlich ertragreiches Geschäft mit Großtante Helenes Hinterlassenschaften."

Christians Glas begegnete Felix' mit leisem Klang. Er lachte. „Prost. Entschuldige, aber unter ‚Hinterlassenschaften' habe ich bisher immer was Anderes verstanden."

Felix fiel in das Lachen seines Freundes ein. „Jedenfalls habe ich heute quasi eine Suchanzeige nach einem

Schlüssel aufgegeben, der vielleicht in das Truhenschloss passt." Er stellte sein Glas ab.

Christian sah seinen Freund an. „Suchanzeige? In der Zeitung?"

„Nein, im Internet."

„Und du glaubst, damit hast du Erfolg?"

„Es gibt zwei Möglichkeiten. Entweder hat der Hersteller des Schlosses unserer Truhe nicht auf Individualität geachtet. Dann hat er vermutlich mehr als nur dieses eine Schloss mit entsprechendem Schlüssel produziert. Das würde unsere Chancen natürlich erhöhen. Andererseits könnten wir es hier auch mit einem Handwerker zu tun haben, der tatsächlich jedem einzelnen seiner Schlösser ein eigenes oder auch mehrere kleine Details im Schließmechanismus verpasst hat, und folglich auch jedem jeweils dazugehörigen Schlüssel. Im schlimmsten Fall handelt es sich um ein Unikat, eine einzelne Auftragsarbeit, die er kein zweites Mal durchgeführt hat. Aber auch dann haben wir mit ein bisschen Glück kein sehr großes Problem. In viele dieser großen Schlösser passt auch oft mehr als nur der eine Schlüssel. Es sei denn, wir haben es mit einem ganz besonders bastelbegeisterten Schlosser zu tun. Aber vermutlich könnte man sogar einfach einen Schlüssel anfertigen lassen."

Christian seufzte. „Oh, Mann, auf jedes deiner Wenns folgt immer noch ein Aber."

Felix zuckte mit den Schultern. „Ich will dir nur alle Aspekte aufzeigen, die wir berücksichtigen müssen."

„In Ordnung. Dass wir das Schloss nicht aufbrechen sollten, verstehe ich ja, aber könnten wir uns nicht einfach einen, wie heißt das, Dietrich besorgen?"

„Und den dazu passend Einbrecher gleich mit?"

„Wieso? Das kann doch nicht so schwierig sein. Ich erinnere mich dunkel, dass die Tochter unserer Nachbarin die Schränke und Schubladen ihrer Mutter mit einer Haarnadel geknackt hat."

„Also gut, rufen wir die Tochter deiner Nachbarin an und fragen, ob sie Lust hat, vorbeizukommen. Ist sie hübsch?"

Christian nahm noch einen Schluck Wein und stellte sein Glas ab. „Keine Ahnung. Carla ist mit ihrer Mutter damals aus dem Haus weggezogen, bevor wir es taten und hierher kamen. Da war sie wohl so um die neun, ich knapp sechs. Das muss ungefähr 1977 gewesen sein. Oder 78. Wir waren beide furchtbar traurig. Ich weiß den Grund für den Umzug nicht mehr. Wir haben als Kinder solche Sachen nicht verstehen wollen. Und ich weiß auch nicht, wo sie hingezogen sind."

„Carla, hm? Schade. Ist ja eigentlich auch egal. Den meisten Spaß an der Sache macht doch auch in

Wirklichkeit die Suche nach einem passenden Schlüssel. Findest du nicht?"

Christian verdrehte die Augen. „Oh, Indiana Jones-Feeling. Klasse. Erzählst Du mir jetzt von deiner Idee?"

Felix nickte. „Ich würde gerne auf deine Einladung zurückkommen und die Dokumente ansehen, von denen du mir erzählt hast."

„Dokumente?" Christian runzelte die Stirn.

„Die in Helenes Sekretär drüben in deinem Büro."

„Ach die." Er griff nach seinem Glas. „Die habe ich dann gestern doch ins Altpapier geworfen."

Felix erbleichte. „Das ist nicht dein Ernst!"

Christian stand auf. „Nein, ist es nicht. Komm mit."

Sein Freund stöhnte auf und sank auf dem Sofa zurück. „Ich schwöre dir, eines Tages scheuere ich dir eine."

Christian verließ lachend das Zimmer, Weinglas in der einen, Karaffe in der anderen Hand. Felix nahm sein eigenes Glas und folgte seinem Freund durch den Korridor ins Büro.

Christian und Felix betraten das kleine Arbeitszimmer, das im hinteren Teil des Bungalows lag und dessen Fenster einen Blick auf den Wald bot, der an den hinteren Teil des Grundstücks grenzte. Christian knipste die Deckenbeleuchtung an, da der idyllische Waldblick den Nachteil hatte, dass es in diesem Raum schnell dämmerig wurde.

„Und wann wird aus diesem Büro nun endlich ein Kinderzimmer?" frotzelte Felix.

„Nicht bevor in deiner Junggesellenbude das Trappeln kleiner Füßchen ertönt," konterte Christian. „Was soll die Fragerei? Du klingst ja wie meine Eltern. Du erfährst es doch sowieso als Erster, falls ich jemals wider Erwarten doch noch die passende Mama für besagtes Kind finden sollte."

Felix lachte. Für beide war die Suche nach einer besseren Hälfte bisher erfolglos geblieben. Und allmählich bekamen die Späße, die sie darüber machten, um sich gegenseitig aufzuheitern, einen bitteren Beigeschmack.

Die beiden Freunde waren weiter in den Raum hineingetreten und Felix betrachtete das neu hinzugekommene Möbelstück.

Großtante Helenes Sekretär war in dem modern und funktionell eingerichteten Büro völlig fehl am Platz. Er stand gegenüber vom Fenster und schien schweigend und sehnsüchtig hinauszublicken.

Christian riss Felix aus seinen Gedanken. „Stell dir vor," er drehte sich um und stellte sein Weinglas und die Karaffe auf die Fensterbank, „dieses Prunkstück wurde sogar inklusive Schlüssel geliefert." Mit einer gespielt eleganten Handbewegung drehte er besagten Schlüssel im Schloss herum und ließ vorsichtig die Schreibklappe herab.

„Sehr – witzig!" Felix betrachtete Christians modernen Schreibtisch, dann das mit Intarsien und Schnitzereien versehene, jahrhundertealten Möbelstück.

„Weißt du, wie das aussieht?" fragte Felix, ohne den Blick von den beiden Möbeln zu nehmen. „Wie Mr. Spock in Uniform samt wissenschaftlichem Tricorder neben einem Kavalier aus dem Rokoko oder Empire!"

Christian lachte. „Und wo liegt das Problem? Das hat es doch schon gegeben."

Felix stemmte die Hände in die Hüften und wandte sich an seinen Freund. „Ja. Aber wir sind hier nicht auf Gothos. Und selbst dort war der Anblick schon mehr als … zweifelhaft. Also, das hier kann so nicht bleiben!"

„Meinst du?" Christian hatte sich nachgeschenkt und ging mit der Karaffe auf Felix' Rotweinglas zu.

„Na, aber sicher. Sieh dich doch mal um! Dieser Anachronismus hier. Dieser Stilbruch." Er fuchtelte mit den Händen in Richtung der beiden, wenn auch für den gleichen Zweck bestimmten, jedoch äußerst ungleichen Möbelstücke.

„Entschuldige," Felix nahm sein wieder aufgefülltes Glas, hob es an die Lippen und gönnte sich einen kräftigen Schluck, „aber der Sekretär passt hier einfach nicht rein in dieses …" Er deutete mit der freien Hand nacheinander auf die kalte Neondeckenleuchte, den ultramodernen

Kunstdruck an der Wand neben der Tür, auf dem nichts Erkennbares dargestellt war, den weißen Schrank mit der Rollladentür in schicker Metalloptik und den 250 Jahre jüngeren Bruder von Tante Helenes gutem Stück.

Christian hatte die Karaffe wieder auf der Fensterbank platziert und stand nun neben Felix vor dem Sekretär. „Du hast recht. Ich hatte zwar überlegt, ob ich mein modernes Schreibmonster nicht durch Tante Helenes Sekretär ersetzen soll, aber," er blickte sich im Raum um und seufzte, „er passt hier wirklich nicht her. Hilfst du mir nachher, ihn ins Wohnzimmer zu bringen?"

Felix lächelte. „Na klar. Das hätten wir sofort machen sollen, anstatt ihn erst hier hinein zu schleppen." Sein Blick wanderte zwischen Christians großem Schreibtisch und dem Sekretär ein paar Mal hin und her. „Aber jetzt machen wir uns diesen unangebrachten Standort zunutze und breiten die Dokumente hier aus." Er begann, die wenigen Papiere, die sich auf Christians Schreibtisch befanden, auf einen Stapel zusammen zu legen, den er in die linke hintere Ecke schob.

Dann beobachtete er, wie Christian vorsichtig eines der beiden, hinter kleinen Türen verborgenen Fächer im Inneren des Sekretärs öffnete und einen Packen Papier in unterschiedlicher Färbung herauszog.

Bedächtig hob er den Papierstapel zum Schreibtisch hinüber und legte ihn mitten auf der freigeräumten Platte ab. „So. Und jetzt?" Er sah Felix fragend an.

Dieser konnten den Blick bereits nicht mehr von den vor ihm liegenden Dokumenten, die möglicherweise so viele Hinweise und Geheimnisse enthielten, abwenden. „Sind da noch mehr?"

„Du kriegst wohl nie genug, was?" lachte Christian. „Ja, in dem anderen Fach ist auch noch so ein Stapel."

„Hol ihn raus!" befahl Felix, der über seinen eigenen Tonfall wohl mehr erschrak als Christian, der ihn nicht einmal zu bemerken schien. „Ich schlage vor, ich nehme mir diese Papiere vor, du siehst dir die aus dem anderen Fach an. Wir verschaffen uns einfach mal einen ersten Überblick."

„Okay, machen wir." Christian schloss das zweite Fach auf und entnahm ihm seinen Inhalt, während Felix die Lampe über dem Schreibtisch einschaltete und die beiden drehbaren Bürostühle an den Tisch heranzog. Dann hielt er einen Moment inne und sah von einem Stuhl zum anderen.

„Christian?"

„Hmm?" Christian hatte sein Papierbündel vor sich auf dem Schreibtisch liegen und setzte sich.

„Warum hast du zwei Bürostühle hier drin? Arbeitest du öfter zu zweit?"

Christian sah auf und betrachtete den Stuhl, auf dem Felix sich gerade niederließ. „Sicher, es macht mehr Spaß, zu zweit in toter Leute Angelegenheiten herumzuschnüffeln."

Felix lehnte sich stöhnend zurück und ließ die Arme nach außen von den Lehnen rutschen. „Oh Mann."

Christian grinste und wandte sich wieder seinem Papierstapel zu. „Ehrlich gesagt, ich lege auf den einen Stuhl ganz gerne mal meine Füße."

„Dafür gibt es Hocker oder Fußbänke."

„Du würdest jetzt also lieber auf einem Fußbänkchen knien? Ist gut, ersteigere mir doch bei Gelegenheit bitte eines."

Felix schüttelte den Kopf und die beiden Freunde versanken, jeder für sich, in ihrer Detektivarbeit.

Gute zwei Stunden später rieb Felix sich die Augen und erhob sich, während Christian fortfuhr, über den vor ihm ausgebreiteten Blättern zu brüten.

„Na, wenigstens zwei alte Kaufbelege haben in dem Stapel gesteckt. Aus dem Rest kann man mit einer gehörigen Portion Fantasie eine Familienchronik zusammenstellen." Felix ging zur Fensterbank, um die Weinkaraffe zu holen. „Oh, leer. Ich habe gar nicht gemerkt, dass du uns nachgeschenkt hast."

Christian hob den Kopf und legte dann stöhnend eine Hand in den Nacken. „Das letzte Mal ist auch sicher schon eine knappe Stunde her." Er stand auf und nahm Felix die Karaffe aus der Hand. „Soll ich Nachschub holen?"

„Ach, lass mal. Ein starker Kaffee wäre mir jetzt lieber."

„Auch gut." Christian ließ seinen Freund, der sich gerade mit beiden Händen auf dem offenen Sekretär abstützte, alleine.

Felix strich vorsichtig mit den Händen über die Schreibplatte. Wie viele Worte waren hier wohl zu Papier gebracht worden? Nette Worte und weniger nette, Einladungen zu gesellschaftlichen Zusammenkünften, Gratulationen zu Hochzeiten und Geburten, Kondolenzschreiben. Abschiedsbriefe? Hatte auch Großonkel Walter vielleicht einst ein letztes Mal an diesem Sekretär gesessen und seine Gedanken, Gefühle und Beweggründe niedergeschrieben?

Alles, was Felix über Christians Großtante Helene wusste, war, dass sie und Walter keine Kinder hatten, und dass Walter eines schönen, oder eher weniger schönen Tages, aus Helenes Leben verschwunden war.

Kapitel 5
Wer den Unsichtbaren sieht

Armand: „Wenn du sie retten willst, dann schick sie fort."
Louis: „Dann gehe ich auch fort."
Armand: „So schnell? Ohne auch nur eine deiner heißersehnten Antworten?"
Louis: „Du hast gesagt, es gibt keine."
Armand: „Weil du die falschen Fragen gestellt hast!"
- Interview mit einem Vampir (1994)

Die beiden Freunde waren zum ersten Mal mit dem Geheimnis um *Walter* in Berührung gekommen, als sie an einem Sommerabend nach dem Spielen bei Christians Mutter in der Küche saßen und auf das Abendessen warteten.

Die Kinder hatten es sich am Küchentisch gemütlich gemacht, jeder ein Glas eisgekühlte Limonade vor sich, und vertrieben sich die Zeit, indem sie in einem alten Fotoalbum blätterten, welches Christian bei einem früheren Besuch bei den Großeltern seiner Großmutter abgeschwatzt hatte, und das Bilder von Christians Familie väterlicherseits enthielt; alte Zeitzeugen, teilweise aus der Anfangszeit der Fotografie.

Christians Vater Erich gesellte sich nach einer Weile zu ihnen, begrüßte sie mit seinem üblichen *„Na, ihr Racker, was habt ihr heute angestellt?"* und setzte sich auf seinen Stammplatz an Kopfende des Tisches. Dort begann er dann, großzügig Butter auf dick geschnittene Brotscheiben zu schmieren. Oft kam dann noch eine saftige Scheibe Wurst, Schinken oder Käse darauf.

„Junge Männer müssen essen," pflegte er zu dozieren, wenn Christians Mutter Gisela ihn darauf hinwies, dass Stullen, die auf diese Weise belegt waren, vor dem Schlafengehen sicher nicht sehr gesund seien. Dann klatschte er seinem Sohn und dessen Freund je eine üppige Scheibe Brot auf den Teller.

„Die sollen doch groß und stark werden!" Und er lachte auf diese typische Art und Weise, die alle Anwesenden einfach mitlachen ließ.

Felix hatte Christians Vater schon immer gemocht. Auch heutzutage war er immer noch gerne Gast bei den Frankenbergers, sei es aus Anlass einer Feier oder einfach nur zum Sonntagskaffee oder einem gemütlichen Abendbrot.

An jenem sommerlichen Freitagabend hatte der junge Christian in dem Album ein Foto entdeckt, das nicht eingeklebt, sondern nur zwischen die Seiten gesteckt war. Zudem war es in der Mitte geknickt und einmal gefaltet worden. Das Foto zeigte eine Frau und einen Mann.

„Papa," Christian hielt seinem Vater das Bild entgegen. *„Das ist doch Großtante Leni, oder?"*

Der Vater betrachte das Foto über den Rand seiner Brille hinweg. *„Ja, das ist Tante Helene in jungen Jahren."*

„Wer ist denn der Mann neben ihr?"

Christians Vater legte Buttermesser und Brotscheibe auf den Teller, nahm seinem Sohn das Foto ab und dachte nach. *„Das kann ich dir auch nicht sagen,"* antwortete er nach einer Weile. *„Dieses Gesicht sagt mir gar nichts."*

Felix nahm das Foto und betrachtete es stirnrunzelnd. *„Der hat aber den Arm um die Großtante gelegt. Die müssen sich gut kennen."*

„Das hast du prima beobachtet." Der Vater verteilte weiter Butter auf Brotscheiben. *„Aber wie gesagt, ich habe keine Ahnung, wer das sein könnte."*

„War Großtante Leni mal verheiratet?" fragte Christian.

„Aber wo ist denn dann ihr Mann?" merkte Felix an.

Christian hatte noch nie einen Mann in Helenes Nähe, geschweige denn in ihrem Haus gesehen. Und auch die Fotos, die dort standen, zeigten lediglich Christian und seine Eltern und natürlich Helene selbst, bevorzugt als junges Mädchen. Aber dieser Mann war auf keinem Bild in Helenes Räumlichkeiten vertreten.

„Schade, dass Tante Leni so weit weg wohnt und kein Telefon hat," sagte Christian. *„Sonst könnten wir sie einfach fragen."*

„Erich, warum fahrt ihr zwei nicht morgen mit dem Foto zu Oma Emma und Opa Hans hinüber?" Christians Mutter schenkte Limonade nach. *„Die müssten das doch wissen."*

„Au ja!" rief Christian.

Der Vater kredenzte jedem der Jungen eine halbe Schnitte dick belegtes Schinkenbrot. *„Das können wir natürlich machen, obwohl Opa Hans und Helene, soweit ich mich zurück erinnern kann, nicht besonders gut miteinander ausgekommen sind. Aber fragen schadet ja nichts."*

Als Christian am folgenden Nachmittag an Felix' Tür klingelte, hatte er Tränen in den Augen.

„Was ist denn passiert?" wollte Felix wissen, während er die Wohnungstür hinter sich zuzog, um mit seinem Freund hinunter zum Spielen zu gehen.

Die beiden Jungen stiegen die Treppe hinab und setzten sich vor dem Haus auf die Stufen. Dort begann Christian zu erzählen: *„Wir waren heute bei Oma und Opa. Die haben sich gestritten, der Papa und der Opa. Und die Oma hat geweint. Und dann hat der Opa uns rausgeschmissen."*

Fassungslos sah Felix seinen Freund an. *„Bloß, weil ihr nach dem Mann neben deiner Großtante gefragt habt?"*

Christian nickte und wischte sich die Tränen mit dem Ärmel aus dem Gesicht. *„Oma hat das Foto gesehen und gerufen ,Walter!' Und dann ist Opa erst bleich geworden und dann rot und hat gefragt, wo wir das herhaben. Papa hat gesagt, aus einem alten Fotoalbum. Und er wollte wissen, wer das ist."*

„Und?"

„*Oma hat angefangen zu erzählen, dass das der Walter, der Mann von Großtante Leni, war.*"

„*Also doch!*" Felix schlug sich mit beiden Handflächen auf die Oberschenkel. „*Aber wo ist der jetzt?*"

„*Opa Hans hat die Oma angeschrien und gesagt, sie soll den Mund halten. So wütend habe ich den noch nie gesehen.*" Frische Tränen liefen an Christians Wangen herab. „*Und Oma hat einen Schreck bekommen und geweint. Aber Opa hat auch ausgesehen, als ob er Angst hat. Seine Augen waren ganz groß.*"

„*Angst? Wovor denn?*"

„*Keine Ahnung. Aber er hat das Foto zerrissen und auf den Boden geworfen, und Oma ist aus dem Zimmer gegangen. Dann hat Opa gesagt, dass uns das nichts angeht und wir jetzt lieber gehen sollen.*"

„*Und dein Papa?*"

„*Der hat zum Opa gesagt, dass er uns nicht so anschreien soll, weil wir ihm ja wohl nichts getan hätten. Und dass er die Oma nicht so anschreien soll, denn die hätte ja auch nichts getan.*"

„*Und dann seid ihr weggegangen?*"

Christian dachte nach und schüttelte langsam den Kopf. „*Als der Papa gesagt hat, die Oma hätte nichts getan, hat der Opa den Papa ganz lange ganz komisch angestarrt.*"

„*Wie, komisch?*"

„Na, komisch eben. Und er sah so aus, als ob er noch was sagen wollte. Hat er aber dann doch nicht. Er hat sich umgedreht und hat uns da alleine stehen lassen. Dann hat der Papa mich rausgeschickt. Ich dachte, er will vielleicht nochmal mit Opa reden. Aber er ist schon ganz bald nach mir rausgekommen.“

Felix kniff sich nachdenklich mit Daumen und Zeigefinger in die Unterlippe. *„Iff ja merkwürdiff.“*

Kapitel 6
Tee für die Oma

„Das Universum bewegt sich weiter.
Schmerz und Verlust formen uns genauso
wie Freude oder Liebe.
Egal ob es um eine Welt oder eine Beziehung geht …
alles hat seine Zeit. Und alles hat ein Ende."
- Sarah Jane Smith, Doctor Who S2E3, Klassentreffen (2006)

„Was?" Christian betrat mit zwei Kaffeebechern das Büro.

„Ist ja merkwürdig, oh, hallo."

Christian lachte und stellte die Becher auf den Schreibtisch. „Na, selber hallo. Wen hast du denn erwartet?"

„Ich war nur in Gedanken."

„Bei wem? Bei meiner möglicherweise hübschen, schlösserknackenden Nachbarstochter?"

„Was? Quatsch. Erinnerst du dich an die Sache mit deinem Großonkel Walter?"

„Tja, welche ‚Sache' das auch immer sein mag. Wir haben ja, bis auf die paar kryptischen Sätze, die Oma mir mal anvertraut hat, nie herausbekommen, was da wirklich los war."

Felix setzte sich und nahm einen der Kaffeebecher in beide Hände. „Sie hat dir aber immerhin bestätigt, dass der Mann auf dem Foto dein Großonkel Walter gewesen ist, der – wie war das? - Unglück über die Familie gebracht hat und es wieder tun würde, wenn wir ihn nicht …"

„ … in Frieden ruhen lassen würden," ergänzte Christian. „Damals fand ich ihre Worte ganz schön gruselig."

Felix lachte. „Ja, ich erinnere mich. Du warst ganz schön mit den Nerven fertig nach eurem verschwörerischen Treffen im Kohlenkeller an ihrem Geburtstag. Da haben sich wohl die Welt der Toten und die Welt der Lebendigen miteinander vermischt, was?"

„Oh BITTE!" Christian verdrehte die Augen. „Verschwörerisches Treffen. Ich kann darüber gar nicht lachen. Auch jetzt noch nicht. Sie hat mich gebeten, ihr einen Eimer Kohlen aus dem Keller zu holen, und dann ist sie mir hinterhergeschlichen, bloß damit Opa nicht merkt, dass sie mir was erzählen wollte über diesen geheimnisvollen Walter."

„Wieso seid ihr eigentlich damals nicht doch noch irgendwann nach Freiburg zu Helene gefahren und habt sie selber auf Walter angesprochen?"

Christian dachte nach. „Das wirst du wohl meinen Vater fragen müssen. Ich weiß es nicht mehr. Du und ich, wir haben die Sache ja offensichtlich irgendwann vergessen, weil einfach andere Dinge wichtig wurden. Ich schätze, die Reaktion von meinen Großeltern hat ihm doch im Grunde einen so mächtigen Schrecken eingejagt, – wie mir ja anfangs auch - dass er sich schließlich entschieden hat, es auf sich beruhen zu lassen."

Felix lachte. „Und wir sind ihm damit nicht mehr auf die Nerven gegangen. Vielleicht hätten wir das machen sollen. Dann wüssten wir heute mehr."

„Oder auch nicht. Ich glaube kaum, dass Tante Leni diesbezüglich redseliger gewesen wäre." Christian hob seine Kaffeetasse halb zum Mund, setzte sie dann aber wieder ab, ohne zu trinken.

„Was ist los?" fragte Felix.

Christian stand auf, ging mit den Händen in den Hosentaschen zum Fenster und sah in den Garten hinaus.

„Ich hab da nie einen Zusammenhang gesehen," sagte er leise.

„Was meinst du?"

Christian drehte sich um, sein Blick gedankenverloren. „Dieser Geburtstag, der mit dem verschwörerischen Treffen im Kohlenkeller, das ... war ihr letzter."

Er schaute hinauf an die Decke, rechnete im Kopf nach.

„Ja, keine acht Monate später war Oma tot."

„Und welchen Zusammenhang siehst du da?"

Christian kehrte zum Schreibtisch zurück und setzte sich wieder auf seinen Stuhl.

„Irgendetwas," er schüttelte den Kopf, „hat ihr großen Kummer bereitet. Das war eigentlich nicht zu übersehen. Sie hatte Angst. Sie war traurig. Und heute denke ich, dass das irgendwas mit Großonkel Walter zu tun hatte. Und Opa

Hans wusste davon. Und Helene auch. Deshalb hat sie auch nie etwas erzählen wollen. Und diese ganze Last hat Oma wohl mehr zu schaffen gemacht, als – zumindest mir – damals klar war, klar werden konnte."

„Du meinst," überlegte Felix, „die beiden hatten vielleicht was miteinander? Also ... Walter und ... deine Oma?"

Christian zuckte wortlos mit den Schultern.

Die Männer widmeten sich wieder ihren halbleeren Kaffeetassen und dem mittlerweile lauwarmen Inhalt.

Nach einer Weile fragte Felix, „Warum hast eigentlich du die Sachen von Helene geerbt, und nicht dein Vater?"

„Habe ich ja gar nicht," antwortete Christian. „Das heißt, nicht alles."

„Wie, nicht alles?"

„Großtante Helene hatte laut Testament ungefähr die Hälfte meinem Vater und die andere Hälfte mir vermacht. Bei meinem Anteil war auch ausdrücklich die Truhe dabei. Und der Sekretär. Aber Papa wollte gar nichts davon haben und hat alles zu mir transportieren lassen. Zum ersten Mal war ich wirklich dankbar für diesen Riesenkeller."

„Ist ja merkwürdig."

„Das sagtest du bereits."

„Weißt du, warum er nichts wollte?"

Christian schüttelte den Kopf und betrachtete die Tasse in seiner Hand.

Felix fuhr fort. „Könnte es möglich sein, dass er, ohne dass du das mitbekommen hast, bei Helene war und es da tatsächlich zu einer ähnlichen Konfrontation kam? Vielleicht zu einem regelrechten Zerwürfnis?"

„Möglich ist das natürlich. Aber ich sag dir was: Morgen am Sonntag gibt's, wie du weißt, bei meinen Eltern wie immer selbstgebackenen Kuchen, da gehen wir hin und du fragst ihn selbst. Einverstanden?"

Felix nickte. „Einverstanden."

„Seid mir gegrüßt, mein Herr. Habt Ihr Brot und Unterkunft für ein paar Nächte für einen, der kräftig mit anpacken kann?"

„Woher kommst du?"

„Ach, aus dem Norden."

„Dem Norden? So."

„Ja. Wie sieht's aus? Das Korn ist reif und Ihr könnt doch sicher noch ein paar Hände brauchen."

„Können wir schon. Wo aus dem Norden kommst du her?"

„Ich bin immer ehrlich. Auch wenn ich dir sage ... dass ich das nicht genau weiß. Ich hatte einen Unfall. Weiß nicht, wo ich hingehöre oder herkomm."

„Hast du jemand umgebracht? Hahaha!"

„Nein, das sicher nicht. Aber ich glaub schon, dass ich irgendwas gemacht hab, was ich hätt lassen sollen."

„Naja, wer bei mir ehrlich arbeitet, bekommt auch reichlich zu Essen und einen Schlafplatz. Und dann frag ich auch nicht weiter. Wie heißt du?"

„Nenn mich ... Walter."

Kapitel 7
Was keiner wissen darf

Kosa übersetzt: „Weißt du wirklich, auf was du dich da einlässt?
Bist du wirklich bereit für das, was du erfahren wirst?
Manche Geheimnisse müssen verborgen bleiben.
Dies sind sehr schwere Bürden, Bürden der Einsamkeit.
Wenn du die Schatulle findest, wirst du die Leiden ertragen müssen."
Lara: „Ich bin bereit dafür."
- Lara Croft: Tomb Raider - Die Wiege des Lebens (2003)

„Guten Tag, Jungs!" Christians Vater öffnete die Tür.
„Habt ihr heute schon was angestellt?" Die drei Männer
lachten, und die zwei jüngeren traten in die Wohnung ein,
die vom Duft frischen, warmen Apfelkuchens erfüllt war.

Christians Mutter Gisela kam mit einer Kuchenplatte auf
den Händen aus der Küche geschwebt. „Ihr kommt gerade
rechtzeitig. Zieht die Jacken aus und macht es euch gemütlich. Erich, der Kaffee fehlt noch!" Mit diesen Worten
verschwand sie im Wohnzimmer.

Zu viert saßen sie, wie gewohnt, um einen gedeckten
Tisch herum, plauderten, lachten, aßen und tranken.

„Papa, wir wollten euch etwas fragen," hob Christian
schließlich an.

„Schieß los, Junge. Was gibt's?"

„Es geht um Großtante Helenes Erbe."

Vater und Mutter sahen einander an. Gisela stellte ihre
Tasse ab und ergriff den Tortenheber. „Möchte jemand
Nachschlag?"

„Nein danke, aber gerne noch einen Kaffee. Darf ich?"
Felix griff nach der Kanne und schenkte sich ein.

Christian betrachtete das nachdenkliche Gesicht seines Vaters. „Papa? Alles in Ordnung?"

Der Vater stand auf und ging zum Wohnzimmerschrank. „Schnäpschen gefällig? Das tut gut nach der ganzen Sahne und Vanillesoße und dem süßen Kram."

Felix erstarrte in seiner Bewegung, die Milchkanne in der Hand. Er warf Christian einen Blick zu und empfing einen ähnlichen von ihm. Beide hatten Erichs gezwungen wirkenden Themawechsel bemerkt.

„Ja, ähm, nein danke, ich habe Bereitschaft. Wie gesagt," begann Christian erneut, „wir haben uns gestern darum gekümmert, also, Felix hat sich darum gekümmert, dass ein paar der Möbel von Großtante Leni ein bisschen Geld einbringen."

Der Vater kehrte mit einer Flasche und vier kleinen Gläsern an den Tisch zurück.

„Da habt ihr recht! Nur weg mit dem Gerümpel. Wenn du das alles behalten wolltest, könntest du dich in deinem Häuschen bald nicht mehr bewegen."

Die Eltern blickten sich an, der Vater grinste breit, und die Mutter kicherte ebenfalls mehr gezwungen als heiter.

Christian fuhr fort: „Ich dachte mir, wir teilen uns den Erlös, wenn es denn einen gibt. Schließlich wollte Tante Leni ja auch, dass du …"

Erich fiel ihm ins Wort. „Ich will nichts von dem Zeug. Ich will auch kein Geld. Ich will damit nichts zu tun haben."

Erschrocken betrachteten die anderen den Vater, der sich mit der Hand übers Gesicht fuhr und dann schweigend anfing, die Gläser mit der klaren Flüssigkeit aus der Flasche zu füllen.

„O-kay," sagte Christian, „ich habe gerade das Gefühl, eine solche Situation schon einmal erlebt zu haben."

Christians Vater schraubte die Flasche zu und stellte sie ab. „Was meinst du?"

„Nun ja. Jemand erwähnt Tante Leni und jemand anders verliert die Fassung. Erinnerst du dich? Ich habe es jedenfalls nicht vergessen."

Der Vater nahm eines der Gläschen und leerte es in einem Zug. Dann flüsterte er, „Ich auch nicht, mein Sohn, ich auch nicht."

Gisela legte ihrem Mann eine Hand auf den Arm. „Erich, ich bin immer noch der Meinung …"

„Nein!" Er ging zur Wohnzimmertür. Dort blieb er stehen, den Rücken zum Zimmer, und suchte mit den Augen die Türschwelle ab, die sich jedoch weigerte, sich aufzutun, um ihm eine Fluchtmöglichkeit oder wenigstens eine Antwort zu bieten.

„Erich." Gisela stand auf und stellte sich neben ihn. „Das geht so nicht weiter," flüsterte sie. „Das macht dich krank. Die beiden sind erwachsen und stark. Sie wissen sicher, was zu tun ist. Erzähl es ihnen."

Dann verkündete sie: „Erich, wenn du es ihnen nicht erzählst ... dann mach ich es!"

Der Vater richtete sich zu seiner vollen Größe auf und drehte sich langsam um. Er schaute auf die Anwesenden, und Christian konnte blankes Entsetzen in seines Vaters Augen erkennen.

Er schob seinen Stuhl zurück und stand auf. „Papa. Mama. Bitte. Was ist denn los?"

Auch Felix fühlte sich wieder als hilfloser kleiner Junge, den Geheimnisse mehr ängstigten als die schlimmste Gewissheit.

„Papa," fuhr Christian fort. „Wir sind eine Familie. Was auch immer los ist, wir kriegen das hin!"

Zum Entsetzen aller begann Erich zu lachen. Er lachte, bis ihm die Tränen übers Gesicht liefen. Er lehnte gekrümmt im Türrahmen und lachte. Als er sich unter den schockierten Blicken der drei anderen wieder beruhigt hatte, sagte er: „Was schaut ihr so? Ich kann jetzt nur flennen oder lachen. Und Lachen ist allemal gesünder."

Er zog ein Taschentuch aus der Hosentasche und wischte sich das Gesicht ab. „Familie," fuhr er fort. „Ja, die Familie kriegt alles hin. Egal was. Und egal wie!" Er ging zum Tisch, ergriff ein zweites Gläschen und leerte auch dieses. Dann sah er seine Frau an, knallte das Glas auf den Tisch und drehte sich wieder zur Tür. „Kommt mit, Jungs," sagte er und verließ den Raum.

Kapitel 8
Die Stimme des Gewissens

„Spartiaten, bereitet euer Frühstück und esst tüchtig,
denn heute Nacht speisen wir in der Hölle!"
    - Leonidas, 300 (2007)

Christian und Felix folgten dem Vater durch die Diele schräg hinüber ins Schlafzimmer.

In der Tür blieb Felix wie angewurzelt stehen und packte seinen Freund unsanft am Arm. „Was, das da, schau nur," stammelte er. Er hob die Hand und zeigte auf ein Möbelstück, das seitlich neben der Balkontür stand.

Christian sah und erkannte ihn nun auch, den Doppelgänger des Sekretärs von Großtante Helene.

„Das ist ja wirklich ein Ding! Au! Lass los!" Christian löste sich aus Felix' Griff, trat auf den Sekretär zu und betrachtete ihn genauer.

„Was ist denn los?" Sein Vater drehte den Schlüssel des Sekretärs im Schloss herum und öffnete die Klappe.

„Wo hast du den denn her?" Felix war neben dem Möbelstück in die Hocke gegangen und fuhr mit den Fingern über die Intarsien am Korpus, kurz oberhalb der Beine.

„Schönes Stück, nicht wahr?" Der Vater trat einen Schritt zurück und betrachtete den Sekretär liebevoll. „Der gehörte mal deinen Urgroßeltern, Christian. Dein Großvater hat ihn geerbt und danach ich."

„Zwei Stück," flüsterte Christian und fügte etwas lauter hinzu: „Aber eine Truhe mit gewölbtem Deckel hast du nicht zufällig auch geerbt, oder?"

Felix sprang auf und sah Christians Vater erwartungsvoll an. Dieser schaute fragend von einem zum anderen und sagte dann: „Eine Truhe? Nein. Was ist denn los mit euch?"

Christian holte tief Luft. „Beim Nachlass von Großtante Leni war nicht nur eine große alte Truhe dabei, die wir nicht öffnen können, weil sie verschlossen ist und der Schlüssel fehlt ..."

„Ha," spottete Erich. „Das ist typisch Helene!"

„... sondern auch haargenau der gleiche Sekretär wie dieser hier."

„Und der hier ist wirklich das absolute Ebenbild davon," bestätigte Felix. „Christian, warum wusstest du davon nichts?"

„Entschuldige, aber ich halte mich nicht gerade sehr oft im Schlafzimmer meiner Eltern auf. Ich hätte dir sagen können, dass hier ein Schreibtisch steht, aber ich habe ihn nun wirklich nicht oft genug gesehen oder nah genug betrachtet, dass ich jetzt bei Tante Lenis Sekretär ein Déjà-vu erlebt hätte."

„Na gut." Christians Vater schob sich mit einer ausladenden Geste die Ärmel hoch und bewegte theatralisch die

Finger, als wolle er einen Zaubertrick vorführen. „Dann passt mal gut auf und erzählt mir, ob Helenes Schrank auch das hier kann!"

Genau wie Christians Exemplar enthielt dieser Sekretär im Innenbereich rechts und links je eine kleine Tür und darunter jeweils eine Schublade. Die rechte dieser beiden Schubladen zog Erich nun heraus und hielt sie seinen Zuschauern unter die Nase.

Zur Überraschung der beiden jüngeren Männer war sie leer. Erich blickte amüsiert in die fragenden Gesichter. Dann drehte er die Schublade schwungvoll herum und hielt sie fest in seiner linken Hand. Mit den gespreizten Fingern der rechten drückte er auf den Boden der Schublade, der allmählich begann, sich zu bewegen.

Staunend beobachteten Christian und Felix, wie Erich den dünnen, hölzernen Boden herausschob und dadurch ein flaches Fach öffnete. Darin befand sich ein leicht vergilbter Briefumschlag.

„Ein Geheimfach. Ist ja toll," flüsterte Felix. „Ob deiner das auch hat?"

Erich legte das dünne Brett auf die offene Schreibklappe und nahm den Umschlag heraus. „Ich habe dieses Fach und seinen Inhalt zufällig entdeckt. Aber da waren Oma und Opa schon beide tot. Irgendwann ist mir mal beim Aufräumen die Schublade vor die Füße gefallen. Dabei hat sich der doppelte Boden verschoben, und ich habe das hier gefunden.

Aber reden konnte ich mit ihnen darüber nicht mehr. Vielleicht hätte ich es selbst dann nicht getan, wenn ich noch die Gelegenheit dazu gehabt hätte."

Er hielt Christian den Umschlag hin. „Du solltest dich aber erst setzen, bevor du ihn öffnest."

Zögernd nahm Christian den Umschlag aus seines Vaters Hand. Er hielt seine Augen auf das geheimnisvolle Fundstück gerichtet, während er sich umdrehte und langsam zurück ins Wohnzimmer ging. Felix und Erich folgten ihm.

Christian setzte sich an den runden Esstisch, den seine Mutter bereits wieder abgeräumt hatte, hob die Lasche und zog mit Zeigefinger und Daumen vorsichtig mehrere zusammengefaltete Seiten heraus, die ebenso vergilbt waren wie der Umschlag.

Er faltete die Blätter behutsam auseinander, legte sie auf den Tisch und strich sie glatt. Zögernd begann er, die in zittriger Handschrift geschriebenen Worte zu entziffern und laut vorzulesen.

> *Der Herr vergebe mir, denn ich habe gesündigt. Der Herr vergebe mir, obwohl ich wusste, was ich tat.*

Christian machte eine Pause und fuhr sich mit der Zunge über die trockenen Lippen. Er warf Felix einen Blick zu. Sein Freund nickte ihm zu, und Christian fuhr fort.

Ich war bei klarem Verstand, als ich das Haus verließ und wusste, dass ich einen Mord begehen würde.

„Du meine Güte," flüsterte Christian. Er nahm einen großen Schluck aus seinem Glas und beschloss, von vorne zu beginnen.

Der Herr vergebe mir, denn ich habe gesündigt. Der Herr vergebe mir, obwohl ich wusste, was ich tat.

Ich war bei klarem Verstand, als ich das Haus verließ und wusste, dass ich einen Mord begehen würde.

Ich ermordete den Mann, der Schande über meine Schwester und unsere gesamte Familie brachte.

Es komme keine Schuld, weder heute noch in Zukunft noch am Tage des jüngsten Gerichtes, auf meine Schwester Helene.

Der Gemahl meiner Schwester Helene brach die Ehe, und er brach meiner Schwester Herz, indem er das Weib eines anderen begehrte und zur Schande verführte.

Ich schreibe dieses nicht nieder in Hoffnung auf Vergebung oder Verständnis für meine Untat. Es diene lediglich der Wahrheit.

Ich sah den großen Schmerz in den Augen meiner geliebten Schwester. Ich spürte meinen eigenen, schier unerträglichen Schmerz. Herr, verzeihe mir meinen Mangel an Glauben und Vertrauen in Deine Gerechtigkeit. Aber ich beging die Sünde, eigenhändig zu urteilen und zu richten.

Ich lockte meinen Schwager in den Wald hinaus und hinunter zum Fluss, wo ich ihn richtete, als Strafe für meiner Schwester, meines Weibes und meiner eigenen Schande. Ich erschlug ihn und übergab seine sterbliche Hülle dem Wasser.

Ich versuche, mein Leben an der Seite der mir angetrauten Frau zu fristen, bis ich einst vor meinem Schöpfer stehe und mich verantworten muss.

Der Herr sei Walters und Helenes Seelen gnädig, der Herr sei meiner Seele gnädig, und er möge das unschuldige Kind beschützen, das aus dieser unseligen Beziehung entspringen wird.

Geschrieben und unterzeichnet aus freien Stücken und im Vollbesitz meiner geistigen und körperlichen Kräfte am Tage des Herrn, 28. Februar 1937

Hans Frankenberger

Kapitel 9
Vertreibung aus dem Paradies

„Dank dem Schicksal, der einzigen kosmischen Macht
mit einem tragischen Sinn für Humor, bekommen die,
die man in einem früheren Leben umgelegt hat, eine Chance,
sich in diesem Leben an einem zu rächen.
Das ist der Karma-Kreditplan: Kaufe jetzt, bezahle bis in alle Ewigkeit."
- Dr. Cozy Carlisle, Schatten der Vergangenheit (1991)

Schweigen legte sich drückend auf die Anwesenden. Christian war auf seinem Stuhl zusammengesunken und atmete schwer.

„Das ... das ist wirklich ... heftig," sagte Felix schließlich.

„Opa Hans hat ... Großonkel Walter ... umgebracht?" Christian war kreidebleich geworden.

Sein Vater nickte. „Als ich dieses Schreiben damals selbst zum ersten Mal gelesen habe, wollte ich es nicht glauben. Aber dann wiederum ... es passte alles zusammen. Die Geheimnistuerei um Onkel Walters Existenz überhaupt, dann um sein Verschwinden, dann dieser Wutausbruch von Opa Hans damals, als wir mit diesem alten Foto ankamen."

„Und dieses ... unschuldige Kind, das er am Ende erwähnt?" wollte Felix wissen. „Wisst ihr, was daraus geworden ist? Oder wer das ist?"

Der Vater schüttelte den Kopf. „Ich habe irgendwann mal allen Mut zusammengenommen und bin nach Freiburg zu Tante Helene gefahren. Ich habe ihr von dem versteckten Schreiben erzählt, und dass ich die Wahrheit kannte."

„Also doch." Felix schaute zu Christian hinunter. „Ich kann mir fast denken, wie sie reagiert hat," sagte er leise.

Erich nickte. „Sie wollte gar nicht mit mir darüber reden. Im Prinzip hat sie mich hinausgeworfen, so wie Opa Hans damals Christian und mich. Alles in allem war es eine ziemlich unschöne Unterhaltung. Ich weiß also auch nur, was auf diesen Zetteln steht."

Der Gedanke an das geheimnisvolle Kind ließ Felix nicht los. „Was ist nur aus dem Baby geworden? Wäre es nicht interessant, das herauszufinden?"

Erich zuckte mit den Schultern. „Wir wissen ja nicht einmal, wer die Mutter des Kindes ist, also die Frau, mit dem Walter Helene betrogen hat."

„Du weißt, dass ich dazu meine Theorie habe," schaltete sich Gisela ein.

Erich starrte seine Frau an. „Nein. Du weißt, dass ich das nicht glauben kann."

„Dass du es nicht glauben willst," entgegnete sie. „Aber wenn dein Vater sogar in der Lage war, einen Mord zu begehen, dann kann es doch der Auslöser dafür gewesen sein, dass ..."

„Gisela!" zischte Erich.

„Ich weiß, dass diese Vorstellung schmerzen muss,"
fuhr die Mutter fort, „aber denkst du wirklich, dass alleine
die Liebe zu seiner Schwester ihn so weit getrieben hat?"

Christian erwachte aus seiner Bewegungslosigkeit und
schaffte es endlich, seinen Blick von den vergilbten Seiten
zu wenden. „Könnt ihr mir jetzt vielleicht bitte mal verraten,
wovon ihr redet?" fragte er.

Gisela schaute ihren Sohn an und holte tief Luft.

Erich sprang so heftig auf, dass sein Stuhl nach hinten
umstürzte. „Gisela, nein!" rief er. „Ich bin noch nicht soweit."

„Nach all diesen Jahren und schlaflosen Nächten?" rief
sie zurück. „Wirst du es denn jemals sein? Warum bist du
nur so stur? Weißt du, an wen du mich gerade erinnerst?
An deinen Vater!"

Erich funkelte sie an und flüsterte, „Sag das nicht noch
einmal!" Dann drehte er sich langsam um und verließ das
Wohnzimmer.

Christians Handy klingelte. „Frankenberger," meldete er
sich. „Ist gut. Bis gleich." Er steckte sein Telefon wieder ein
und stand auf. „Ich muss ins Spital. Ich rufe euch an,
okay?" Mit diesen Worten lief er hinaus, riss in der Diele
seine Jacke von der Garderobe und knallte die Wohnungstür hinter sich zu.

Felix blieb mit Gisela zurück. Er setzte sich auf den Stuhl, auf dem Christian bis kurz zuvor gesessen hatte und betrachtete die Blätter, die immer noch auf dem Tisch lagen. Behutsam faltete er sie und steckte sie zurück in den Umschlag.

„Darf ich das vielleicht mitnehmen?" traute er sich schließlich zu fragen.

„Eigentlich halte ich das für keine gute Idee." Erich war zurückgekehrt und schickte sich an, den umgefallenen Stuhl wieder aufzurichten. Er setzte sich und streckte die Hand aus. Felix seufzte leise und reichte Erich den Umschlag.

„Wenn es jemanden gibt," merkte Gisela an, „der Licht in diese Geheimnisse bringen kann, dann ist es Felix."

Sie warf dem Freund ihres Sohnes ein Lächeln zu und fuhr fort. „Überleg doch mal, Erich. Felix ist kein Familienmitglied. Also kann er die Sache nüchtern genug betrachten, um nichts zu übersehen … nichts übersehen zu wollen. Aber er steht uns doch schon so lange so nahe, dass wir ihm vertrauen können. Außerdem hat er schon immer gerne Rätsel gelöst. Er wird sich darum kümmern, Erich. Lass es ihn versuchen."

Erich sah seine Frau an, hielt aber den Umschlag weiterhin fest.

„Natürlich kann es sein," fuhr Gisela fort, „dass Felix eine Wahrheit zutage fördert, die furchtbar wehtut. Aber kann es wirklich viel schlimmer werden?"

Sie legte ihre Hand auf die Wange ihres Mannes. „Fest steht, dass dieses Halbwissen dich langsam krank macht. Deswegen will ich, dass wir unsere Erkenntnis teilen, um sie nicht länger alleine zu tragen. Und wer weiß?" Sie erhob sich schwungvoll. „Vielleicht bekommt Felix ja auch heraus, dass ich mich irre."

Erich blickte seine Frau aus müden Augen an. „Und wenn du dich nicht irrst?"

„Dann machen wir uns auf die Suche und bemühen uns, aus geschehenem Unrecht doch noch etwas Positives zu machen." Sie lächelte ihn an und streckte die Hand aus.

Erich legte den Umschlag langsam in Giselas offene Hand. Er holte tief Luft und stand auf. „Dann will ich Felix auch noch etwas Anderes mitgeben."

Er verließ den Raum und kehrte mit einem weiteren Umschlag zurück, den er vor Felix auf den Tisch legte.

Der junge Mann nahm den Umschlag und sah hinein. „Oha!" war alles, was er zu sagen vermochte, als er den Inhalt erkannte.

„Erinnerst du dich noch daran?" fragte Erich.

Felix nickte.

„Na, dann viel Erfolg bei deinen Nachforschungen."

Kapitel 10
Unverhofftes Glück

„Wir reden hier von Schicksal!
Und wenn es sowas wie Schicksal überhaupt gibt, dann nur deshalb, weil alle
Menschen glauben, dass es sich diesmal eben nicht bewahrheitet."
- Franklyn Madson, Schatten der Vergangenheit (1991)

„Wohin mit dir? Wohin mit dir?"

Den Umschlag mit dem jahrzehntealten Mordgeständnis in der Hand, wanderte Felix mehrmals durch seine Wohnung. Er hatte schon viele alte, empfindliche, wertvolle Dinge hier zeitweilig aufbewahrt - immer nur kurz, da er keinen Safe besaß - aber nichts war und würde je vergleichbar sein mit dem, was er hier gerade hin und her trug.

Er ließ sich auf seinen Bürostuhl fallen und betrachtete eingehend seinen Schreibtisch.

„Edgar Allan Poe!" rief er plötzlich.

In Poes Geschichte ‚*Der entwendete Brief*' war ein Schriftstück zwar penibel gründlich gesucht aber lediglich deshalb nicht gefunden worden, weil es gar nicht versteckt worden war. Es hatte ganz unschuldig und offen zwischen anderen Dokumenten gelegen.

Also zog Felix einen leicht knitterigen, braunen A5-Umschlag, in dem ihm vor einigen Tagen etwas zugestellt worden war, aus seinem Papierkorb, steckte das vergilbte Dokument hinein und legte das Ganze in seinen Posteingangskasten.

Der zweite Umschlag, den Erich ihm ausgehändigt hatte, lag sicher verwahrt in Felix' Aktenkoffer in einer Mappe mit der Aufschrift *Nachlass Helene Mai: Truhe*, die er einige Tage zuvor angelegt hatte, um Fotos und Notizblätter mit Daten darin zu sammeln.

Er schaltete seinen Computer ein und ging in die Küche, wo er sich ein Glas Orangensaft eingoss. Er leerte das Glas in einem Zug und stellte es neben die Spüle.

Wenn er selbst sich nach den Ereignissen dieses Nachmittags schon so erschöpft fühlte, wie musste es dann Christian jetzt gehen? Aber vermutlich war er jetzt ganz der Doktor und konzentrierte sich völlig auf den Patienten, der seine sofortige Anwesenheit im Spital notwendig gemachte hatte.

Felix überlegte kurz und ging dann zum Telefon. Er wählte Christians Festnetznummer und hörte es klingeln. Niemand hob ab. Entweder war Christian noch nicht zu Hause oder er wollte im Moment nicht reden.

Er drückte den *Auflegen*-Knopf und ging mit dem Telefon in der Hand zum Schreibtisch. Er war sich sicher, dass sein Freund sich melden würde, wenn er soweit war.

Das E-Mail-Programm listete elf neue Nachrichten. Felix betrachtete die einzelnen Betreff-Zeilen. Frage zum Artikel .... Frage zum Artikel .... Frage zum Artikel .... Frage zu .... Sein Blick blieb wie gebannt auf dem Betreff der vorletzten Mail hängen.

‚Ihr Gesuch: Schlüssel für altes Möbelstück, Maße ...‘

Tatsächlich hatte jemand auf seine Suchanzeige reagiert. Er ignorierte die übrigen Mails und öffnete diese eine. Er war sich nicht sicher gewesen, wie seine Chancen auf eine Reaktion stünden. Jetzt war die Frage nur noch, würde er mit dem angebotenen Schlüssel etwas anfangen können?

Felix wunderte sich darüber, wie laut sein Herz klopfte. Er war eben schon immer ein halber Schatzsucher gewesen, und wenn er dann eine Fährte witterte, dann genoss er es, so lange und so gut es ging, bevor sich möglicherweise herausstellte, dass er in eine Sackgasse geraten war.

Er wollte gerade beginnen, die E-Mail zu lesen, als das Telefon neben ihm klingelte und ihn zusammenfahren ließ.

Seine eigene Rufnummernerkennung zeigte Felix, dass Christian am anderen Ende der Leitung war. Er atmete erleichtert auf und hob ab.

„Na, wie geht es dir?“

Die Antwort kam mit einigen Sekunden Verzögerung. „Willst du das wirklich wissen?“

„Blöde Frage.“

„'Tschuldige. Es hat meine Laune etwas gebessert, dass ich den Patienten retten konnte."

„Das ist super."

„Ja, der wird wieder. Aber auf der Heimfahrt ist mir alles Andere wieder eingefallen. Ich weiß nicht ..." Stille.

„Christian?" Felix setzte sich in seinem Chefsessel aufrecht, als müsse er sich auf einen schnellen Start gefasst machen. „Christian!"

„Ach, Scheiße, Felix. Ich hab Opa Hans immer so bewundert." Er rang um Fassung.

Die richtigen Worte! Felix überlegte krampfhaft. *Was waren jetzt die richtigen Worte?* Er wusste, Christian würde ihm selbstverständlich nachsehen, wenn er sie jetzt nicht fand. Aber das Mindeste war, dass er es versuchte.

„Christian, hör zu," er redete einfach drauf los. „Niemand verlangt von dir, dass du deinen Opa verurteilen musst. Oder überhaupt beurteilen musst, was er getan hat. Das musst du nicht, und das kannst du auch gar nicht. Und das ist nicht nötig, denn, schau, er hat doch geschrieben, er vertraut sich jetzt Gott an, was er vorher nicht konnte oder wollte. Er hat ja auch bereut, was er getan hat. Ich weiß, das macht es nicht ungeschehen. Aber niemand will, dass du dich jetzt deswegen fertig machst. Dein Vater braucht jetzt deine Hilfe. Überleg mal, wie der sich fühlt, wenn dich das schon so runterzieht."

Felix hielt inne, holte tief Luft und wartete auf eine Reaktion seines Freundes.

„Tja," sagte Christian schließlich, „kaum ein Mensch wird je für das gehalten, was er wirklich ist, stimmt's? Wie ging's denn noch weiter, als ich weg war?"

Felix atmete auf. „Deine Eltern haben mir erlaubt, das Schreiben von Opa Hans mitzunehmen."

„Aha. Gratuliere. Und sonst?"

Felix überlegte, ob er Christian vom Inhalt des zweiten Umschlags erzählen sollte. Er entschied sich dagegen. Es würde sicher einen besseren Zeitpunkt geben.

„Und sonst habe ich im Prinzip einen Recherche-Auftrag von deiner Mutter erhalten. Ich darf versuchen, herauszufinden, wer diese andere Frau war, und wo das Kind abgeblieben ist."

Sekundenlanges Schweigen herrschte in der Leitung. Dann antwortete Christian, „Ich weiß gar nicht, ob ich das alles wissen will."

„Da geht es dir wie deinem Vater. Aber er hat sich schließlich von Gisela überzeugen lassen, mir den Brief und die Erlaubnis zu geben, ein wenig Detektiv zu spielen."

„Na dann viel Spaß, Mr. Marlowe."

„Danke, Mrs. Rutledge. Noch was Anderes. Ich habe tatsächlich eine E-Mail wegen meiner Schlüssel-Suche bekommen. Soll ich sie dir vorlesen?"

Christian seufzte. „Schieß los. Vielleicht kannst du mich ja doch noch anstecken mit deinem Schatzsucher-Fieber."

„Also dann, hör zu."

Lieber Herr Leonhardt,
gerade bin ich auf Ihre Suchanzeige gestoßen. Ich sammle seit vielen Jahren alte Schlüssel in allen möglichen Formen und Größen. Und einer davon – interessanterweise handelt es sich dabei ausgerechnet um das erste Exemplar, das ich besessen habe, und das meine Sammler-Leidenschaft überhaupt erst geweckt hat – könnte durchaus in ein solches Schloss passen, wie Sie es beschreiben. Ich habe mir zwar immer vorgestellt, dass dieser Schlüssel zu einer Aussteuertruhe, ungefähr aus der Zeit des Spätbarock gehört, und nicht zu einem Schrank aus dem 19. Jahrhundert, wie Sie einen besitzen. Für ein solches Möbelstück müsste der Schlüssel eigentlich zu groß sein. Aber die Maße des Schlosses, die Sie angeben, haben mich sofort an meinen Ur-Schlüssel denken lassen.
Sie werden jedoch verstehen, wenn ich Ihnen nicht das Original überlassen und es gar per Post durch die Weltgeschichte schicken möchte. Wenn Ihnen das genügt, lasse ich ein Duplikat davon für Sie anfertigen. Ich habe Ihnen fürs Erste ein paar Fotos meines Schlüssels angehängt, damit Sie sich einen Eindruck verschaffen können, ob dieses Exemplar überhaupt in Frage kommt.
Viele Grüße
Carla Vogt

Felix wartete einige Sekunden auf Christians Reaktion.

„Ist ja ulkig," sagte dieser schließlich.

„Tja," triumphierte Felix. „Du hast nicht erwartet, dass sich wirklich jemand meldet, stimmt's?"

„Ähm, doch doch, natürlich," schwindelte Christian. „Aber ulkig ist was Anderes. Erstens frage ich mich, wieso sie was von einem Schrank aus dem 19. Jahrhundert schreibt." Er machte eine Pause, um Felix zu einer Antwort zu nötigen.

„Ja, weißt du," stammelte dieser, „ich wollte nicht zu viel preisgeben. Ich wollte einfach die Truhe nicht erwähnen. Ich weiß auch nicht. Das war so ein Gefühl."

„Interessanterweise hat ja dann sie das Stichwort *Truhe* zur Sprache gebracht."

„Hochmut kommt eben vor dem Fall. Ich habe nicht damit gerechnet, dass wir es ausgerechnet mit einer Expertin zu tun bekommen. Und zweitens?" hakte Felix nach.

„Zweitens?"

„Ja! Was ist denn zweitens ulkig?"

Christian zögerte, bevor er antwortete. „Das ist wohl nur ein Zufall. Aber … der Name. Sagtest du nicht ‚Carla Vogt'?"

„Ja." Felix verstand, worauf Christian hinaus wollte. „Hieß deine Nachbarstochter nicht auch Carla?"

„Nicht nur das. Sie hieß tatsächlich Carla Vogt. Aber mittlerweile wird sie ja wohl verheiratet sein und einen anderen Nachnamen haben."

„So verheiratet wie du? Und ich?"

„Hast ja recht. Noch eine Frage. Diese E-Mail-Schreiberin, schreibt die ihren Vornamen mit C oder mit K?"

„Mit C."

Wieder herrschte Stille auf Christians Seite der Leitung.

„Christian?"

Ein Seufzen. „Auch mit C. Na super. Aber es wird wohl wirklich nur ein Zufall sein."

Kapitel 11
Lektion für einen Freund

„Ich hatte später nie solche Freunde wie damals, als ich zwölf war.
Aber mein Gott, wer hat die schon?"
- Gordie Lachance, Stand by me (1986)

Am folgenden Abend hockte Felix wieder in Christians Keller. Er hatte sich im Schneidersitz vor der Truhe niedergelassen und betrachtete den großzügigen Schlossbeschlag durch ein beleuchtetes Vergrößerungsglas. Hin und wieder wendete er den Blick vom Schloss und schob die Lupe über die Fotos, die Carla Vogt ihm an die E-Mail angehängt hatte, und die er vergrößert und ausgedruckt hatte. Sie zeigten einen wundervoll gearbeiteten Schlüssel mit gezacktem Bart, langem Schaft, kugelförmigem Gesenk und großer, runder, verzierter Reide.

Während einer ersten genaueren Betrachtung der Fotos war ihm eine kleine, zarte Gravur aufgefallen, die sich knapp unterhalb des Gesenks auf dem Schaft befand. Sie war nicht deutlich genug zu erkennen, aber es schien sich um eine Ligatur aus zwei Großbuchstaben zu handeln. Er würde in seiner Antwort-Mail an die Besitzerin darauf eingehen.

Eigentlich hatte er nur zum Spaß, aus einer Laune, einem Gefühl heraus nachsehen wollen, ob das Truhenschloss nicht vielleicht auch irgendeine Art von

Kennzeichnung aufwies. Aus diesem Grund kauerte er nun wieder auf dem kühlen Kellerboden.

Mit der linken Hand hob er die Lupe erneut vor den Metallbeschlag, während er mit der anderen ein weiches Bürstchen sehr langsam und vorsichtig über die Oberfläche führte, um den aufgelagerten Staub zu entfernen.

Als er mit dem Bürstchen bereits den unteren Rand des Beschlages erreicht hatte und eigentlich schon aufgeben wollte, entdeckte er etwas. Minutenlang starrte er durch die Lupe aus verschiedenen Winkeln auf die kleine Stelle im Metall, die offensichtlich etwas anders gestaltet war als der Rest des Ornaments. Er streichelte noch ein paar Mal leicht mit der Bürste über die Stelle und pustete mit kurzen, sanften Luftstößen die gelösten Staub- und Rostpartikel fort.

Dort war definitiv etwas graviert. Felix legte Bürste und Lupe beiseite und packte seine Kamera aus. Er hatte schon oft feststellen müssen, dass dieses Gerät quasi besser sehen konnte als er selbst. Er fand es manchmal schlicht unglaublich, welche Details auf Fotografien auftauchten, die ihm vorher am eigentlichen Gegenstand gar nicht aufgefallen waren.

Er wählte die passenden Einstellungen und machte mehrere Aufnahmen aus unterschiedlichen Winkeln,

Entfernungen und mit unterschiedlichen Beleuchtungen und Blitzkalibrierungen.

Mit seiner Kamera und den Fotos des Schlüssels lief er dann die Kellertreppe hinauf.

„Christian? Ist dein Computer an?"

„Ja!" kam Christians Antwort aus Richtung der Küche. „Und nein, ich brauche ihn gerade nicht. Danke der Nachfrage."

Felix ignorierte die Stichelei seines Freundes und lief weiter ins Büro.

Der moderne Schreibtisch war nun wieder Alleinherrscher über den Arbeitsbereich, nachdem Felix und Christian noch am späten Samstagabend Großtante Helenes Sekretär ins Wohnzimmer getragen hatten, wo er stilistisch besser hinein passte. Auf der weißen, glatten Schreibplatte stand, aufgeklappt und hochgefahren, Christians Laptop.

Christian hatte die Angewohnheit, seinen Laptop einzuschalten, wenn er von der Arbeit nach Hause kam oder morgens aufstand, und erst wieder herunterzufahren, wenn er schlafen ging oder das Haus verließ.

Felix legte die Blätter mit den Schlüsselfotos auf den Schreibtisch und entnahm seiner Kamera die Speicherkarte, die er an der rechten Seite in Christians Computer einschob.

Nacheinander klickte Felix im Bildbetrachter-Programm durch die Fotos. Immer wieder verglich er seine Aufnahmen dieses kleinen Bereiches des Schlossbeschlages mit dem Bildausdruck, der den gravierten Schlüsselschaft zeigte. Dabei schüttelte er unentwegt den Kopf.

Schließlich lehnte er sich zurück und ließ weiter seinen Blick zwischen der Aufnahme auf dem obersten Blatt und dem Bildschirm hin und her wandern.

Christian betrat den Raum, während er sich seine Hände an einem Geschirrtuch abtrocknete.

„Was machst du denn für eine Hektik hier? Hast du was entdeckt?"

Felix drehte den Laptop ein kleines Stück in Christians Richtung und legte das Foto des Schlüssels auf die Tastatur. „Sieh selbst."

Christian warf sich das Geschirrtuch über die Schulter und beugte sich zu Felix hinab. Mit zusammengekniffenen Augen betrachtete er die beiden Abbildungen. „Schick. Kratzer hier, Kratzer dort. Und das lässt dich dermaßen ausflippen?"

Felix verdrehte die Augen und stöhnte. „Mann, das sind doch keine Kratzer! Das sind Markierungen, die absichtlich angebracht wurden! Das ist entweder der Hersteller oder der Besitzer!"

„Das ist bitte was?" Christian hatte sich wieder aufgerichtet und sah seinen Freund skeptisch an.

„Na, es könnte ein Manufaktursiegel sein, eine Art Logo des Herstellers. Möglicherweise seine Initialen. Oder auch die des Auftraggebers oder späteren Besitzers. Nur eben kunstvoll aneinander gefügt. Schau doch mal." Er hob seinem Freund das Blatt mit dem Foto des Schlüsselschaftes entgegen.

Christian nahm es und betrachtete es eine Weile. „Könnte ein A und M sein. Oder halte ich es verkehrt herum?" Er grinste und gab das Blatt zurück.

„Nein, tust du nicht." Felix legte das Foto wieder auf die Tasten des Notebooks. „A und M waren auch mein Gedanke. Aber jetzt sieh dir doch das mal an." Er deutete mit dem Zeigefinger auf den Bildschirm.

Christian lehnte sich noch einmal vor. „Das ist noch ein Foto von dem Logo. Und weiter?"

„Schön, dass du das auch so siehst. Dann bilde ich es mir also nicht ein."

„Was denn?"

„Das könnte tatsächlich das gleiche Zeichen sein, richtig?"

Christian verglich erneut die beiden Darstellungen. „Hm, ja, doch, schon. Ich hätte jetzt gedacht, es wäre das gleiche. Geht's ein bisschen weniger geheimnisvoll?"

Felix holte tief Luft. „Diese beiden Zeichen,“ er deutete einmal auf das Papier, einmal auf den Bildschirm, „befinden sich nicht auf dem gleichen Gegenstand. Das hier,“ er hob Christian den Zettel entgegen, „ist eines der Fotos, die Carla Vogt von ihrem Schlüssel gemacht hat. Und das da,“ er zeigte auf den Bildschirm und machte eine theatralische Pause, „ist eine Aufnahme, die ich vor ein paar Minuten in deinem Keller geschossen habe.“

Christian stutzte. „In meinem Keller? Und wo genau?“

„Das Zeichen da,“ Felix genoss den fragenden Ausdruck auf dem Gesicht seines Freundes, „befindet sich auf dem Schloss deiner Truhe!“

Christian ließ sich auf dem zweiten Bürostuhl nieder und dachte über die Bedeutung dessen nach, was sein Freund ihm gerade erzählt hatte.

„Sie betreten die Twilight Zone,“ flüsterte er. Dann versuchte er zusammenzufassen: „Angenommen, die Zeichen sind tatsächlich identisch, dann müsste das doch heißen, dass irgendwann sowohl Schlüssel als auch Truhe ein und demselben Menschen gehört haben. Entweder dem Hersteller oder dem späteren Besitzer. Richtig?“

Felix war immer noch begeistert von seiner Entdeckung und freute sich, dass sein Freund offenbar auch davon beeindruckt war. „Richtig. Wenn es allerdings das Monogramm des Herstellers ist, dann müssen Truhe und

Schlüssel immer noch nicht zwangsläufig zusammengehören. Alle Schlüssel und Schlösser aus dieser speziellen Werkstatt würden dann vermutlich dieses Zeichen tragen."

Christian sah seinen Freund entsetzt an. „Mensch, da hast du eine bombastische Entdeckung gemacht und musst gleich wieder die Luft rauslassen! Stell dir das doch mal vor! Es ist völlig wurscht, ob Schlüssel und Truhe wirklich zusammenpassen. Wie wahrscheinlich war es denn überhaupt, zwei Sachen vom gleichen, seit vierhundert Jahren toten Hersteller zusammenzubringen?"

„Naja, vierhundert Jahre nicht gerade. Aber ich werde jetzt zwei Dinge tun," verkündete Felix. „Ich werde eine kleine Nachricht an Madame Vogt schicken und sie fragen, ob sie etwas über die Gravur weiß. Und das kann ich mir durchaus vorstellen. Warum hätte sie mir sonst eine Großaufnahme ausgerechnet von diesem Abschnitt des Schlüssels schicken sollen."

Damit drehte er sich zu Christians Laptop herum und begann zu tippen. Er loggte sich in seinen Mail-Account ein und rief die E-Mail von Carla Vogt auf.

Neben ihm begann Christian, ungeduldig mit den Armen zu fuchteln und den Kopf zu schütteln. „Zwei Dinge, Kumpel, du wolltest ZWEI Dinge tun! Herrjeh, lass mich doch nicht immer so zappeln!"

„Oh, ja." Christian drehte sich wieder zu seinem Freund herum. „Außerdem werde ich einfach mal davon ausgehen, dass wir mit A und M richtig liegen. Wenn Frau Vogt mich eines Besseren belehrt, dann habe ich die Zwischenzeit wenigstens mit ein bisschen Recherche verbracht. Ich könnte nämlich mal prüfen, ob ich einen Metallhandwerker finde, der in der Zeit, als unsere Truhe vermutlich entstand, tätig war, und auf den diese Initialen passen könnten. Zufrieden?"

„Zufrieden." Christian erhob sich. „Tasse Kaffee?"

„Auf jeden Fall!"

Während Christian mit seinem Geschirrtuch über der Schulter das Büro verließ, wandte Felix sich wieder der E-Mail zu. Er überlegte kurz, dann begann er zu tippen.

Liebe Frau Vogt,
vielen Dank für Ihre Nachricht und die Fotos von Ihrem wundervollen Schlüssel. Ich habe, genau wie Sie, den Eindruck, dass er tatsächlich passen könnte!
Mir sind die kleinen Einkerbungen auf dem Schaft aufgefallen. Leider kann ich nicht genau erkennen, ob es sich dabei lediglich um einen Fehler oder eine Gravur handelt. Vielleicht sogar ein Manufaktursiegel? Wissen Sie Näheres darüber? Mit ein wenig Fantasie könnte man eine Ligatur erkennen. AT, AM oder eventuell AN?

Möglicherweise sind es ja auch die Initialen des Besitzers? Wenn solche jahrhundertealten Gegenstände doch nur sprechen könnten …
Mit besten Grüßen
Felix Leonhardt

Er las den Text noch einmal durch und schickte die Nachricht ab. Und wieder hatte er die arme Frau angeschwindelt. Er war sich so gut wie sicher, dass es sich um die Buchstaben A und M handelte. Aber er war immer noch nicht bereit, ihr mehr zu erzählen. Warum eigentlich nicht? Ob er wohl übertrieb? Er dachte nach und kam schließlich zu dem Schluss, dass es sich wohl nicht um eine unangenehme Vorahnung oder Ähnliches dieser unbekannten Frau gegenüber handelte. Er wollte einfach nur seine Entdeckung, die im Grunde nicht einmal ihm, sondern Christian gehörte, mit keinem Außenstehenden teilen, meinte, sie eifersüchtig behüten zu müssen.

Felix saß entspannt in Christians Bürostuhl und fing an zu grinsen. In Gedanken sah er sich selbst, klein, dürr, bleich und buckelig, mit haararmem Kopf und großen Augen auf der Truhe kauern und hörte sich mit zittriger Stimme heiser murmeln, ‚*Meiiinnnnn Schaaa-aaaatzzzzz,*' während er mit dünnen, langen Fingern über das Holz streichelte.

Christian kam mit zwei Bechern Kaffee herein und sah den geistesabwesenden Ausdruck auf Felix' Gesicht. „Na? Wo bist du jetzt wieder in Gedanken hingewandert?"

Felix nahm einen der Becher entgegen. „Mittelerde," antwortete er.

Christian wollte sich gerade in den freien Stuhl fallen lassen, hielt aber in der Bewegung inne und starrte seinen Freund an. „Okay, jetzt bist du völlig durchgeknallt. Ich lass dich hier drin nicht mehr allein."

Felix lachte. „Ach vergiss es."

„Was macht die Recherche?"

„Ehrlich gesagt, ich habe noch gar nicht angefangen."

„Fleißig, fleißig," Christian grinste und nahm einen Schluck Kaffee. „Kann ich dir irgendwie helfen, während du auf deine kreative Eingebung wartest?"

„Oh, nein, nur noch den Kaffee, dann werde ich …" Das Signal einer eingehenden E-Mail unterbrach ihn. Er drehte sich zum Laptop herum und setzte sich aufrecht hin.

„Frau Vogt ist aber fix." Er stellte seinen Becher ab und öffnete die E-Mail.

Sehr geehrter Herr Leonhardt,
ich setze jetzt alles auf eine Karte – und warum auch nicht, denn Sie sind es ja, der etwas von mir möchte und nicht umgekehrt – und sage Ihnen auf den Kopf zu, dass Sie nicht ehrlich zu mir sind!

Kleiderschrank aus dem 19. Jahrhundert –
Blödsinn!

Sie und die Signatur nicht entziffern können
… völliger Quatsch! Ihnen ist vollkommen klar,
dass es sich um A und M handelt. Sie müssten
mittlerweile schon genügend Erfahrung ge-
sammelt haben, was das Lesen von Mono-
grammgravuren angeht. Immerhin habe ich
Ihnen bewusst ein vergrößertes Foto des Mo-
nogramms mitgeschickt, weil ich genau davon
ausgegangen bin, dass es für Sie hilfreich sein
muss.

Und dann diese unglaubliche Melodramatik:
,Wenn solche jahrhundertealten Gegenstände
doch nur sprechen könnten.' Sehr witzig!

Sie wundern sich vielleicht, woher ich weiß,
dass Sie mir, aus welchen Gründen auch immer, etwas vorflunkern? Ich erwähnte bereits,
dass mich alte Schlüssel interessieren. Ebenso
wie alte Schlösser. Und auf der Suche nach
Stücken, die meine Sammlung ergänzen können, bin ich schon oft auf Ihren Namen gestoßen als Kontakt für Auktionen oder Verkäufe.

Außerdem lese ich – nicht zuletzt aus beruf-
lichem Interesse - immer gerne Ihre Artikel im
Antiquar. Gerade den in der letzten Ausgabe
über Tischler im badischen Raum im 18. Jahrhundert fand ich wieder sehr aufschlussreich
und interessant.

Falls es sich hier nicht um eine zufällige Namensgleichheit handelt, dann haben Sie, lieber
Felix Leonhardt, weit mehr Ahnung von der
Materie, als Sie mir gegenüber zugeben wollen, und haben gleichzeitig mein Wissen unter-
schätzt! Pech gehabt!

*Es tut mir sehr leid, aber wenn Sie nicht be-
reit sind, mir reinen Wein einzuschenken –
denn es gibt kaum etwas, das ich noch weniger
ausstehen kann als Unaufrichtigkeit – bin ich
auch nicht bereit, Ihnen bezüglich meines
Schlüssels auf irgendeine Art und Weise entgegen zu kommen.*
Hochachtungsvoll
Carla Vogt

„Hoppla," sagte Christian, „die hat's dir aber gegeben.
Die muss ganz schön in Fahrt sein, bei der Menge, die sie
in der kurzen Zeit getippt hat. Und seit wann schreibst du
Artikel für Fachzeitschriften?"

Felix schüttelte das Entsetzen ab, das ihn zeitweilig ge-
packt hatte. „Ähm, was? Ach, seit ungefähr zwei Jahren."
Er überflog noch einmal die Nachricht mit dem etwas über-
raschenden Inhalt. „Jetzt werde ich ihr am besten die
Wahrheit sagen."

„Und was ist die Wahrheit? Dass du ganz gerne mal
Spielchen treibst?"

„Nein," Felix seufzte ungehalten. „Ich werde mich entschuldigen, schreiben, dass man ja zuerst nie weiß, mit
wem man es zu tun hat ... "

„Also, sie wusste es offensichtlich," lachte Christian.

Felix funkelte seinen Freund an. „Dann erzähle ich ihr
eben von der Truhe, denn so schlau ist sie ja selber schon
gewesen. Als Zeichen meines guten Willens ..."

„Und schlechten Gewissens ... "

Felix ignorierte die Unterbrechung, „... werde ich ihr Fotos von Truhe und Schloss schicken. Und ich schreibe ihr, dass es ja eigentlich gar nicht meine Schuld ist. Ist ja immerhin deine Truhe."

„Na, danke. Angeschwindelt hast du sie aber, nicht ich. Frag sie lieber, ob sie früher irgendwann mal in Laufenburg gewohnt hat."

„Wie, in Laufenburg gewohnt?"

Christian holte tief Luft. „Wir sind doch damals aus Laufenburg hierher gezogen, nachdem Papa versetzt wurde. Da musste ich auch die Schule wechseln und traf ...," er machte eine theatralische Handbewegung in Felix' Richtung. „Und es hat, wie gesagt, ein Mädchen namens Carla Vogt im gleichen Haus gewohnt wie wir, die aber zirka drei Jahre vor uns schon weggezogen ist."

„Okay, ich frage sie. Wie hieß die Straße?"

„Oh je," Christian lehnte sich zurück, verschränkte die Hände hinter dem Kopf und ließ die Augen über die Zimmerdecke wandern. Nach einer Weile murmelte er, „Die Hauptstraße war es. Das weiß ich noch sicher. Die lässt sich auch kaum verwechseln. Nummer ...," er überlegte kurz. „Nummer 9. Ja, richtig." Er nahm die Arme herunter und sah Felix an. „Hauptstraße 9."

„Und ... wie alt war sie damals?"

„Ungefähr acht oder neun. Eher acht."

Felix nickte, suchte auf seiner Kameraspeicherkarte mit Hilfe des Bildbetrachters auf Christians Laptop die Fotos, die er am Samstag aufgenommen hatte, wählte zwei deutliche Aufnahmen der alten Truhe und ihres Schlossbeschlages aus und kopierte sie auf die Arbeitsfläche.

Er zögerte einen Moment, dann wählte er zusätzlich eines der kurz zuvor neu entstandenen Fotos mit einer guten Aufnahme der Gravur auf dem Truhenschloss.

Anschließend klickte er in seinem E-Mail-Programm auf *Antworten* und begann zu schreiben.

> *Liebe Frau Vogt,*
> *in der Tat muss ich mich bei Ihnen vielmals entschuldigen.*
> *Die falschen Angaben über das Möbelstück habe ich deswegen in die Suchanzeige hineingesetzt, weil ich einer unbekannten Öffentlichkeit tatsächlich nichts über das wirkliche Objekt preisgeben wollte. Sie müssen wissen, es scheint sich ein kleines Familiengeheimnis darum zu ranken, und das sollte auch in der Familie bleiben.*
> *Ich beglückwünsche Sie zu Ihrer Expertise. Es handelt sich tatsächlich um eine Truhe. Ich habe Ihnen nun meinerseits ein paar Fotos angehängt.*
> *Das gute Stück gehört allerdings nicht mir selbst, wie Sie sich denken können, wenn Sie wissen, dass ich meistens als Zwischenhändler bzw. Vermittler fungiere. Es gehört meinem besten Freund, der mich im Übrigen gebeten hat, Ihnen eine Frage zu stellen.*

Meinem Freund, Dr. Christian Frankenberger, ist Ihr Name aufgefallen, der ihn an eine Nachbarin aus seiner Kindheit erinnert, die mit etwa acht Jahren fortgezogen ist, jetzt also um die siebenunddreißig sein müsste, wenn Sie mir meine Direktheit verzeihen. Christian und seine Carla Vogt wohnten damals in der Hauptstraße 9 im badischen Laufenburg.

Ich gehe mal davon aus, dass es sich nur um eine zufällige Namensgleichheit handelt. Aber wir dachten, es kann ja nicht schaden, einfach mal zu fragen.

Was die Gravur betrifft, so hatte ich tatsächlich den Verdacht, dass es sich um besagte Buchstaben handelt. Ich danke Ihnen für die Bestätigung.

Mir bleibt jetzt nur zu hoffen, um meines Freundes Willen, dass Sie mir nicht mehr böse sind.

Mit allerherzlichsten Grüßen
Felix Leonhardt

„MEINE Carla Vogt? Hast du sie noch alle?"

„Stell dich nicht so an. Hättest ihr ja selber eine Mail schicken können," erwiderte Felix.

Dann sah er seinen Freund lange an und überlegte, wie er die Gedanken, die ihm schon seit dem vorherigen Tage im Kopf herum spukten, am besten formulieren sollte.

„Ist irgendwas?" fragte Christian, irritiert von Felix' Blick.

Felix nickte, war sich aber immer noch nicht sicher, wie er beginnen sollte. Christian kam ihm zu Hilfe.

„Du willst über meinen Killer-Opa reden, stimmt's?"

Felix verdrehte die Augen. „Machst du dich immer noch fertig deswegen?"

Christian murmelte, „Willkommen in der Wüste der Wirklichkeit." Dann erhob sich mit seinem Kaffeebecher in der Hand und griff nach dem seines Freundes. „Wie würdest du dich denn fühlen? Ich habe, so lange ich mich zurückerinnern kann, zu diesem Mann aufgesehen, wie sonst nur zu meinem Vater. Und jetzt erfahre ich, dass er seinen eigenen Schwager kaltblütig totgeprügelt hat. Bloß weil der fremd gegangen ist. Und dann fleht er in diesem … diesem melodramatischen Brief Gott um Vergebung an für seinen Racheakt. Hast du so was Heuchlerisches schon mal gehört?"

„Hast du noch nie Fehler gemacht?"

„Fehler? Das nennst du Fehler? Hast du nicht zugehört? Er hat es geplant, Felix. Er ist mit der Absicht, seinen Schwager zu ermorden, zu dessen Haus gegangen. Keine Ahnung, welche Lügen er ihm erzählt hat, damit er auch mitgeht. Und dann dieses Geständnis, das erst mehr als ein halbes Jahrhundert später gefunden wird. Hätte er es ernst gemeint damals, dann hätte er sich der Polizei gestellt. Stattdessen hat er sich feige in sein Kämmerchen gesetzt, ein Stück Papier genommen und alles aufgeschrieben. Als ob damit alles wieder gut wäre."

Felix seufzte. „Naja, 1937 ist man wohl nicht so locker mal eben *zur Polizei gegangen*. Außerdem hat er ja gar nicht gedacht, dass damit alles gut wäre. Er hat doch geschrieben, dass er keine Vergebung erhofft. Nicht mal Verständnis."

„Ach, bla bla bla. Wie durchdacht von ihm! Meinst du, er hat einen Gedanken verschwendet an Oma Emma? An Helene, der er den Mann weggenommen hat?"

„Glaubst du, die beiden wussten Bescheid?"

„Oh Gott, Felix. Ich weiß nicht was schlimmer wäre. Wenn Helene niemals erfahren haben sollte, was wirklich mit Walter passiert ist, oder wenn sowohl sie als auch Emma gewusst hätten, dass sie einen Mörder in der Familie haben. Und geschwiegen hätten."

Christian stellte die Becher auf dem Schreibtisch ab, sank auf dem Bürostuhl nieder und vergrub das Gesicht in den Händen. „Oh Mann, ich weiß nicht, wie lange ich das noch aushalte."

Felix spürte Wut in sich aufsteigen. „Also, jetzt reiß dich aber mal zusammen. Hör dir doch mal selber zu! Es wird langsam lächerlich."

Christian sah seinen Freund an. „Wieso lächerlich?"

„Kannst du nicht endlich mal aufhören, dich ständig zu beschweren?"

„Was ist denn mit dir los?"

„Was mit MIR los ist? Was ist denn mit DIR los? Du hast alles, was man sich nur wünschen kann. Verständnisvolle, liebevolle Eltern, den Beruf, den du wolltest …. Und du tust nichts Anderes als jammern. Wie schlimm das doch ist, was dein Großvater seinem Schwager angetan hat. Und dem Rest deiner Familie. Oh MANN, Jammern ist ja auch so einfach!"

„Ist das denn nicht schlimm, was er getan …"

„Scheiße, Christian! Mein Großvater war auch ein Mörder."

„Was?"

„Hab ich dir nie erzählt, stimmt's? Warum wohl? Ich verrat's dir. Er hat zwar nie persönlich einem den Hals umgedreht, und trotzdem hatte er Blut an den Händen."

„Wovon redest du denn?"

„Mein Großvater war ein verdammter Nazi, Christian! Ein Blockwart. Der hat Juden und Schwule und Sozialdemokraten aus seiner Nachbarschaft an die Gestapo verraten. Und darauf geachtet, dass jeder schön die Flaggen aus den Fenstern gehängt hat. Und dass ja in allen Wohnungen die richtigen Radiosender gehört wurden. Und wehe wenn nicht!"

„Woher weißt du das alles?"

„Was denkst du denn? Von meinem Vater natürlich. Und der hat dafür niemals auch nur ein kritisches Wort übrig gehabt. Im Gegenteil! ‚Dein Großvater,' hat er mal zu mir gesagt, ‚DAS war noch ein Mann. Pflichtbewusst und diszipliniert.' Kein Wort über die unzähligen Leben, die er auf dem Gewissen hat. Und hörst du MICH deswegen jammern?"

„Nein, das ... Mensch, Felix, das tut mir ... warum hast du darüber nie mit mir gesprochen?"

„Ich bin halt anders als der feine Herr Doktor, der bei einer klitzekleinen Erschütterung seiner heilen Welt gleich kurz vor dem Ausflippen steht."

„Klitzekleine Erschütterung? Na, du hast wirklich Nerven."

„Ich sage ja nur, spar dir das Gejammer. Es ist lächerlich. Du hast schon Schlimmeres durchgestanden."

„Ach ja? Nenn mir was!"

„Auf jeden Fall ist es nicht ausgeschlossen, dass dir noch Schlimmeres passieren wird in deinem Leben. Also verschieß jetzt nicht deine ganze Munition."

„Sag mal, spinnst du?"

„Vielleicht. Aber genau das hält mich möglicherweise davon ab, verrückt zu werden."

„Okay, jetzt will ich dir zur Abwechslung mal was sagen, oh weiser und leidensfähiger Felix Leonhardt. Jedes Mal, nachdem mir ein Patient unter den Händen weggestorben ist, wird mir klar, dass ich selber dankbar sein sollte für alles, was ich habe. Jedes Mal, wenn ich jemanden als gesund entlassen darf, bin ich dankbar für alles, was ich kann und habe. Immer wenn ein armer Kerl bei uns eingeliefert wird, der niemanden mehr auf der Welt hat, und von dem ich weiß, dass keiner um ihn weinen wird, wenn er es ein paar Tage später überstanden hat, bin ich dankbar, dass ich meine Familie habe. Und dich, mein Freund.

Und jetzt sage ich dir noch was. Du bist erwachsen, Mann! Schlimm genug, dass du dir hast vorschreiben lassen, welchen Beruf du erlernen sollst. Willst du dir noch mit fünfzig von deinem Vater dreinreden lassen? Du stellst das hin, als sei es für mich so einfach gewesen, alles zu bekommen, was ich will. Vielleicht war es einfacher als bei dir. Ich gebe zu, meine Eltern sind etwas anders geartet als dein Vater. Da magst du ja recht haben, dass ich es in mancher Hinsicht einfacher hatte. Aber man hat auch selber immer zwei Möglichkeiten. Man kann das arme Opfer bleiben, das von seinen Eltern unterdrückt und bevormundet wird, oder man kann mit der Faust auf den Tisch hauen und sagen, verdammt, ich bin keine sieben mehr! Ich gehe auf die Vierzig zu! Und ich bin kein DEPP, den IRGENDJEMAND noch an die Hand nehmen muss. Für GAR NICHTS!

Ich sage nicht, dass das einfach ist. Dafür, dass dir das nicht leicht fällt, hat dein Vater schon gesorgt mit seinen fragwürdigen Erziehungsmethoden. Immer wenn du mit ihm zu tun hast, dann bist du wieder der kleine Junge, der nichts zu sagen hat, alles falsch macht und den sein Papa auch heute noch liebend gerne zurechtstutzt. Natürlich kannst du das alles so lassen, wie es ist. Aber ist das nicht ein bisschen bequem? Du sitzt da und motzt mich an, dass ich darüber jammere, dass ich plötzlich einen Mörder in der Familie habe. Ja, entschuldige bitte, dass es mir bisher nicht genauso dreckig gegangen ist wie dir Armem!

Warum furzt du eigentlich mich jetzt so an? Ich habe dir ja in deinem Leben wohl noch nicht das Geringste getan! Warum pflaumst du nicht mal deinen Vater so an wie mich gerade?"

Die Männer sahen einander lange schweigend an, bis Felix schließlich sagte, „Amen, Bruder. Du hast recht. Es tut mir leid."

Christian verzog das Gesicht zu einem bitteren Lächeln. „Wir haben beide recht, mein Freund. Und mir tut's auch leid. Ich bestelle uns jetzt was zu Essen." Er nahm die Kaffeebecher vom Schreibtisch und verließ das Arbeitszimmer.

Kapitel 12
Licht im Dunkel

„Fast könnte man glauben, dass ein Fluch
auf unserer unglücklichen Familie liegt, Mazzini."
- Lord Ascoyne d'Ascoyne, Adel verpflichtet (1949)

„Rotwein und Pizza!" rief Felix, während er Christians Haustür mit dem Fuß hinter dem Pizzaboten zu schob. Er balancierte die beiden flachen, quadratischen Kartons in die Küche, wo Christian gerade zwei Rotweingläser auf den Tisch stellte.

„Super, her damit. Ach, ich liebe das. Ich bestelle und du zahlst."

„Wieder okay?" Felix reichte Christian die Chianti-Flasche und stellte die Kartons auf den Tisch. Den oberen klappte er auf.

Christian zupfte die Folie vom oberen Teil des Flaschenhalses und warf einen Blick in die offene Pizzaschachtel. „Igitt, Oliven! Das ist deine!" Dann setzte er den Korkenzieher an und öffnete die Flasche mit ein paar gekonnten Handbewegungen.

„Geht's dir wieder gut?" fragte Felix noch einmal, während er die untere Schachtel hervor zog und sie auf der anderen Seite des Tisches ablegte.

Christian stellte die offene Flasche ab, drehte den Korken vom Korkenzieher herunter und sah seinem Freund dabei in die Augen. „Ja!" antwortete er, für Felix' Geschmack etwas zu sehr betont.

„Ich komm schon klar. Irgendwann," fuhr Christian fort, während er nach der Flasche griff und die Gläser füllte. „Wie geht es denn dir? Vielleicht sollten wir wirklich darüber reden. Totgeschwiegen wurde all das ja nun schon wirklich lange genug."

Felix nickte. „Stimmt. Aber lassen wir meine Vorgeschichte erst mal ruhen."

„Noch länger? Bist du sicher?"

„Aber ja. Ich bin jetzt auch wieder in Ordnung. Und dir wird es gut tun, wenn wir deine Sache mal analytisch betrachten."

Die beiden Männer setzten sich einander gegenüber an den Küchentisch und genossen ihre ersten Bissen Pizza schweigend.

„Okay. Wo fangen wir an?" fragte Christian dann kauend.

Felix trank einen Schluck Wein und dachte kurz nach. „Wo ist die Leiche?"

„In irgendeinem Fluss. Wir müssten herausbekommen, wo sie damals gewohnt haben. Dann könnten wir schauen, welche Wälder es da in der Nähe gibt und wiederum die herausfiltern, die in der Nähe eines Flusses liegen. Dann könnten wir nachforschen, ob irgendwann, irgendwo an einem der Ufer eines dieser möglichen Flüsse ein männlicher Leichnam angeschwemmt wurde, den man nie identifiziert hat. Die Sache ist also wahnsinnig einfach." Christian biss herzhaft in seine Schinken-Käse-Pizza.

Felix betrachtete seinen Freund schmunzelnd. „Ich bin unglaublich stolz auf dich. Das wäre ja schon mal ein Ansatz. Und," fügte er hinzu, „dein Humor ist wieder da."

„Danke," sagte Christian kauend.

„Wie viele fließende Gewässer," überlegte Felix, „gibt es hier in der Nähe, in denen man problemlos eine Leiche entsorgen kann? Mir fällt da auf Anhieb nur der Rhein ein."

Christian schüttelte den Kopf. „Ich bin sicher, es gibt da noch mehr. Aber wir haben uns unsere Umgebung hier ja noch nie unter dem Gesichtspunkt der Eignung zur Leichenentsorgung betrachtet. Wir sollten mal einen ausgedehnten Spaziergang an der Wutach machen."

Felix lachte.

„Können wir denn voraussetzen," fuhr Christian fort, „dass Emma und Hans, Walter und Helene auch wirklich hier in der Nähe gewohnt haben zu der Zeit? Und nicht in … was weiß ich … Hamburg oder so."

„Wo ist dein Vater denn geboren?"

Christian blies die Wangen auf und dachte nach. „Soweit ich weiß, genau wie ich in Laufenburg. Drüben auf der

Schweizer Seite. Weil Oma und Opa in Luttingen gewohnt haben."

„Sieh mal einer an."

„Was denn? Das heißt nicht, dass sie vorher nicht woanders gewohnt haben können."

Christian sah Felix an und plötzlich erschien ein diabolisches Grinsen auf seinem Gesicht.

„Was ist los?" fragte Felix.

Christian schüttelte den Kopf. „Wenn wir glauben, was Opa Hans geschrieben hat, dann wissen wir zumindest, wo Großonkel Walters Leiche NICHT ist."

„Ach ja? Wo denn?"

Christian lehnte sich vor und flüsterte, „Unten im Keller in der Truhe!"

Felix verschluckte sich beinahe an seiner Pizza. Dann schüttelte er den Kopf und raunte, „Und wenn doch? Dann wüssten wir, warum Großtante Helene den Schlüssel möglicherweise mit ins Grab genommen hat. Sie hat mit Hans unter einer Decke gesteckt und ihn angestiftet. Dann haben sie zusammen Walter in die Truhe gesteckt und Hans hat diesen Brief hinterlassen, um eine falsche Fährte zu legen."

Ruckartig setzte Christian sich auf. „Das ist mir dann doch zu unheimlich," sagte.

„Ja, sorry, war ja auch nicht ernst gemeint. Kannst du dir vorstellen, wie es dann bei Helene in der Wohnung irgendwann gestunken hätte?"

„Oh MANN," rief Christian. „Eigentlich hatte ich bis gerade eben noch Hunger!"

Felix lachte und erhob sein Glas. „Wieso? Du hast doch damit angefangen. Außerdem bist du Arzt, Mensch, das dürfte dich doch gar nicht so schocken."

Christian prostete seinerseits seinem Freund zu. „Allerdings. Ich bin Arzt, der es eher mit lebenden Menschen zu tun hat. Kein Gerichtsmediziner, dessen Kundschaft aus Leuten besteht, die nach Jahrzehnten in irgendwelchen Möbelstücken gefunden werden!"

„Lecker. Nächste Frage: Wer ist die Mutter und wo ist das Kind?"

„Du weißt schon, dass das zwei Fragen sind?"

„Erbsenzähler!"

Christian lachte und griff nach dem nächsten Pizza-Achtel.

Felix tat es ihm nach. „Deine Mutter hat doch gesagt, sie hätte eine Theorie diesbezüglich. Wir sollten sie mal unauffällig fragen, was diese Theorie besagt. Am Ende stimmt sie mit unserer überein."

„Und welches wäre unsere?" Christian runzelte die Stirn.

„Na," Felix wischte sich mit seiner Serviette über die Lippen und griff nach seinem Weinglas, „wir haben uns doch letztens gefragt, ob Walter und deine Oma Emma vielleicht …"

„Jetzt mach aber mal halblang," unterbrach ihn Christian. „DU hast dich das gefragt, und ich finde das … ganz schön weit hergeholt!"

„Glaubst du? Ich weiß, dass das die Sache nicht gerade besser machen würde. Aber lass uns erst mal mit deiner Mutter reden."

„Okay, morgen Abend geht Papa zum Bowling. Da rufe ich sie an."

„Prima. Und…" Felix zögerte. „Sie hat noch was gesagt, als du schon weg warst. Sie meinte, ich könnte ja herausfinden, dass sie sich irrt, also, in Bezug auf diese außereheliche Frau. Und wenn ich herausfände, dass sie sich nicht irrt, und jetzt kommt's." Felix nahm genüsslich einen weiteren Schluck Wein und biss in seine Pizza.

„Jetzt machst du's schon wieder!" rief Christian aufgebracht. „Spann mich nicht immer so auf die Folter!"

„Wenn sie sich nicht irrt," Felix kaute noch ein paar Mal und schluckte, „dann möchte deine Mutter, das war ganz merkwürdig, ‚auf die Suche gehen und aus dem Unrecht etwas Positives machen'."

Christian runzelte die Stirn. „Auf die Suche gehen nach was?"

„Tja, das ist natürlich die Frage. Aber wenn deine Mutter dir etwas über ihre Theorie erzählt, löst sich dieses Rätsel vermutlich auch auf."

Christian nickte. „Dann wäre das also der nächste Schritt." Er stand auf und knickte seine leere Pizzaschachtel in der Mitte.

„Wie wär's mit einem Filmchen zur Ablenkung?"

Felix unterzog seine eigene Schachtel der gleichen Behandlung. „Gut. Lass uns Cube schauen."

Christian stöhnte leise. „Wir haben gerade gegessen."

„Na und? Dann mach an der Stelle mit der Säure eben die Augen zu … Herr Doktor."

Christian nahm Felix die zusammengestauchte Pappschachtel ab. „Als wenn's nur das wäre. Wie wär's stattdessen mit Cypher? Es muss ja heute offensichtlich unbedingt Natali sein."

Felix nahm die Rotweinflasche und die Gläser, um sie ins Wohnzimmer zu tragen. „Ja, muss es. Und Cypher klingt prima. Das ist so schön kompliziert, dass mir deine Familiengeschichte wie das kleine Einmaleins vorkommen wird. Wenigstens für heute Abend."

Kapitel 13
Friedhof der Träume

„Wissen Sie, ich habe gerade gedacht,
es muss auch eine gewisse Art von Freiheit bedeuten,
wenn man nur in der Gegenwart lebt.
Wenigstens müssen Sie nicht jeden Tag versuchen,
Ihre Vergangenheit zu vergessen.“
  - Mike Church, Schatten der Vergangenheit (1991)

Als Felix am Dienstagabend nach Hause kam, zeigte ihm sein Anrufbeantworter an, dass es neue Nachrichten für ihn gab. Er drückte auf den blinkenden Knopf und lauschte den Aufnahmen.

Ein Anruf von seinem Vater bezüglich eines gemeinsamen Geburtstagsgeschenks für Felix' Seniorpartner, inklusive Aufforderung zum Rückruf, ein sprachloser Anrufer, der aufgelegt hatte, ohne etwas zu sagen, dann Felix' freundliche Vermieterin, die sich in regelmäßigen Abständen erkundigte, ob alles in Ordnung sei, da sie nicht mit im gleichen Haus wohnte. Schließlich erkannte Felix Christians Stimme.

„Hi, ich bin's. Ich rufe absichtlich bei dir daheim an und nicht im Büro oder auf deinem Handy. Aber du könntest mich bitte sofort zurückrufen, sobald du zu Hause bist. Es ist ziemlich wichtig. Bis dann.“

Felix nahm das Telefon und rief Christian über seine Mobilfunknummer an. So bestand die größte Chance, ihn zu erreichen.

„Frankenberger?" meldete Christian sich fast sofort.

„Befehl ausgeführt und sofort zurückgerufen! Was ist denn so dringend?" Felix erkannte an den Hintergrundgeräuschen, dass Christian einige hastige Schritte machte, etwas zu jemandem in seiner Nähe sagte, was Felix jedoch nicht verstand, und schließlich eine Tür zuschlug.

„Also, pass auf," kam Christians die Antwort. „Vor lauter Entsetzen über dieses Schreiben von Opa Hans haben wir eine Sache völlig vergessen."

„Welche Sache?"

„Wir haben gar nicht nachgesehen, ob mein Sekretär auch ein Geheimfach hat."

„Stimmt. Da habe ich auch nicht mehr dran gedacht. Hast du mittlerweile nachgeschaut?"

Christian seufzte. „Allerdings."

„Und?"

„Er hat tatsächlich ein Geheimfach. Und zwar genau an der gleichen Stelle wie der andere."

„Du hast es geöffnet?"

„Klar. Sonst wüsste ich ja nicht, dass der Boden der Schublade ein doppelter war."

„Na? War was drin?"

„Ja."

„Okay, das spannend-Machen hast du eindeutig von mir gelernt. Spuck's aus! Was war denn drin?"

„Ich rufe meine Mutter nachher nicht heimlich an. Wir sollten morgen einfach hingehen. Du kommst doch mit?"

Felix ließ sich auf seinen Schreibtischstuhl fallen. „Heißt das, du willst mir vorher nicht erzählen, was du entdeckt hast?"

Christian lachte. „Du weißt doch, ‚Rache ist ein Gericht, das am besten kalt serviert wird.' Sonst machst du so was nämlich immer mit mir. Wir treffen uns dann direkt dort morgen Abend um sieben. Okay? Tschüss, ich muss wieder los."

Felix seufzte, erhob sich und steckte das Telefon auf seine Station zurück. Sollte Christian ruhig noch ein bisschen seinen Spaß mit seinem Geheimnis haben. Auf jeden Fall schien er wieder etwas besser gelaunt zu sein.

Leider stand Felix nun noch die Aufgabe bevor, seinen Vater zurückzurufen.

Er sprach nicht gerne mit seinem Vater. Weder Auge in Auge noch am Telefon. Alle Unterhaltungen zwischen den beiden wurden von seinem Vater mit Hinweisen auf Felix' Unzulänglichkeiten und Fehler gesalzen.

Oder kam ihm das selbst nur so vor? Felix schüttelte den Kopf. Das konnte er sich doch nicht einbilden. Immer diese Vorwürfe. Warum er denn nicht öfter anrief? Warum wohl? Vielleicht weil er sich hinterher, und im Grunde auch vorher schon, immer nach einer Flasche Vergessen sehnte? Warum er wohl nicht öfter auch ohne geschäftliche Gründe zu Besuch käme? Vielleicht weil das noch schlimmer war, als anzurufen? Wieso er denn eigentlich noch nicht verheiratet war? Felix wünschte, er hätte den Schneid, seinem Vater ins Gesicht zu sagen, dass ihn das nun wirklich nichts anging. Aber das gelang ihm ja nicht einmal am Telefon. Er bevorzuge doch wohl nicht etwa Männer? Immerhin hänge er ja immer noch und fast ständig mit diesem Christian herum. Aber was verstand sein Vater schon von Freundschaft? Und wenn schon?

Felix wusste, dass Christian in diesem Punkt recht hatte. Er würde niemals Frieden finden, wenn er nicht entweder seinem Vater nur wenigstens ein einziges Mal die Meinung sagte, oder sich ein dickeres Fell zulegte, damit ihn dessen Worte nicht mehr so tief trafen.

Er atmete tief durch und wählte die Nummer.

„Leonhardt!"

„Hallo, Papa. Ich bin's."

„Wer ist *ich*? Hast du immer noch nicht gelernt, wie man sich am Telefon meldet? Machst du das im Geschäft etwa auch so?"

„Nein, Papa, natürlich nicht. Tut mir leid."

Felix hatte sich schon immer gut entschuldigen können. Es kam ihm leicht von den Lippen. Nie dachte er erst darüber nach, nie drängte sich der Gedanke in den

Vordergrund, dass gar nicht er derjenige war, der sich entschuldigen sollte. Dass nicht er verantwortlich war, dass hier irgendetwas falsch lief. Wer außer ihm würde seinen Vater denn sonst mit *Papa* ansprechen? Was sollte also diese Frage?

Aber dieser Gedanke drängte sich nicht nur nicht in den Vordergrund, er war im Prinzip überhaupt nicht existent. Felix war der Sohn, der Jüngere, der Unerfahrene, und er würde es immer bleiben. Er musste auch derjenige sein, der allen Grund hatte, sich zu entschuldigen, weil zwangsläufig er auf dem Holzweg sein musste mit seinen Ansichten, seinen Meinungen.

Um des lieben Friedens Willen entschuldigte er sich immer schnell, spontan, ungeachtet der Tatsache, dass er gar nichts falsch gemacht hatte. Sein Vater war daraufhin zufrieden und ließ die Sache gut sein.

Felix stritt sich nicht gerne mit seinem Vater. Nein, eigentlich hatte er sich noch nie mit seinem Vater wirklich gestritten. Sein Vater ließ das gar nicht zu. Oder bestand Felix bloß nie darauf? Nur Menschen, die von ihrem Standpunkt überzeugt sind, streiten.

Und wieder hörte er die Stimme seines Freundes. ‚*Man kann das arme Opfer bleiben, das von seinen Eltern bevormundet wird, oder man kann mit der Faust auf den Tisch hauen.*‘ Wenn das nur so einfach wäre.

„Und?" fuhr sein Vater fort. „War der junge Herr sich dieses Jahr wieder zu fein, auf den Friedhof zu gehen?"

Es waren Augenblicke wie dieser, in denen er wenigstens in der Lage war, so etwas wie Abscheu für seinen Vater zu empfinden. Augenblicke, die ihn an die Zeit erinnerten, als seine Mutter krank wurde.

Es war die Zeit gewesen, erinnerte Felix sich, in der sein Vater begonnen hatte, sich zu verändern. Er war nicht immer dieser kalte, selbstbeherrschte ... Spießer gewesen. Er hatte seine Frau geliebt. Hatte mit ihr alt werden wollen.

Dann war der Krebs gekommen. Und mit ihm die Kälte. Aber nicht sofort. Zuerst war da Hoffnung. Aber der Zeitpunkt kam, als die Hoffnung schwand, als der Arzt sagte, *,es tut mir sehr leid.'* Ein paar Tage später sagte der Arzt zu Felix, weil der Vater es nicht konnte, *,du solltest dich jetzt verabschieden.'*

Danach wuchs die kalte Distanz zwischen Vater und Sohn.

Bis heute hatte Felix nicht ganz verstanden, wieso sein Vater sich so verändert hatte. Er hatte seiner Frau im Nachhinein selbst die Schuld dafür gegeben. Krebs könne man verhindern, hatte er dem Dreizehnjährigen damals erklärt. Heute wusste der erwachsene Felix, dass das nur eine Schutzbehauptung seines Vaters war. Ein Versuch der Erklärung.

Sie hatte geraucht, sehr viel sogar. Aber rechtfertigte das eine derartige Aburteilung durch ihren Ehemann?

Felix traute sich kaum, zu weinen, als sie schließlich starb. Sein Vater tat es jedenfalls nicht. Das sei erstens ein Zeichen von Schwäche, zweitens ohnehin sinnlos. Man müsse seine Energie jetzt darauf richten, wie es denn weitergehe, nun, da die Frau einen mit einem immer aufsässiger werdenden Jungen alleine gelassen habe.

Aufsässig? Er? Daran konnte Felix sich beim besten Willen nicht erinnern.

Sie hätten zusammenwachsen können, sich verbünden können, hatte Felix manchmal gedacht. Aber sie hatten sich von Tag zu Tag mehr voneinander entfernt, sein Vater und er.

In den Nächten, bevor es Felix gelang, sich in den Schlaf zu weinen, kam ihm manchmal der Gedanke, dass der Krebs für seine Mutter ein Ausweg, eine Erlösung gewesen sein musste. Er konnte sich bald nicht mehr daran erinnern, wie sein Vater gewesen war, bevor seine Mutter krank wurde. Bevor er sich in den Stereotyp des strengen *Herrn Vater* vergangener Jahrhunderte verwandelt hatte.

Dann hatte er gedacht, er könne sich vielleicht auch den Krebs herbeiwünschen, um wieder bei seiner Mutter sein zu können. Um nicht mehr mit seinem Vater leben zu müssen. Aber niemals waren seine Gebete erhört, sein

Wunsch erfüllt worden. Ein irrsinniger, törichter, eben kindischer Wunsch, wie ihm mittlerweile bewusst war.

So manches Mal hatte er auch sich selbst die Schuld daran gegeben, dass seine Mutter so krank geworden und schließlich gestorben war. Sein Vater hatte ihm hinterher oft genug klar gemacht, dass er nicht besonders liebenswert sei. Warum sollte seine Mutter auch bei ihm bleiben wollen?

Natürlich hatte er im Laufe des Erwachsenwerdens schließlich verstanden, dass Krebs niemandes Schuld war, und dass auch die größte Liebe, die man für sein Kind empfand, nicht ausschloss, dass man an der Krankheit tatsächlich sterben konnte. Aber alleine die Tatsache, dass er jemals geglaubt hatte, er habe eine Mitverantwortung am Tod seiner Mutter, hatte Narben auf seiner Seele hinterlassen.

Narben, die nicht einmal seine Freundschaft zu Christian hatte verhindern können, so sehr sich dieser auch bemüht hatte.

Einige Tage zuvor wäre ihr Geburtstag gewesen. In den ersten Jahren waren sein Vater und er immer gemeinsam zum Grab gegangen. An ihrem Geburtstag und am Todestag. In den letzten Jahren hatte Felix es sich allerdings angewöhnt, alleine hinzugehen. So früh wie möglich am Morgen, weil er wusste, dass sein Vater immer nachmittags zu gehen pflegte. Er wollte alleine trauern, denn nur dann konnte er es wirklich. Auch hatte er sich nicht mehr nur auf diese zwei Tage beschränkt, sondern war immer dann hingegangen, wenn ihm danach war. Er konnte dort klarer denken, so als habe die Welt mit all ihren anderen Problemen und Sorgen auf dem Friedhof keinen Zutritt.

Natürlich nahm sein Vater an, Felix besuche das Grab seiner Mutter gar nicht mehr, nur weil er nicht mehr mit ihm zusammen hin ging. Das war eben so eine Angewohnheit seines Vaters, immer das Schlechteste von ihm zu denken. Er würde es nie verstehen. Und Felix würde auch nie versuchen, es ihm zu erklären. Er konnte sich schon denken, was er zu hören bekäme, wenn er seinem Vater erzählte, dass er sogar mehr Zeit auf dem Friedhof verbrachte

als nur an den beiden Jahrestagen. Und das wollte er sich ersparen. Dann lieber nur der alte Vorwurf, er gehe ja gar nicht mehr. *,Immer, wenn du mit ihm zu tun hast, dann bist du wieder der kleine Junge, der nichts zu sagen hat.'* Mist! Wie recht Christian doch hatte.

Der Rest des Gespräches bestand eher aus einem Monolog seines Vaters, in welchem er Felix Anweisungen erteilte zum Erwerb eines Geschenkes für seinen Seniorpartner und ebenso, was in der Glückwunschkarte zu stehen habe.

Nachdem Felix aufgelegt hatte, stand er einfach nur da und spürte die Müdigkeit, die ihn plötzlich wie eine Welle überspülte. Er war froh, dass der Besuch bei Christians Eltern erst morgen stattfinden würde.

Kapitel 14
Einmal Jenseits und zurück

„Ich glaube, wenn man genau hinsieht,
erkennt man im Universum mehr Wunder,
als man sich je erträumen könnte."
- Vincent van Gogh, Doctor Who S5E10, Vincent und der Doktor (2010)

„Erich! Wir haben hohen Besuch zum Abendessen!" rief Gisela, als sie Christian und Felix die Tür öffnete.

Christians Vater kam aus der Küche. „Wir können auch sofort essen, meine Herren. Hoffentlich habt ihr heute nicht zu viel angestellt."

Gisela lachte. „Erich, das könntest du dir langsam abgewöhnen. Die Jungs *stellen* nichts *an*." Sie ging in die Küche und erschien wieder mit einer reich gefüllten und garnierten Aufschnittplatte, die sie ins Wohnzimmer trug. Die Männer folgten ihr, und Christian wagte anzumerken: „Und wir sind auch eigentlich keine *Jungs* mehr, Mama!"

Während sie alle ihre Brotscheiben individuell bestrichen und belegten, brachte Christian sein Anliegen vor. „Ich würde euch gerne etwas erzählen. Euch allen. Felix weiß es auch noch nicht."

„Und darüber ist Felix überhaupt nicht glücklich," ergänzte dieser.

„Dann heraus damit, mein Sohn," forderte Erich ihn auf.

Christian legte seine Brotscheibe auf den Teller und sah seinem Vater in die Augen. „Nur unter einer Bedingung. Ich möchte, dass du Mama erlaubst, zu sagen, was sie zu sagen hat."

Der Vater hielt in seiner Butterstreichbewegung inne.

„Wenn ich euch meine Entdeckung gezeigt habe, wird es dir leichter fallen. Davon bin ich überzeugt," fuhr Christian leise fort.

Erich legte sein Messer nieder und lehnte sich zurück. „Dann erzähl mal, was du anzubieten hast."

Christian nickte, griff in die Innentasche seines Jacketts und zog einen Umschlag heraus. „Nicht nur, dass der Sekretär, den ich von Großtante Leni geerbt habe, genauso aussieht, wie der von Opa Hans, er besitzt tatsächlich an derselben Stelle ein Geheimfach. Und darüber hinaus," er reichte Felix den Umschlag, „enthielt auch dieses Geheimfach einen Brief."

Felix nahm den Umschlag und betrachtete ihn mit weit aufgerissenen Augen. „Ein Brief von Helene?"

„In Helenes eigenem Geheimfach? Nein, ein Brief AN Helene," antwortete Christian. „Und ihr werdet niemals raten, von wem."

„Von wem denn?" fragte Gisela.

„Bitte, Felix, lies vor!" bat Erich.

Felix legte den Umschlag kurz auf die Tischdecke und wischte sich die Finger gründlich mit einer Serviette ab, bevor er die zweimal geknickten Blätter herauszog. Er faltete sie auseinander, drehte sie herum, lehnte sich zurück und las vor:

Kandersteg, den 18. September 1946
Meine liebe Helene,
lange hat es gedauert, bis ich in der Lage war, und länger, bis ich schliesslich den Mut fand, Dir zu schreiben.
Ich hoffe, Dein Schreck wird nicht zu gross sein, hältst Du mich doch für tot. Ich hoffe auch, Dein Hass auf mich, den Du zweifellos einst empfunden haben musst, ist nicht mehr.
Wohnst Du wohl immer noch in Ettikon? O-der hast Du zumindest eine Adresse hinterlas-sen, sodass mein Schreiben Dich erreichen kann?
Ich würde Dich gerne um Verzeihung bitten, aber jedes Wort, das ich auf Papier bringen kann, erscheint mir zu schal dafür. Gerne würde ich dich wiedersehen, mit Dir sprechen. Ich füge meine Adresse an, falls Du den Wunsch verspürst, mit mir in Kontakt zu treten. Wie sehr hoffe ich das!
Ich erhielt die Strafe für mein Vergehen. Hans hat in seiner berechtigten Wut seine Frau und seine Schwester rächen wollen. Er kam zu unserem Haus und sagte, er wolle mit mir dar-über sprechen. So gingen wir gemeinsam hin-unter zum Fluss. Hätte der finstere Ausdruck in seinen Augen mich warnen sollen? Ich dachte mir nichts dabei, hatte ich ihn doch auf das Tiefste gekränkt.
Du weisst, Hans kehrte alleine zurück. Ich kämpfte lange, um meine Erinnerung an das damals Geschehene wiederzuerlangen. Als ich

mich während des Gespräches mit Hans kurz von ihm abwandte und flussaufwärts schaute, empfing ich einen heftigen Schlag auf den Kopf. Vermutlich schlug er mit einem der grossen, runden Steine zu, die dort bei Niedrigwasser zu Hauf am Ufer zu finden sind. Mir wurde schwarz vor Augen, ich verlor das Bewusstsein.

Hans hatte mich entweder für bereits tot gehalten oder wollte das Wasser sein Werk vollenden lassen. Jedenfalls muss er mich weiter in den Strom hineingezerrt haben, da das Wasser zu jener Zeit an unserem Ufer zu flach war, um mich einfach fort zu reissen.

Aber meine Zeit war wohl noch nicht gekommen, denn sowohl in der Breite als in der Tiefe führte der Fluss wenig Wasser. Die Kälte belebte mich und es gelang mir, den Kopf über Wasser zu halten und das Ufer zu erreichen.

Ich zog mich hinauf an Land, nicht wissend, wo oder wer ich war. Ich irrte umher, erhielt irgendwo von ein paar barmherzigen Seelen die notwendige Pflege, arbeitete für Essen und Schlafplatz als Taglöhner und wanderte immer weiter. Schnell wurde mir bewusst, dass ich beim Verlassen des Flusses die Reichsgrenze überschritten haben musste.

Ich fand nach einiger Zeit und langer Wanderung eine Anstellung bei guten Leuten und allmählich auch ein neues Leben.

Langsam kehrte die Erinnerung zurück und endlich hatte ich das gesamte Bild wieder vor Augen. Dann verging noch einige Zeit, bis ich endlich den Mut fand, die ersten Worte an Dich aufzusetzen. Und nun bin ich endlich sicher, dass ich den Brief auch absenden werde.

Nur eine Rückkehr scheint mir noch unmöglich.

Nun weisst Du, dass ich noch lebe. Du kennst meinen Aufenthaltsort. Verfahre mit beidem, wie Du es wünschst.

Vielleicht hasst Du mich immer noch genug, um Hans mitzuteilen, wo er mich findet, damit er sein Werk vollende.

Vergib mir meine Feigheit, dass ich nun Dir diese Frage stelle, aber mein Herz zerspringt beim Gedanken an das kleine Wesen, das unter unserer Schuld womöglich zu leiden hat.

Ich flehe Dich an, mich wissen zu lassen, was aus dem Kinde geworden ist. Durfte es leben? Oder hat es der Zorn Deines Bruders auch getroffen?

Bitte lass mich von Dir hören, wenn ich das überhaupt verlangen darf.

Gott zum Grusse
Dein Walter

Kapitel 15
Bilder voller Leben

„Jedes Leben ist eine Ansammlung
von guten und schlechten Dingen, meiner Ansicht nach.
Die guten Dinge mildern nicht immer die schlechten.
Aber umgekehrt verderben die schlechten Dinge
nicht notwendigerweise die guten, oder machen sie bedeutungslos.“
- The Doctor, Doctor Who S5E10, Vincent und der Doktor (2010)

„Ich fasse es nicht!" entfuhr es Felix. „Walter hat den Anschlag überlebt!"

Christian lächelte und sagte zu seinem Vater, „Weißt du, was das heißt? Opa Hans hat gar keinen Mord begangen."

Langsam begann Erich zu nicken. Dann holte er tief Luft und ließ sie mit einem lauten Seufzer wieder entweichen. „Ja. Aber er hatte es vor, und er hat es versucht. Nun ja."

Er wandte sich seiner Frau zu. „Gisela, halten wir auch unseren Teil der Abmachung. Erzähl ihnen, was du vermutest."

Christians Mutter streckte die Hand aus und ließ sich von Felix den Brief aushändigen. Sie überflog ihn und fand die Textstelle, die sie gesucht hatte.

„Ich bin mir gerade noch sicherer geworden. Hört zu, was er schreibt. *,Hans hat in seiner berechtigten Wut seine Frau und seine Schwester rächen wollen.'"* Sie blickte die Männer nacheinander an und war von der fehlenden Wirkung ihrer Worte enttäuscht.

„Versteht ihr denn immer noch nicht? Er hat nicht nur seine Schwester gerächt, sondern auch seine Frau! Was hätte denn die damit zu tun, dass ihr – wie sagt man? – Schwipp-Schwager fremd geht, wenn sie nicht diejenige ist, mit der er ... ihr wisst schon?"

Christian sah erst seine Mutter und dann seinen Freund erschrocken an.

„Du hattest recht," flüsterte er.

Gisela fuhr fort. „Ich denke, dass Emma die Mutter von besagtem Kind ist. Und die Geliebte von Walter. Erinnert euch: Hans hat ja auch geschrieben, dass er aus eigenem großen Schmerz gehandelt hat, und er erwähnte die ‚Schande seines Weibes'."

Felix hörte Giselas Worte und sah daraufhin Erich mit großen Augen an. „Das heißt ja dann, dass du das Kind sein könntest, das wir suchen!"

Gisela schüttelte den Kopf. „Erich ist 1940 geboren. Das Mordgeständnis von Hans stammt aus dem Jahr 1937. Da muss das Kind logischerweise schon längst unterwegs gewesen sein."

Felix begriff. „Wenn Emma die Mutter ist, Erich aber nicht das Kind von ihr und Walter sein kann ... Das war es dann also, was du am Sonntag angedeutet hast. Ihr würdet euch auf die Suche machen nach ... Erichs Bruder oder Schwester!"

Gisela nickte.

„Schade, dass Walter nicht gefragt hat, wie es der Mutter des Kindes ergangen ist," sagte Felix, „dann hätten wir wenigstens Gewissheit in Bezug auf ihre Identität."

„Also ehrlich," rief Christian, „würdest du das an seiner Stelle tun? Deine Frau betrügen und sie anschließend nach dem Wohlbefinden deiner Geliebten fragen? Wenn ich deine Frau wäre, dann würde ich dir was husten!"

Felix verdrehte die Augen, nahm einen Schluck Tee und versuchte dann, die Ereignisse zusammenzufassen.

„Also, was wissen wir? Oder was glauben wir zu wissen? Großonkel Walter betrügt seine Frau Helene, und zwar mit Emma, der Frau von Helenes Bruder Hans. Hans verprügelt Walter und denkt, er hat ihn umgebracht und lässt die vermeintliche Leiche verschwinden. Emma erwartet ein Kind von Walter, bleibt aber mit Hans zusammen, aber wohl ohne Kind. Um Erich kann es sich nicht handeln, wie wir festgestellt haben, denn der ist erst später geboren. Helene lebt von da an alleine. Zumindest wissen wir von keinem neuen Mann in ihrem Leben.

Neun Jahre darauf erhält Helene einen Brief vom totgeglaubten Walter aus der Schweiz."

„Aus der Schweiz?" fragte Gisela und warf einen prüfenden Blick auf die Blätter, die neben ihrem Teller auf dem Tisch lagen.

„Ja," erklärte Felix, „der Brief ist mit *Kandersteg* überschrieben. Und er erwähnt was vom Überschreiten der Reichsgrenze."

Er stutzte und griff nach dem Umschlag. Nachdenklich drehte er ihn zweimal herum. „Christian? War der Brief in diesem Umschlag hier?"

Christian setzte sein Teeglas ab und nickte. „Genau da drin. Wieso?"

„Da steht nichts drauf." Felix hielt den Umschlag über dem Tisch in die Höhe, damit ihn alle sehen konnten.

„Keine Anschrift, kein Absender."

„Wie die Truhe ohne Schlüssel," sagte Christian. „Tante Leni hat uns ganz schön viele Rätsel hinterlassen."

Felix seufzte und legte den Umschlag aus der Hand. „Na gut. Soweit zu dem, was uns bekannt ist. Habe ich was vergessen?"

Felix schaute in die Runde und sah nur Kopfschütteln. Er fuhr fort, „Welche Fragen müssen wir beantworten?"

Christian seufzte und schloss die Augen, um zu überlegen. „Hat Helene auf Walters Brief jemals reagiert?"

„Sehr interessant." Felix dachte nach. „Zu schade, dass Helene kein Tagebuch geführt hat. Selbst wenn sie ihm zurückgeschrieben hat, kann der Brief nicht bei ihren Unterlagen sein, sondern bei Walter. Wir müssten also in

Kandersteg Nachforschungen anstellen über einen gewissen Walter ... Wie hieß Helene nochmal mit Nachnamen?"

„Mai," antwortete Erich.

„Also gut," fuhr Felix fort, „wir können in Kandersteg nach Walter Mai suchen. Das klingt erst mal nicht so kompliziert. Nächste Frage!"

„Zwei Fragen," sagte Christian. „Erstens: Was machen wir, wenn er unter falschem Namen weitergelebt hat? Zweitens: Wo genau liegt denn Kandersteg? Du klingst so, als ob du es wüsstest."

"Nur durch Zufall," antwortete Felix. "Ich habe mal einen wunderschönen alten Ohrensessel dorthin verkauft. Das liegt im Berner Oberland, wenn ich mich nicht völlig täusche. Und was den falschen Namen angeht ... Wir haben erst einmal keine andere Wahl, als zu hoffen, dass er das nicht getan hat. Was noch?" Er blickte in die Runde.

Gisela rief, „Was ist mit dem Kind geschehen? Denn Emma und Hans haben es ja offensichtlich nicht behalten, da es sich nicht um Erich handeln kann und er auch als Einzelkind aufgewachsen ist. Ist es eventuell ... gestorben? Oder haben sie es weggegeben?"

„Erich?" wandte Felix sich an Christians Vater. „Vermutlich ist das niemals in deiner Gegenwart zur Sprache gekommen. Oder?"

„Natürlich nicht," antwortete dieser und verdrehte die Augen.

„Okay, aber wenn das Kind geboren wurde," setzte Felix seine Überlegungen fort, „dann existiert irgendwo eine Geburtsurkunde mit dem Namen deiner Mutter darauf. Um dieser Sache nachzugehen, müssten wir aber sicherheitshalber noch den Geburtsnamen von Emma wissen. Erich, kennst du den?"

„Ja, den weiß ich. Ich zeig ihn euch."

Er stand auf, ging zum Wohnzimmerschrank und zog eine Schublade auf. Er holte ein kleines, in braunes Kunstleder gebundenes Buch heraus und kehrte zu seinem Stuhl zurück.

„Hier drin stehen ein paar Informationen über sie."

Christian nahm das Buch. *Stammbuch der Familie*, stand darauf in goldenen Lettern.

„Das bekommt man, wenn man heiratet, mein Sohn," merkte Erich schmunzelnd an. „Leider hatte ich damals, als ich alle Unterlagen für unsere Hochzeit besorgte, andere Dinge im Kopf, als darauf zu achten, wie Oma Emmas Eltern hießen. Also, ihre Vornamen, und welches der Geburtsname von meiner Großmutter mütterlicherseits war. Solche Dinge eben."

Hinter der Heiratsurkunde seiner Eltern fand Christian eine *Beglaubigte Abschrift aus dem Familienbuch*. Dort waren noch einmal seine Eltern aufgeführt, mit Geburtsdaten und -orten. Darunter die Eltern des Ehemannes und der Ehefrau, mit Mädchennamen der Frauen.

„Ah, hier. *Emma Frankenberger, geborene Vogt*," las Christian vor. Er stutzte und las die vor ihm liegenden Daten ein paarmal schweigend durch. Dann stieß er Felix mit dem Ellbogen an und deutete mit dem Finger auf eine Stelle im Familienbuch.

„Tatsächlich," flüsterte Felix. „Schon wieder Vogt. Langsam wird's unheimlich."

„Was denn?" fragte Christians Mutter.

„Ach, wahrscheinlich nichts weiter." Christian reichte ihr das aufgeschlagene Buch. „Das ist nur gerade so ein Zufall. Hieß nicht auch dieses Mädchen, das mit ihrer Mutter mal im gleichen Haus gewohnt hat wie wir, mit Nachnamen Vogt?"

„Welches Mädchen?" fragte Gisela.

„Na, es ist ewig her. Damals in Laufenburg. Ich war wohl so sechs oder sieben, als sie weggezogen ist. Aber wir haben oft zusammen gespielt."

Gisela sah ihren Mann an. Der schüttelte den Kopf und sagte, „Ich kann mich auch nicht erinnern. Das ist wirklich schon sehr lange her."

Felix fasste zusammen, „Wir suchen also nach Walter Mai in Kandersteg und nach einem Kind, das Emma

Frankenberger, geborene Vogt, 1937 zur Welt gebracht hat. Irgendwann zwischen März und Dezember."

„Wieso zwischen März und Dezember?" fragte Christian.

„Das Geständnis von Hans ist auf Ende Februar 1937 datiert. Spätestens da war Emma schon schwanger. Und ich nehme mir heraus, zu vermuten, dass sie ihren Fehltritt nicht sofort gebeichtet hat."

Christian ließ nicht locker. „Also spätestens im Dezember 1937. Aber wer sagt dir, dass das Kind im Februar 1937 nicht schon längst geboren war, und sie es erst nach all diesen Ereignissen weggegeben haben?"

„Hans sagt mir das."

„Bitte?"

„Er hat geschrieben, ‚*Der Herr möge das unschuldige Kind beschützen, das aus dieser Beziehung entspringen WIRD'.*"

„Ah, clever. Dein Gedächtnis hätte ich gerne."

„Nee, sorry, das brauche ich selber."

„Aber wo hat Emma das Kind zur Welt gebracht?" gab Christians Mutter zu bedenken. „Früher war es nicht unüblich, in solchen Fällen zu verreisen, bis das Kind geboren war, um neugierige Fragen der Nachbarschaft zu vermeiden. Zumindest, wenn man ein solches Kind nicht zu behalten gedachte."

„Oha!" rief Christian und sah zu Felix hinüber.

„Genau," ergänzte Gisela. „Es kann gut sein, dass ihr sämtliche Standesämter zwischen hier und Flensburg abklappern müsst, wenn ihr nicht noch ein paar weitere Anhaltspunkte findet."

Felix stellte sein leeres Teeglas auf den Tisch. „Rein theoretisch müssen wir sogar die Schweiz als Geburtsort mit in Betracht ziehen. Ausschließen können wir das im Moment jedenfalls nicht."

Erich erhob sich und begann, die Teller zusammenzustellen, „Ihr habt unsere Unterstützung, wenn ihr sie braucht und wollt. Allerdings, Gisela, wir haben eigentlich immer noch keinen Beweis dafür, dass meine Mutter die Geliebte von Walter war."

„Nein," entgegnete Felix, „aber ziemlich deutliche Indizien, die dafür sprechen. Wobei wir natürlich wirklich noch ein paar zusätzliche Hinweise bräuchten, bevor wir uns auf eine Standesämter-Tour begeben, die im schlimmsten Fall mehrere Jahrzehnte dauert."

„Habt ihr nicht noch irgendetwas Anderes auf Lager?" fragte Christian.

„Ich hätte da vielleicht noch etwas." Erich ging noch einmal zum Wohnzimmerschrank und zog ein großes, dunkelgrün gebundenes Buch aus einem offenen Regalfach.

„Das Fotoalbum," rief Christian.

„Ach ja, richtig." Felix erhob sich, ging in die Diele und kam mit seinem Aktenkoffer in der Hand zurück.

Erich stutzte. „Sag bloß, du hast es Christian noch nicht gezeigt."

Christian ließ die Schultern sinken. „Noch mehr Briefe?"

„Keine Angst," entgegnete Felix, während er sich neben seinen Freund an den Tisch setzte und den Koffer auf dem Boden abstellte. „Nur eine kleine Kindheitserinnerung. Lass uns erst mal in das Album schauen."

Christian schlug das Buch auf und begann zu blättern. „Schade, dass die Fotos nicht beschriftet sind."

„Sieh mal genau hin. Manche sind beschriftet." Felix holte seine Leuchtlupe aus dem Koffer und reichte sie Christian.

Tatsächlich ließen sich bei näherem Hinsehen unter dem Licht des Vergrößerungsglases bleiche Tintenstriche unter einigen der Bilder ausmachen.

Eine Aufnahme zeigte ein junges Mädchen mit einem etwas älteren Jungen neben sich, lachend, vor einer Berglandschaft.

„*Konrad und Emma Schweiz Sommer 1921*," entzifferte Christian.

„Schlag doch noch mal ein paar Seiten zurück," bat Felix. „Ich glaube, da habe ich auch etwas gesehen. Da, schau!"

Ein Familienfoto. Ein Mann mit strengem Blick hinter einer sitzenden Frau, die ein Baby in einem Kleidchen auf dem Schoß balancierte. Neben der Frau stand ein kleiner Junge.

„Ach nee," Felix las die Bildunterschrift. „*Else und Wolfhard mit Konrad und Emma Ostern 1914.*"

„Und hier!" Christian entdeckte noch eine Seite weiter vorne ein Foto, das die selben beiden Erwachsenen zeigte, dieses Mal aber nur zusammen mit dem Jungen, der zur Zeit dieser Aufnahme noch etwas kleiner gewesen war. Er untersuchte den unteren Bildrand mit der Lupe.

„*Else und Wolfhard mit Konrad Weihnachten 1912*. Felix, welches Geburtsjahr steht bei Emma im Familienbuch?"

„1913."

„Dann ist die Sache klar, denke ich." Christian schaltete das Lupenlicht aus. „Else und Wolfhard sind meine Urgroßeltern, deine Großeltern, Papa. Emmas Eltern eben. Und Konrad?"

Felix nickte. „Da spricht ja wohl einiges dafür, dass Konrad Emmas Bruder war."

„Oh," schaltete Gisela sich ein. „Was mit dem wohl passiert ist. Hast du eine Ahnung, Erich?"

Christians Vater schüttelte den Kopf. „Der ist in meiner Gegenwart nie erwähnt worden. Aber jetzt haben wir noch ein paar Puzzleteile, mit denen ihr beiden arbeiten könnt."

„Das stimmt." Felix holte einen Umschlag aus seinem Aktenkoffer. „Und wo wir gerade von Puzzleteilen sprechen. Erinnerst du dich noch, Christian, was uns vor ewigen Jahren aus diesem Album hier entgegengeflattert ist?"

Christian überlegte. „Nein, im Augenblick stehe ich auf dem Schlauch."

Vorsichtig zog Felix ein mit durchsichtigem Klebestreifen übersätes Stück Karton aus dem Umschlag und legte es vor Christian auf den Tisch.

Dieser lehnte sich vor und betrachtete das Relikt aus längst vergangenen Tagen. „Aber, das ist doch …"

Erich lächelte. „Ich habe die Teile damals vom Boden aufgehoben, wo dein Großvater sie hingeworfen hat. Zusammengeklebt habe ich sie aber erst viele Jahre später."

Lange betrachtete Christian das Foto von Großtante Leni. Der Mann an ihrer Seite hatte einen Arm um sie gelegt.

Kapitel 16
Hilferuf der Seelen

„De profundis clamo ad te domine."
  - Cole Sear, The Sixth Sense (1999)

Mit einem Schlummerbier in der Hand und bereits nur noch mit seinen Boxershorts bekleidet beschloss Felix, noch einen Blick in seine E-Mails zu werfen.

Er machte es sich an seinem Schreibtisch bequem und nahm einen Schluck aus seiner Flasche, während sich die Seite mit seinem Mail-Account aufbaute.

Felix klickte auf Posteingang und sah sie sofort, die neue E-Mail von Carla Vogt:

> *Lieber Herr Leonhardt,*
> *ich möchte Sie um etwas bitten und hoffe, Sie haben Verständnis dafür.*
> *Wären Sie so freundlich, mir die Kontaktdaten (E-Mail-Adresse, Telefonnummer) Ihres Freundes Christian zu geben? Oder meine Adresse an ihn weiterzuleiten? Ich würde gerne alles Weitere mit ihm direkt besprechen.*
> *Seien Sie mir bitte nicht böse und nehmen Sie es nicht persönlich. Die Ereignisse überschlagen sich hier im Moment etwas, und ich bin mir gerade noch nicht im Klaren, wie ich damit umgehen soll. Bitte haben Sie Verständnis, wenn ich an dieser Stelle nicht mehr darüber sagen möchte.*
> *Vielen Dank und beste Grüße*
> *Carla Vogt*

„Na super," flüsterte er und fragte sich, was diese Bitte zu bedeuten hatte. Ob er wohl den Bogen mit seiner Heimlichtuerei überspannt hatte? Er war sich eigentlich sicher gewesen, mit seiner letzten Mail alles wieder ins richtige Licht gerückt zu haben.

Er las die Nachricht ein weiteres Mal durch. Sie klang nicht wirklich verärgert, eher verstört. Hatte es etwas mit der Ähnlichkeit der Gravuren zu tun? Oder war sie tatsächlich die Carla Vogt, die früher mit Christian zusammen Schlösser geknackt hatte? Oder sogar beides?

Felix schüttelte den Kopf. Waren das nicht langsam ein paar Zufälle zu viel? Die Gravuren auf Schloss und Schlüssel, die Namensgleichheit dieser Schlüsselbesitzerin mit Christians Sandkastenfreundin, der Mädchenname von Christians Großmutter ...

Das wäre dann doch zu verrückt. Andererseits, hieß es nicht, man begegne sich immer zweimal im Leben?

Er entschied sich dagegen, Carla Vogt Christians E-Mail-Adresse zu geben. Stattdessen leitete er ihre Mail an seinen Freund weiter. Sollte der doch ruhig selber entscheiden, wie er damit verfahren wollte.

Nachdem Felix auf *Senden* geklickt und damit seine Mail dem virtuellen Rohrpostsystem anvertraut hatte, fuhr er den Computer herunter, nahm seine halb volle

Bierflasche in die Hand und löschte beim Hinausgehen die Lichter im Raum.

Dabei kam er am Telefon vorbei und zögerte kurz. Er fragte sich, ob er Christian von der eben weitergeleiteten Nachricht in Kenntnis setzen sollte.

„Nein," murmelte er. „Das findet er schon selber heraus." Felix fand, er hätte für heute genug von anderer Leute Familiengeheimnissen.

Er schlenderte weiter zum Schlafzimmer, verschwand darin und schlug die Tür hinter sich zu, etwas heftiger, als er eigentlich beabsichtigt hatte.

Wahrscheinlich, so nahm Felix an, hätte Christian in diesen Tagen sicher auch ganz gerne mal die Möglichkeit, aus seiner Haut zu schlüpfen und für eine kleine Weile jemand anders zu sein.

Es war schon etwas dran. Seine Familie konnte man sich nicht aussuchen. Und man konnte sie auch nicht so einfach los werden, egal, was sie einem aufbürdete, entweder schon zu ihren Lebzeiten oder als Erbe. Man wurde nicht gefragt, wo man hineingeboren werden wollte. Niemanden interessierte es, ob man bereit oder in der Lage sein würde, die Last mitzutragen, die die Altvorderen sich - durch eigene Schuld oder auch nicht - aufgeladen hatten.

Manchmal dachten sie wohl, sie kämen mit ihren Taten einfach so davon. Sie dachten, es würde niemals herauskommen, und sie könnten ihr Leben so leben, als sei nichts geschehen. Sie zogen die Köpfe ein, um keine Verantwortung für ihr Tun übernehmen zu müssen. Manchmal funktionierte das wohl auch, und sie gaben die Last an ihre Kinder weiter. Und diese dann an ihre Kinder. Und so weiter.

Vorfahren, die ihr Leben auf Kosten ihrer Kinder und Kindeskinder einfach so weiterlebten. Ohne Skrupel, und ohne Verantwortung für die Vergangenheit, und damit für die Zukunft, zu übernehmen.

Felix lag unter seiner Decke und spürte, wie der Schlaf ihn langsam umfing.

Egoisten!' dachte Felix. *,Erich und Christian leiden jetzt unter den Taten von Emma, Walter und Hans. Sie hatten nicht das Recht ... aber vielleicht muss man ... irgendwann ... verzeihen ... vergessen ...'* Er glitt hinab in Schlaf und Traum.

Dort, in seinem Traum, stand er alleine unten in Christians Keller und musste hilflos mitansehen, wie sich langsam, unaufhaltsam, der gewölbte Deckel der Holztruhe hob. Die Scharniere knarrten wie in einem alten Gruselfilm. Aber anstelle von Graf Dracula tauchte aus der Truhe Großonkel Walter auf.

Er hob sich empor aus den Tiefen der Truhe, grau, bleich, mit zerzausten Haaren. Blut lief ihm an den Schläfen herab und über die Stirn in die Augen. Trotz all dem trug er im Gesicht das gleiche Lächeln wie auf dem Foto neben Helene.

Zu Felix' Entsetzen erschien zur Rechten Walters eine weitere Gestalt. Ein kleines Kind, genauso bleich wie Walter. Es trug ein langes, weißes, zerknittertes Hemdchen. Ein Nachthemd? Ein Leichenhemd?

Felix hatte plötzlich das Gefühl, der Staub von Großtante Helenes Möbelstücken in Christians Keller hätte sich in der Luft verteilt und erschwere ihm das Atmen.

Das Kind – Felix konnte nicht erkennen, ob es sich um einen Jungen oder ein Mädchen handelte – hob sein linkes Händchen und ergriff damit Walters rechte Hand. Dieser blickte hinab auf das Kind und lächelte es an. Dann starrte er wieder in Felix' Richtung.

Schließlich hob Walter unendlich langsam seine freie Hand bis es den Anschein hatte, dass er sie Felix entgegenstrecken wollte. Drohend? Flehend?

Felix wollte schreien, aber das machte ihm der Staub in der Luft unmöglich. Auch an Weglaufen war nicht zu denken. Seine Füße schienen am Boden festgewachsen zu sein. Er blickte an sich hinunter. Er konnte seine Füße nicht sehen. Sie waren von einer dicken Staubschicht bedeckt, genau wie der Rest des Kellerbodens.

Er hob den Kopf und starrte auf die beiden Gestalten, die aufrecht in der Truhe standen und ihn ansahen. Plötzlich wusste er, wie er die Blicke in den Augen der beiden Erscheinungen zu deuten hatte. Die Furcht wich von ihm, als sei sie nie da gewesen.

Felix erkannte, dass diese beiden auf seine Hilfe angewiesen waren.

Er wusste, dass er nicht aufgeben durfte, bevor er das Rätsel gelöst hatte.

Jetzt gelang es ihm ohne Mühe, seine Füße vom Boden zu lösen. Er drehte sich langsam um und ging zur Kellertreppe. An ihrem Fuß blieb er noch einmal stehen und blickte über die Schulter zurück.

Walter lächelte. Und mit der Hand, die eben noch hilfesuchend nach Felix ausgestreckt war, winkte er ihm nun zu.

Felix begann, die Treppe hinaufzusteigen und wusste, er würde alle Rätsel lösen können.

Kapitel 17
Kinderspiele

„Man kann eines Engels wegen eine Welt von Dämonen ertragen."
- Madame De Pompadour, Doctor Who S2E4, Das Mädchen im Kamin
(2006)

„Du hast WAS geträumt?"

Die beiden Männer saßen am folgenden Abend einander gegenüber auf den schwarzen, drehbaren Bürostühlen im Arbeitszimmer des Bungalows und Christian sah seinen Freund entgeistert an.

„Hilfe, Dr. Crowe, ich sehe tote Menschen!" witzelte er.

Felix seufzte. „Kein Mensch hat gesagt, dass sie tot waren. Ich weiß nur, dass Walter am Ende sehr friedlich und hoffnungsvoll ausgesehen hat. Ich bin jetzt richtig zuversichtlich, was die weitere Recherche angeht."

„Woher wusstest du überhaupt, dass du Walter vor dir hast?"

„Das Foto von Helene und Walter, weißt du nicht mehr? Aber eines wundert mich. Da denke ich schon den ganzen Tag drüber nach."

„Was denn?"

„Warum sind Walter und das Kind in deiner Truhe aufgetaucht?"

Christian zuckte mit den Schultern. „Das sind nun mal die beiden Rätsel, die dich im Augenblick umtreiben. Die schlüssellose Truhe und das verschwundene Vater-Kind-Gespann. Aber wer weiß, vielleicht besteht ja tatsächlich ein Zusammenhang. Übrigens," er lehnte sich vor und tippte etwas in sein Laptop, "danke für die weitergeleitete Mail. Ich habe sie gestern noch gelesen und unserer Carla eine Nachricht gesendet. Eine Antwort habe ich auch schon."

Felix drehte den Computer etwas zu sich herum.

Lieber Christian,
der Schlag hat mich fast getroffen, als Dein Freund Felix mich fragte, ob ich früher in der Hauptstraße in Laufenburg gewohnt hätte. Das ist so lange her und plötzlich wieder so gegenwärtig!

ich nehme mir jetzt einfach die Freiheit, zu versuchen, dort wieder anzuknüpfen, wo wir vor fast fünfunddreißig Jahren aufgehört haben.

Es sollte wohl so sein, dass wir uns wiederfinden, mein Spielkamerad aus viel zu kurzen Kindertagen.

Es interessiert mich nun brennend, wie Du an das Möbelstück gekommen bist, zu dem mein Schlüssel passt, sofern das denn wirklich der Fall ist.

Auch ich hätte da eine kleine Geschichte zu erzählen, die sich um den Schlüssel rankt.

Dürfen mein Schlüssel und ich Dich besuchen? Dich und Deine Truhe und Deinen Freund, dem wir diese unglaubliche Wendung verdanken?

Bis bald, Carla

„Ha!" rief Felix. „Es scheint sich also wirklich um deine ominöse Nachbarstochter mit den Panzerknackerfähigkeiten zu handeln."

„Das wird sich noch herausstellen," entgegnete Christian.

„Glaubst du ihr etwa nicht?"

„Ach, Felix, ich möchte ihr so sehr glauben, dass ich schon wieder das Gefühl habe, ihr nicht glauben zu dürfen."

„Also das," wunderte sich Felix, „verstehe ich jetzt nicht."

„Wieso nicht? Du warst doch auch vorsichtig mit deinen Informationen, weil wir die Frau ja eigentlich gar nicht kennen. Das war auch gut so. Was machen wir denn, wenn sie hier ankommt und sagt, sie rückt den Schlüssel nur heraus, wenn wir ihr die Hälfte des Inhalts der Truhe versprechen."

„Das ist grundsätzlich nie auszuschließen." Felix überflog Carlas Antwort erneut.

„Ja, na prima. Und was machen wir? Anstatt sie zu fragen, wo sie bis zu ihrem neunten Lebensjahr gewohnt hat, um eine kleine Sicherheit zu haben, dass sie es auch wirklich ist, präsentieren wir ihr bereits die Antwort auf dem Silbertablett. Das ist Ihnen auch nicht aufgefallen, nicht wahr, Holmes?"

„Schuldig im Sinne der Anklage, Watson. Aber das ist jetzt nicht mehr zu ändern. Können wir irgendetwas tun, um trotzdem sicher zu sein?"

Christian lehnte sich auf dem Bürostuhl nach vorne und stützte die Unterarme auf die Oberschenkel. „Es ist so ewig her. Ich überlege die ganze Zeit, ob es nicht etwas gibt, das nur die richtige Carla Vogt wissen kann."

„Bestimmt," ermutigte Felix seinen Freund. „Habt ihr nicht eventuell in einer eurer aufgeknackten Schubladen irgendetwas Besonderes gefunden? Eine ganz bestimmte seltene Süßigkeit oder …"

Christian schnippte mit den Fingern. „Der Christbaumengel!"

„Bitte?"

„Als du Süßigkeit sagtest, fiel es mir ein. Wir waren auf der Suche nach Schokolade. Carla hat ihre selbstgebastelten Dietriche gezückt, und hinter einer Tür des Wohnzimmerschrankes fanden wir schließlich eine Schachtel. Eine goldfarbene Pappschachtel. Da drin war ein Engel, wie man ihn auf den Weihnachtsbaum setzt. Wir haben ewig da gestanden und ihn angesehen. Wir haben uns gewundert, dass der Engel uns so milde anlächelte, obwohl wir ihn doch in seinem Schlaf gestört hatten."

Christian kicherte. „Wir haben so lange da gestanden, bis Carlas Mutter uns erwischt hat."

„Oha!" lachte Felix.

„Ja, aber auch sie hat nur gelächelt, den Kopf geschüttelt, uns die Schachtel aus den Händen genommen und den Engel wieder schlafen gelegt."

„Und dann?"

Christian zuckte mit den Schultern. „Dann hat sie uns nach draußen zum Spielen geschickt."

„Ist doch prima," Felix drehte Christian den Laptop hin. „Stell ihr doch ein paar Fragen, die sie dazu veranlassen, genau diese Geschichte auch zu erzählen. Wenn sie das tut, wunderbar. Wenn nicht, dann sei doch so nett und lass mich die nächste Mail an sie schreiben."

Christian lachte und begann zu tippen.

Kapitel 18
Die unvollendete Geschichte

„Manchmal, wenn Menschen glauben, dass sie was verlieren,
dann verlieren sie es gar nicht.
Es wird nur woanders hingebracht."
- Cole Sear, The Sixth Sense (1999)

Die Frau stand vor der Haustür des Bungalows und fragte sich, warum sie nur so nervös war. *Dr. Christian Frankenberger* war neben der Klingel zu lesen. Doktor Christian Frankenberger. Erinnerungen an gemeinsame Hüpf- und Fangspiele auf den Laufenburger Treppen kamen ihr in den Sinn, an heiße Rheinufer-Sommertage mit den größten Eiscremetüten, die man damals noch für wenig Geld bekam, an seine und ihre tränengefüllten Augen, als sie ihm sagte, sie würde wegziehen.

Für einen Augenblick war das Gefühl wieder da. Das Unverständnis und die Wut auf die doofe Erwachsenenwelt, die keine Rücksicht nahm auf die Wünsche eines Kindes. Niemals wollten sie selber erwachsen werden, sie und Christian. Niemals würden sie jemandem, den sie liebten, so etwas antun.

Und nun war er Doktor, der kleine Christian mit den ständig aufgeschürften Knien, der immer versucht hatte, vorsichtig zu sein, und der trotzdem immer derjenige von beiden war, der ständig blaue Flecken zu haben schien. Vielleicht war er deshalb Arzt geworden?

Aber wenn er es nun doch nicht war? Wenn alles nur ein Zufall war? Ein dummer Scherz? Aber das Erlebnis mit dem Engel, die Spiele auf den Kirchstufen, wer sonst hätte das wissen können? Das war nur ihre Welt gewesen, ihre und Christians, nur ihr Geheimnis.

Gut, ihre Mutter hatte das mit dem Engel mitbekommen, aber sie hatte die Kinder niemals gefragt, wie sie es genau geschafft hatten, den Wohnzimmerschrank zu öffnen. Jahre später hatte ihre Mutter sie darüber aufgeklärt, dass sie Carla schon ziemlich früh auf die Schliche gekommen war, und um das ungewöhnliche Hobby ihrer Tochter schon lange wusste.

Sie schmunzelte bei der Erinnerung an die vielen verschiedenen Verstecke, die sie benutzt hatte, um ihre kleinen … Werkzeuge vor ihrer Mutter zu verbergen, was eigentlich niemals wirklich nötig gewesen war.

Das Motorengeräusch eines vorbeifahrenden Autos holte sie in die Realität zurück.

Mit zitternder Hand fuhr sie sich durch die Haare, zupfte ihr dünnes Halstuch zurecht und kämpfte noch einmal mit dem Frosch in ihrem Hals. Dann bewegte sie ihren Finger zum Klingelknopf.

Kapitel 19
Begegnung mit der Zukunft

„Freunde kommen und gehen. Wie Kellner in einem Restaurant."
  - Gordie Lachance, Stand by me (1986)

„Meine GÜTE, bin ich aufgeregt!" Christian stand zum wiederholten Male vor dem Spiegel im Flur und rückte seine Krawatte zurecht.

Carla hatte tatsächlich Christians Christbaumengel-Geschichte bestätigt. Sie erinnerte sich an alle Einzelheiten. Sämtliche restlichen Zweifel waren endgültig verflogen, als Christian im Anhang der E-Mail sogar ein Foto des Engelchens fand, das sie damals, als Kinder, aus Versehen *geweckt* hatten.

Im Gegenzug hatte sie zur Bestätigung von Christians Identität nach der Anzahl der Stufen von der Hauptstraße bis hinauf zum Portal der Heilig-Geist-Pfarrkirche gefragt.

Felix war aus allen Wolken gefallen. *„Wer soll denn DAS wissen?"*

Christian hatte nur mit den Schultern gezuckt, auf *Antworten* geklickt und *148* in das E-Mail-Formular getippt.

„Woher weißt du denn so was?" Felix hatte mit weit aufgerissenen Augen auf den Bildschirm gestarrt.

„Na, ich hab sie gezählt."

„Wieso das denn?"

„Kinder machen solche Sachen eben. Wir haben Wettkämpfe auf den Treppen veranstaltet. Wer kann sie schneller hinaufrennen oder hüpfen? Wer hüpft schneller auf einem Bein hinauf und so weiter. Von der Hauptstraße zur Halde rauf und von da weiter zum Kirchenportal. Abwärts dann entweder nur bis zum Platz am Rathaus oder ganz zurück in die Hauptstraße bis vor's Hotel Rebstock. Manchmal sind wir auch zu Abzählreimen rauf und runter gehüpft. Hast du so was nie gemacht?"

„Gegenfrage: Warum hast du so was nie mit mir gemacht?"

„Tja, die Tiengener Treppen-Infrastruktur ist da etwas ... sagen wir ... weniger weit entwickelt."

„Wieso? Wir haben auch eine Kirche auf dem Berg!"

„Berg? Naja. Und wie viele Stufen führen dort hinauf?"

„Okay, du hast mich erwischt. Ich werde das bei Gelegenheit überprüfen."

Man war sich einig gewesen, dass es einfacher sei, den Schlüssel zur Truhe zu bringen als umgekehrt. Deshalb war Christian auf Carlas Vorschlag, ihm einen Besuch abzustatten, eingegangen.

Jetzt standen die beiden Männer in Christians Diele und warteten auf Carla und ihren Schlüssel.

„Was soll denn überhaupt dieser Aufzug?" witzelte Felix. „Wir erwarten nicht die Königin von England!"

„Ja, ich weiß. Ich weiß das! Keine Ahnung." Er schüttelte den Kopf und behielt dabei den Blick auf den Spiegel gerichtet.

„Jetzt bekomme ich ja eine Antwort auf meine Frage," meinte Felix.

„Welche Frage?"

„Als du Carla zum ersten Mal erwähnt hast, habe ich dich doch gefragt, ob sie hübsch ist."

„Ach, DAS. Ja. Mal sehen."

Es klingelte an der Tür. Durch das Milchglas war eine Gestalt zu erkennen. Nicht besonders groß, aber das konnte auch am Winkel des Lichteinfalls liegen.

Die Männer sahen sich an. Christian sagte, „Mach auf."

Felix stemmte die Hände in die Hüften. „Entschuldige mal. Das ist DEIN Haus, oder?"

„Ähm, ja." Noch ein Blick in den Spiegel, die feuchten Hände am Jackett abgewischt …

Christian öffnete die Tür.

Draußen stand eine Frau, Mitte Vierzig, halblange, hellblonde Haare, fröhliche Augen, ein sympathisches Lächeln auf den Lippen. Das helle, wadenlange Sommerkleid passte fabelhaft zu ihren blauen Augen, fand Felix.

„Christian?" unterbrach Carla die peinliche Stille.

„Ja … äh, ja, hallo. Kommen Sie doch rein." Er streckte ihr die Hand entgegen.

Carla ergriff sie und drückte sie kräftig, während Christian die Frau sanft ins Haus hineinzog. Sie sahen einander lange an, ohne die Hand des anderen loszulassen, bis Felix sich räusperte und dabei die Haustür geräuschvoller als nötig ins Schloss fallen ließ.

„Oh, ja," Christian löste den Händedruck. „Das ist Felix Leonhardt."

„Herr Leonhardt," Carla reichte Felix die Hand und lächelte. „Ich freue mich wirklich sehr, Sie endlich persönlich kennenzulernen. Wie gesagt, Ihre Aufsätze im *Antiquar* sind immer vorbildlich recherchiert und spannend geschrieben und ..."

„Ach, sagen Sie doch Leonhardt," unterbrach Felix sie. „Ach, Quatsch, ich meinte Felix. Sagen Sie Felix. Bitte."

Sie lächelte ihn an, noch charmanter als zu Beginn. Dann wandte sie sich an Christian. „Ich war noch nie in so einer Situation. Wir kannten uns als Kinder, jetzt sind wir erwachsen. Ist das denn okay, wenn wir ..." sie blickte von Christian zu Felix und wieder zurück, "ich habe das ja schon in meiner Mail getan, aber, ist das in Ordnung, wenn wir ‚du' sagen?"

„Ja," Christian schaute zu Felix. Der begann zu nicken. „klar, machen wir. Nicht wahr, Felix, dann lässt sich auch leichter über alles reden."

Felix nickte immer noch stumm, aber eifrig.

Kapitel 20
Das Geschenk

„Ich weiß, wir alle sind ziemlich unbedeutend
im großen Lauf der Dinge.
Ich nehme an, das Beste, das man sich erhoffen kann,
ist etwas zu verändern."
  - Warren Schmidt, About Schmidt (2002)

Christian und Carla hatten sich im Wohnzimmer auf dem Sofa niedergelassen, Felix ihnen gegenüber im Sessel.

Carla erzählte, „Ich war ganz schön überrascht, als ich das Foto von dem Monogramm gesehen habe, das ihr mir geschickt habt. Vor allem darüber, dass es sich auf eurer Truhe befinden soll. Ich habe meiner Mutter die Fotos gezeigt. Sie hat ganz anders reagiert als ich. Sie ist bleich geworden und in Gedanken versunken. Für mich war das zunächst nichts weiter als ein interessanter Zufall, dass sich hier tatsächlich Schloss und Schlüssel wiedergefunden haben sollten. Meine Mutter allerdings ..."

Carla drehte sich zur Seite, griff in ihre Handtasche und zog ein besticktes Baumwollsäckchen hervor. Sie seufzte und reichte Christian das Säckchen hinüber.

„Meine Mutter hat mir erzählt," fuhr sie fort, „dass der Schlüssel, den sie mir schon vor Jahren gegeben hat, ursprünglich mit da drin war." Sie deutete mit dem Zeigefinger auf den Beutel in Christians Hand.

„Den Rest hat sie mir damals noch nicht aushändigen wollen, weil sie, wie sie sagte, selbst nicht wusste, was sie daraus machen sollte. Aber da ich ja quasi schon immer Interesse an allem Möglichen hatte, was mit Schlössern, Schlüsseln, Türen, Klappen, Riegeln und Derartigem zu tun hat ...“

Christian lachte, „Ja, ich erinnere mich, wie geschickt du mit simplen Haarnadeln warst.“

Carla fuhr fort. „Jedenfalls schenkte sie mir den Schlüssel, der sich in dem Beutel befunden hatte, zu meinem zehnten Geburtstag.

Als ich ihr dann jetzt das Foto zeigte und erzählte, dass die Gravuren auf meinem Schlüssel und eurer Truhe die gleichen sind, gab sie mir das da.“

Sie sah, dass Christian das Beutelchen immer noch ehrfürchtig auf der Handfläche balancierte. „Nun mach doch schon auf,“ schalt sie ihn, „Da ist nichts drin, was dich beißen wird.“

Christian lockerte die Bändchen, die sich am Beutel befanden und erweiterte die Öffnung so weit, dass er mit den Fingern hineingreifen konnte.

Seine Hand war halb in dem Beutel verschwunden, als ein begeisterter Ausdruck auf seinem Gesicht erschien, wie bei einem Kind, das am Heiligen Abend endlich die Stube betreten darf und den geschmückten

Weihnachtsbaum erblickt. Er sah hinüber zu seinem Freund und holte langsam ein längliches Stück Metall heraus, oben rund, unten breiter und gezackt. Der Schlüssel, den sie bisher nur von den Fotografien kannten!

Felix hielt die Luft an. Ehrfürchtig streckte er Christian beide Hände über den Sofatisch hinweg entgegen, die Handflächen nach oben, wortlos bittend. Dieser legte ihm den Schlüssel hinein, und Felix betrachtete ihn lange, schweigend, bevor er ihn mit der linken Hand aufhob und anfing, ihn behutsam zwischen den Fingerspitzen zu drehen.

Da war das eingravierte Monogramm, A, M, tatsächlich genau wie auf dem Beschlag der Truhe, vorne unterhalb des Schlosses.

Felix erinnerte sich plötzlich, dass er seine Recherche nach dem Metallhandwerker gar nicht durchgeführt hatte. Möglicherweise war das nun auch überhaupt nicht mehr nötig, sofern diese attraktive Dame, die ihm hier gegenübersaß, selber Licht in die Angelegenheit bringen konnte.

Zunächst war das aber unwichtig. Alles, was für Felix in diesem Augenblick zählte, war die Tatsache, dass er hier den Schlüssel in der Hand hielt, der mit ein bisschen Glück Christians Truhe würde öffnen können. Sollte das wirklich der Fall sein …

Carla unterbrach Felix' Gedanken. „Ich bin genauso gespannt wie ihr beide, ob das der passende Schlüssel ist, aber vielleicht sollten wir uns doch erst einmal weiter damit befassen." Sie deutete wieder auf das Säckchen, das Christian immer noch in der Hand hielt.

Er griff noch einmal hinein und tastete mit den Fingern nach dem weiteren Inhalt.

Er zog ein mehrfach gefaltetes, gelbliches Blatt heraus.

„Noch mehr Botschaften aus dem Jenseits?" fragte Felix

Christian antwortete lächelnd, aber ohne den Blick von dem Schatz in seiner Hand zu nehmen, „Das wäre eigentlich mein Text gewesen." Er legte das Säckchen beiseite, dann faltete er vorsichtig mit den Fingerspitzen das kleine Blatt auseinander und las vor.

> *Meine liebe, kleine Charlotte,*
> *ich hoffe, Du wirst uns eines Tages verzeihen können, aber wir entschieden uns für diesen Weg, um Dir zu ermöglichen, unbeschwert aufzuwachsen.*
> *Ich nenne Dich ‚meine' Charlotte, obwohl Du nicht mein Kind bist. Meiner Schwägerin Bruder, Konrad Vogt, und seine Frau Margarete, in deren Liebe Du lebst und weiterhin aufwachsen wirst, werden zu entscheiden haben, wie Dir gegenüber mit dem Wissen, das wir alle mit uns tragen, zu verfahren ist.*
> *Du wirst sicher ein wunderschönes, fröhliches Kind werden. Ich hoffe inständig, dass Du uns eines Tages wirst verzeihen können.*

Mit diesem Brief wird Dir ein Schlüssel über-
reicht werden. Wenn das Schicksal es will,
dann wirst Du eines Tages erfahren, welches
Schloss er öffnet.
In Demut
Helene Mai

„Helene Mai?!" rief Felix.

Christian reichte seinem Freund das Blatt, während sein eigener Blick ins Leere ging.

„Sagt euch der Name was?" fragte Carla überrascht.

„Ähm, ja, das kann durchaus sein," gelang es Felix nach einer Weile zu stammeln. „Gegenfrage. Ist Charlotte deine Mutter?"

Carla nickte. „Charlotte Vogt."

„Was hat Großtante Leni mit deiner Mutter ..." begann Christian. „Charlotte VOGT?" unterbrach er sich. „Moment mal. Natürlich, du heißt ja auch Vogt. Eine Frage: Ich will ja nicht indiskret sein, aber woher kommt der Name Vogt?"

„Ich verstehe nicht ganz," sagte Carla verwirrt.

„Na ja, ist das der Mädchenname deiner Mutter? Oder war sie verheiratet? Ist Vogt der Name deines Vaters?"

„Aha, du willst also NICHT indiskret sein. Wie sieht das dann aus, wenn du indiskret sein willst?" Carla schmun-zelte.

„Carla, bitte, das ist wichtig!" rief Felix lauter als beab-sichtigt.

Die Frau sah ihn entgeistert an.

„Entschuldige," sagte Felix. „Wir knabbern bloß schon seit einigen Tagen an einem Rätsel. Und da kommt der Name Vogt eben immer wieder vor."

„Wir haben das anfangs für einen Zufall gehalten," ergänzte Christian, „aber jetzt … Helene Mai?"

„Das kann jetzt allmählich kein Zufall mehr sein," schloss Felix.

„Gut. Ihr sagt mir, wer Helene Mai ist, dann erzähle ich euch, was es mit meinem Namen auf sich hat."

„Helene Mai war meine Großtante," erzählte Christian. „Sie ist vor ein paar Wochen gestorben und hat mir einige Möbelstücke hinterlassen. Unter anderem eben auch eine verschlossene Truhe ohne Schlüssel. Deswegen hat Felix für mich diese Suchanzeige aufgegeben."

„Jetzt verstehst du vielleicht auch," flocht Felix ein, „wieso ich in meiner Anzeige nicht so großzügig mit der Wahrheit umgegangen bin. Ich hatte zu dem Zeitpunkt gerade den Hauch einer Ahnung, dass mehr dahinter und darin stecken könnte als nur ein paar verschimmelte Bettlaken."

„Deine Großtante," sagte Carla langsam, „schreibt also eine geheimnisvolle Botschaft an meine Mutter. Und schenkt ihr einen Schlüssel, der … na klar! Der Schlüssel

WIRD passen!" rief Carla. „Helenes Truhe und Helenes Schlüssel! Klar gehören die zusammen!"

„Und warum heißt Du nun Vogt?" insistierte Christian.

„Das ist der Mädchenname meiner Mutter. Sie war mit meinem Vater nie verheiratet. Das hat aber weder sie noch mich gestört. Vor allem, als sich herausstellte, dass er es sowieso nie besonders lange an einem Ort, bei einer Frau aushielt. Aber wir waren trotz allem glücklich, sie und ich. Leider hat sie auch danach nie das ganz große Glück mit Männern gehabt. Es gab da noch einen, mit dem sie lange zusammengelebt hat. Aber das war dummerweise auch nicht für die Ewigkeit."

„DAS DARF JA WOHL NICHT WAHR SEIN!" rief Felix. Er starrte auf die kleine Notiz von Helene an Charlotte.

„KONRAD," rief er. Er stand auf und taumelte durchs Zimmer, das Blatt in der Hand, den Blick darauf gerichtet. „Konrad VOGT!"

Er wirbelte herum zu den beiden Leuten auf dem Sofa. „Versteht ihr denn nicht?" rief er. „Emmas BRUDER!"

„Wer ist denn nun Emma?" flüsterte Carla zu Christian hinüber.

„Meine Großmut..." Christian stockte. Er riss die Augen auf und starrte seinen Freund an.

„NA? JA? Verstehst du JETZT?" fragte Felix.

„Wir haben Fotos gefunden," erklärte Christian seiner Besucherin. „Emma und Konrad. Wir nehmen an, dass sie Geschwister waren. Und Emma war meine Großmutter."

Er sah Carla an. „Was weißt du über diesen Konrad Vogt? Wer war das für dich?"

Carla überlegte kurz. „Ähm, das war … eigentlich nicht mein Opa, aber ich nannte ihn so. Meine Mutter ist bei ihm aufgewachsen."

Christian nickte Carla aufmunternd zu. „Und weiter? Aufgewachsen, und?"

„Also, Konrad und Margarete haben meiner Mutter schon früh gesagt, dass sie eigentlich nicht ihr leibliches Kind ist. Sie sei ein Geschenk des Himmels gewesen."

Carla lächelte und fuhr fort. „Mutter und ich waren immer sehr gerne mit ihnen zusammen. Sie haben sie wirklich sehr lieb gehabt. Eben wie ein eigenes Kind."

Felix stand immer noch mitten im Wohnzimmer und hielt das Blatt in seiner zitternden Hand. „Dann könnte Charlotte vielleicht DAS Kind sein? Erichs Schwester? Oder doch ein Zufall? Carla, haben Konrad und Margarete deiner Mutter nie erzählt, wessen Kind sie ist? Sie hat auch nie gefragt?"

Carla schüttelte den Kopf. „Fest steht zumindest, dass sie es nicht weiß." Sie runzelte die Stirn. „Oder es mir bloß nie erzählt hat." Noch einmal schüttelte sie den Kopf. „Wir hatten noch nie Geheimnisse voreinander. Ich denke mal, sie weiß es nicht."

„Und wollte sie es denn nie wissen?" fragte Christian überrascht.

Carla sah ihn an. „Manche Dinge muss man vielleicht einfach nicht wissen. Die Menschen, bei denen sie aufwuchs, und die sie Mutter und Vater nannte, liebten sie. Kann es nicht sein, dass man wirklich nicht mehr als das wissen muss?

Kann es nicht sein, dass man manche Sachen einfach gut sein lassen muss? Vielleicht hatte sie ja kein Interesse daran, zu erfahren, warum ihre richtigen Eltern sie nicht haben wollten," rief sie und verschränkte trotzig die Arme vor der Brust.

„Vielleicht," merkte Felix leise an, „wollte sie dich ja nur nicht mit der Frage belasten. Nicht dich und nicht Konrad und Margarete." Er kehrte zum Sessel zurück und nahm Platz. „Du hast recht. Man muss nicht alles wissen." Er faltete das Blättchen und legte es auf den Sofatisch.

„Was … soll das jetzt heißen?" fragte Christian. „Du willst doch nicht aufgeben? Denk an Walter. Denk an deinen Traum."

„Und wer ist jetzt schon wieder Walter?" fragte Carla.

Christian nahm den großen, alten Schlüssel, den Felix auf das Tischchen gelegt hatte, und hielt ihn auf

Augenhöhe zwischen sich und Carla. „Wollen wir ein Stockwerk tiefer gehen und versuchen, es herauszufinden?"

Carla sah ihn an und hob die Augenbrauen. „Bist du sicher, dass keiner von uns es bereuen wird?"

„Das weiß man immer erst hinterher," sagte Felix. „Aber ich kenne da zwei Leute, die du anrufen und herbitten solltest, Christian, bevor wir in den Keller gehen. Sie sollten dabei sein."

Christian legte den Schlüssel zurück auf das Tischchen und stand auf. „Stimmt. Ich rufe sie an." Er verließ das Zimmer.

Carla und Felix saßen einander gegenüber, und Felix sagte, „Außerdem glaube ich, dass sie dich gerne kennenlernen würden."

„Wer denn?"

„Christians Eltern, Erich und Gisela."

„Ah. Und du meinst, die würden … mich gerne kennenlernen?"

„Ja, meine ich. Wenn ich jetzt nämlich nicht alles völlig durcheinander bringe, dann könnte es durchaus sein, dass du ihre …"

Carla schlug die Hände vor ihr Gesicht. „Ja, ich könnte ihre Nichte sein. Ich bin ja nicht blöd, Felix," schluchzte sie.

„Ich habe auch mitgedacht, weißt du?" sie nahm die Hände

herunter und Felix sah, dass ihr dicke Tränen über die Wangen rollten. Wütend kniff sie ein paar Mal die Augen zu. Dann öffnete sie ihre Handtasche und zog eine Packung Papiertaschentücher hervor. Sie nahm eines heraus, schüttelte es mit einer heftigen Handbewegung auf und drückte es zornig auf ihr Gesicht.

Felix hörte, wie sie zweimal die Nase hochzog. Langsam stand er auf, ging um den Sofatisch herum und nahm neben ihr Platz. Er hätte gerne den Arm um ihre Schulter gelegt, aber er hatte das Gefühl, dass das wohl doch ein wenig übereilt war.

Carla wischte sich mit dem Taschentuch die Augen, dann führte sie es etwas tiefer und schnäuzte sich. Anschließend knüllte sie es zusammen und behielt es in der Faust.

Sie sah Felix an und lächelte. „Entschuldige. Ich bin sonst nicht so emotional, aber das ist alles doch ziemlich überwältigend. All die Jahre habe ich meine Mutter dafür bewundert, mit welcher Leichtigkeit sie ihr Leben lebt und mir dabei geholfen hat, meines zu gestalten. Ich dachte immer, diese Unbeschwertheit kommt daher, dass man sich nicht zu viel Wissen aufbürdet. Wenn ich mir keine Gedanken darüber mache, dass mich jemand weggegeben hat, dann muss ich mich nicht fragen, warum. Zu viel *warum* macht das Leben nur unnötig schwer."

Sie lachte. „Das gilt natürlich nicht für Dinge wie Naturwissenschaften. Wenn ich weiß, warum meine Schlüsselsammlung rostet, dann kann ich es verhindern."

Felix fiel in ihr Lachen ein. Dann wurde er nachdenklich. „Zu wenig Wissen ist gefährlich. Zu viel Wissen auch," murmelte er.

„Bitte?"

„Albert Einstein."

„Da ist doch was dran, oder?" Sie stopfte das Taschentuch in ihre Handtasche. „Es ist viel sicherer, zu wenig als zu viel zu wissen."

Felix sah sie fragend an.

„Samuel Butler," erklärte sie.

Er sah ihr in die Augen und lächelte. „Kennst du auch das hier? ‚Wer nichts weiß, muss alles glauben'?"

Sie hielt seinem Blick stand und antwortete, „Nein. Von wem ist das?"

"Marie von Ebner-Eschenbach."

Carla lachte. „Ganz schön belesen! Gehörst du eigentlich auch zur Familie?"

„Nein, nur indirekt." Er nahm den Schlüssel vom Sofatisch und betrachtete ihn.

„Niemand möchte dir deine Lebenseinstellung streitig machen, Carla" sagte er. „Aber Erich, Christians Vater, würde sicher sehr gerne wissen, dass er eine Schwester hat. Und Christian würde sehr gerne einen Blick in diese Truhe werfen – und ich auch. Helene hat sie ihm ausdrücklich in ihrem Testament vermacht. Wenn du also nicht mit hinunter in den Keller gehen möchtest, dann verstehe ich das. Aber ich würde dich wirklich bitten, Christian deinen Schlüssel benutzen zu lassen.

Und Helene wollte auch, dass du, oder eher deine Mutter diese Truhe findet und öffnet. Im Grunde solltest du deiner Mutter auch Bescheid geben, dass du sie gefunden hast. Aber das ist deine Entscheidung.

Zu guter Letzt, wenn du dich Gisela und Erich nicht zu erkennen geben willst als … mögliche Nichte, dann musst du das auch nicht tun. Aber sie würden sich sicher darüber freuen."

Carla hatte Felix' Ausführungen schweigend zugehört. Dann zog sie sich den Riemen ihrer Handtasche über die Schulter, stand auf und ging wortlos zur Tür. Felix sah ihr niedergeschlagen nach. Während er sich noch fragte, was er Falsches gesagt hatte und ob er versuchen sollte, Carla aufzuhalten, blieb sie in der Tür stehen und drehte sich zu Felix um.

„Bittet wartet auf uns, bevor ihr die Truhe öffnet," sagte sie. „Ich hole meine Mutter aus dem Europa-Hotel ab. Sie ist nämlich komischerweise deiner Meinung und wollte unbedingt mit hierher kommen."

Bevor Felix etwas erwidern konnte, war sie verschwunden. Er hörte die Tür zuschlagen und lehnte sich erschöpft aber zufrieden auf dem Sofa zurück.

Christian kam, noch mit dem Telefon in der Hand, ins Wohnzimmer zurück. „Was ist passiert? Wo ist Carla?" Er kam ein paar Schritte näher. „Was hast du angestellt?" fragte er.

„Angestellt?" echote Felix. „Du klingst ja schon wie dein Vater."

„Ja, und damit klingst du wie meine Mutter. Jetzt sag schon!"

„Ich habe nur auch ein wenig zur voraussichtlichen Familienzusammenführung beigetragen. Carla ist ins Hotel gefahren. Um Charlotte zu holen."

Christian ließ sich in den Sessel fallen. „Sauber!"

„Außerdem, mach dir doch keine Sorgen," fuhr Felix fort. „Den Schlüssel hat sie ja hier gelassen." Er deutete auf die Gegenstände, die auf dem Sofatisch lagen und platzierte den Schlüssel daneben.

„Oh Mann." Er lehnte sich im Sofa zurück und streckte die Beine aus. „Das gibt nachher ein großes Hallo, das kannst du dir vorstellen. Keiner der Beteiligten hat jetzt gerade eine Ahnung, wem er da gegenüberstehen wird. Es sei denn, Carla warnt ihre Mutter vor. Was hast du deinen Eltern erzählt?"

Christian grinste. „Ich habe nur gesagt, wir hätten eine Überraschung für sie."

„Erstklassig." Felix rieb sich die Augen. „Herr Zufall oder Frau Schicksal oder wer auch immer für so was zuständig ist, hat mal wieder ganze Arbeit geleistet. Helene war das letzte Bindeglied zwischen den beiden Familienhälften. Aber sie ist jetzt weg und hat auch ohnehin seit Jahrzehnten keinen Kontakt mehr mit Konrad, Margarete oder Charlotte gehabt. Und trotzdem hat sich möglicherweise alles wieder zusammengefunden."

„Keinen Kontakt mehr? Wie kommst du darauf?"

„Überleg doch mal. Helene wusste zumindest nichts von Carla, sonst hätte sie nicht dir die Truhe hinterlassen, sondern ihr. Das undatierte, geheimnisvolle Briefchen, das mit dem Schlüssel an Charlotte ging, lässt darauf schließen, dass Helene an einem näheren Kontakt nicht interessiert war, sondern nur ihr Gewissen beruhigen wollte. Zumindest zu dem Zeitpunkt, als sie das Schreiben verfasst hat."

Christian nickte. „Vielleicht hat sie sie deshalb nicht im Testament erwähnt."

„Und dann all die Dinge über deine Familie, die Carla nicht wusste. Sie hatte weder von Emma gehört noch von Erich oder Gisela. Und Walter kannte sie auch nicht."

„Ach, das muss doch nichts heißen," entgegnete Christian. „Wenn schon ihre Pflegeeltern Charlotte nicht erzählt haben, wer ihre richtigen Eltern sind, wieso hätte Helene das dann tun sollen, selbst wenn sie noch Kontakt gehabt hätten?"

„Auch wahr."

„Trotzdem," überlegte Christian. „Wieso hat Helene die Truhe mir vermacht, und nicht einmal am Rande erwähnt, dass jemand anders Anspruch darauf haben könnte?"

Felix zuckte mit den Schultern und seufzte. „Ach, die Antwort ist irgendwo da draußen."

Christian runzelte die Stirn. „In der Matrix?"

„Ganz offensichtlich gefiel es der alten Dame," fuhr Felix fort, „anderen Leuten Rätsel aufzugeben und Überraschungen zu bereiten. Deshalb vermute ich, dass sie den Umschlag mit dem Absender von Walters Brief einfach hat verschwinden lassen."

Christian lachte. „Das mit den Rätseln und Überraschungen ist ihr gelungen. Das wäre auch eine Erklärung dafür, warum Helene Charlotte damals nicht gleich die Truhe geschickt hat."

„Vielleicht war es ihr aber auch zu unsicher, die ganze Truhe – oder ihren Inhalt – durch die Gegend transportieren zu lassen. Vielleicht hatte sie diese Idee ja schon zu Kriegszeiten. Da konnte man nicht mal eben eine Spedition anrufen und mit einem solchen Transport beauftragen."

„Und warum hat sie das nach dem Krieg nicht einfach nachgeholt?"

„Es ist nicht ungewöhnlich, dass manche Menschen ihr Erspartes zum Beispiel lieber dem Wollstrumpf unter der Matratze anvertrauen als einer Sparkasse."

„Ihr Erspartes? Meinst du wirklich, da ist Geld in der Truhe?"

„Ich würde sagen, da könnte alles Mögliche drin sein."

„Außer Großonkel Walter, wie wir ja mittlerweile wissen," bemerkte Christian.

Felix lachte. „Wenn wir recht haben mit Helenes Vorlieben für Überraschungen, dann ist eventuell überhaupt nichts drin."

„Oh, bitte sag das nicht. Ich hoffe doch, dass wenigstens eines drin ist."

„Und das wäre?"

„Ganz einfach. Die Lösung aller inzwischen aufgelaufenen Rätsel und eine Bestätigung für unsere Theorien!" Christian seufzte. „Zum Beispiel und in erster Linie für die unglaubliche Theorie, dass mein Vater jahrelang unter einem Dach mit seiner Halbschwester gewohnt hat und es gar nicht wusste."

„Unglaublich. In der Tat," nickte Felix.

Kapitel 21
Spiel mit offenen Karten

„Jeder von uns, der hier anwesend ist,
wird eines Tages aufhören zu atmen, erkalten und sterben."
- John Keating, Der Club der toten Dichter (1989)

Felix und Christian hatten sich für den späten Nachmittag von ihrer Stammpizzeria einige Antipasti-Platten nach Hause liefern lassen und auf dem Küchentisch arrangiert, daneben standen ein paar Flaschen Wein aus Christians Vorrat.

Erich und Gisela saßen mit ihren Weingläsern in der Küche und beobachteten Carla, die sich in der Tür mit Felix unterhielt, dem sie gerade ihre Mutter Charlotte vorgestellt hatte, eine Dame mit elegant frisiertem, grauem Haar.

Die Begrüßung an der Haustür war kurz gewesen, Christian hatte seine Eltern direkt in die Küche geführt und sich dabei hartnäckig geweigert, ein weiteres Wort über die angekündigte *Überraschung* zu verlieren.

Christian räusperte sich. „Ich … bin froh, dass ihr alle hier seid. Meinen Eltern möchte ich sagen, dass wir in zweierlei Hinsicht Fortschritte gemacht haben. Zum einen hoffen wir, dass wir dank der Bemühungen meines eifrigen Kumpels Felix und dank der Kooperationsbereitschaft meiner alten und neuen Freundin Carla heute endlich diese geheimnisvolle, verschlossene Truhe von Großtante Helene öffnen können."

Er schwieg und sah Felix hilflos an. Dieser nickte und forderte ihn mit einem Lächeln auf, weiter zu sprechen.

Christian holte tief Luft. „Zum anderen haben sich bei der Suche nach diesem Schlüssel und bei der Untersuchung der anderen Möbelstücke von Tante Leni … so viele Fragen ergeben," er sah seinen Vater an, „die wir ebenfalls hoffen, heute beantworten zu können."

Wieder sah er seinen Freund bittend an. „Vielleicht kann Felix ja ab hier übernehmen? Sei doch so nett. Du kannst besser Reden schwingen als ich."

Felix verdrehte die Augen. „Das stimmt zwar nicht, aber vielen Dank."

„Und eigentlich hattest ja auch du den Auftrag erhalten, diese … Recherche durchzuführen," ergänzte Christian.

„Das ist richtig," pflichtete Gisela ihrem Sohn bei. „Dann präsentier uns mal deine Ergebnisse, Herr Chronist."

‚Na, die hat gut Lachen,' dachte Felix.

Er erinnerte sich daran, was Carla wenige Stunden zuvor im Wohnzimmer zu ihm gesagt hatte. Wollte Charlotte das alles wirklich wissen, was er jetzt *präsentieren* sollte?

„Liebe Frau Vogt," begann Felix. Bei dieser Anrede bewegten sich die Köpfe von Christians Eltern ruckartig erst in Felix', dann in Charlottes Richtung.

Felix sah vorwurfsvoll zu Christian hinüber. Offensichtlich hatte er seine Eltern tatsächlich nicht im Geringsten darauf vorbereitet, wen sie hier möglicherweise antreffen würden.

Aber hier waren sie nun alle. Und er musste ihnen erzählen, warum. Am liebsten hätte er sich die Schale mit gefüllten schwarzen Oliven und eine Flasche Wein geschnappt und wäre davongelaufen. Allerdings ruhten fünf Augenpaare auf ihm und forderten eine Erklärung.

Wenigstens einen Schluck Wein aus dem Glas in seiner Hand gönnte er sich und begann noch einmal. „Liebe Frau Vogt, Carla hat uns erzählt, dass der Schlüssel, den sie uns mitgebracht hat, eigentlich Ihnen gehört."

Charlotte nickte, dann korrigierte sie, „Gehört hat. Ich habe ihn Carla schon vor langer Zeit geschenkt."

Felix fuhr fort. „Und Carla hat uns auch die Nachricht gezeigt, die bei dem Schlüssel war."

Er hoffte auf irgendeine Reaktion von irgendjemandem, aber alle blieben stumm und sahen ihn erwartungsvoll an.

‚Also weiter', dachte er. „Die Nachricht ist unterschrieben von einer gewissen Helene Mai. Diese Helene … Mai …," er wollte seine Worte gerne so unverbindlich wie möglich wählen, "könnte durchaus identisch sein mit jener Helene Mai, welche meinem Freund Christian als ihrem

Großneffen einiges hinterlassen hat. Unter anderem eben besagte Truhe."

‚*Und einen riesigen Haufen Seelenmüll,*' ergänzte Felix in Gedanken.

„Alleine die Tatsache, dass Schlüssel und Truhe beide im Besitz einer Helene Mai waren, lässt eigentlich keinen Zweifel zu, dass es sich um die gleiche Person handelt," fuhr er fort.

„Der kann aber gut formulieren, findest du nicht?" raunte Charlotte ihrer Tochter zu. „Ist er Rechtsanwalt oder so was?"

Carla verdrehte die Augen. „Mama, bitte. Hör einfach zu."

Felix fuhr fort, ohne das Zwischengespräch zu registrieren.

„Helene war zweifelsfrei Erichs," er deutete auf Christians Vater, „Tante, also Christians Großtante. Es bleibt folgende Frage." Er begann in der Küche auf und ab zu gehen und fühlte sich plötzlich ein bisschen wie Hercule Poirot im Orientexpress.

„Wieso wollte Christians Großtante, dass Sie, Frau Vogt, diesen Schlüssel bekommen?"

Felix blieb vor Charlotte stehen an. „Wer ist oder war Helene Mai für Sie?"

Charlotte sah Felix in die Augen, dann ließ sie den Blick auf das Weißweinglas in ihrer Hand fallen. „Als mein Vater mir an meinem achtzehnten Geburtstag das Säckchen mit dem Schlüssel und dem Brief gab, hat er mir erzählt, das sei alles von ... Tante Helene."

Sie sah Felix wieder an. „Mehr hat er nicht gesagt. Ich habe sie nie kennengelernt und nie nachgefragt. Ich habe einfach akzeptiert, dass es da irgendwo eine *Tante Helene* gibt, die mir aus irgendeinem Grund dieses Rätsel überlassen wollte."

,Das ist dann wohl der richtige Zeitpunkt,' dachte Felix und genoss dieses Poirot-Gefühl ausgiebig.

„Frau Vogt," sagte er, „wollen wir zusammen versuchen, herauszubekommen, wer diese Helene Mai war? Also, außer dass sie Christians Groß- und Erbtante war?" Er sah sie an und wartete auf ihre Entscheidung.

Charlotte sah zu Carla, die ihren Blick regungslos erwiderte. Sie machte keine Anstalten, die Entscheidung ihrer Mutter zu beeinflussen, ob sie Geheimnisse lüften wollte, ohne deren Wissen sie bisher auch ganz gut zurechtgekommen war.

„Warum nicht?" sagte Charlotte. Sie sah zu Erich und Gisela hinüber. „Es soll ja Situationen geben, aus denen man sogar noch glücklicher wieder herauskommt, als man hineingegangen ist. Ich gehe einfach mal davon aus, dass dies für mich eine solche Situation ist."

Felix atmete auf und erzählte weiter. „Außer Schlüssel und Truhe gibt es noch einen Hinweis, der allerdings auch Zufall sein könnte. Frau Vogt, ihre Eltern hießen doch Konrad und Margarete, richtig."

Charlotte nickte.

„Ja, also," Felix spürte die Blicke von Christians Eltern auf sich lasten. „Christians Vater hatte einen Onkel, der … Konrad hieß." Er wartete, welche Wirkung seine Worte haben würden.

Charlotte überlegte und sagte dann, „Sie deuten an, mein Vater könnte der Onkel gewesen sein von …" Sie gestikulierte mit ihrem Weinglas in Richtung Erich.

Felix zögerte, drehte sich um und sah in die weit aufgerissenen Augen von Erich und Gisela. Er wandte sich wieder an Charlotte. „Sie wissen aber schon, dass … dass Konrad nicht Ihr …"

„Nicht mein richtiger Vater war?" ergänzte Charlotte. „Ja, das war nie ein Geheimnis. Ist das wichtig?"

„Jetzt weiß ich auch nicht mehr weiter," wandte Felix sich Hilfe suchend an Christian, der aber genauso ratlos aussah.

‚So wird das nie was,' dachte Felix. „Nein, das ist an sich nicht wichtig," fuhr er fort. „Konrad und Margarete Vogt waren Ihre Eltern, denn für die beiden war es ohne Belang, ob Sie ihr leibliches Kind waren oder nicht. Die Frage jetzt in diesem Moment ist bloß ..." Felix zögerte, „Soll ich Ihnen wirklich alles erzählen, was wir zu wissen glauben?"

„Mein lieber junger Freund," antwortete sie mit gespieltem Ärger, „Sie hören nicht richtig zu. Ich bin jetzt hier und ich will jetzt wissen, wer diese Helene Mai war. Und, zum Kuckuck nochmal, ich will wissen, was in dieser Truhe ist! Das geht mich ja wohl etwas an, wenn mir schon der Schlüssel dazu auf so geheimnisvolle Weise zugespielt worden ist. Außerdem haben Sie es ja jetzt durch Ihre Andeutungen ohnehin unmöglich gemacht, dass ich heute Nacht ruhig schlafen kann."

Sie stellte ihr Weinglas auf den Tisch. „Also los jetzt," fuhr sie fort. „Wir haben eine Truhe zu öffnen! Und keine Sorge. Ich bin ein großes Mädchen. Ich werde schon verkraften, was wir herausfinden."

Kapitel 22
Der wahre Schatz

„Es ist schwer, das Leben eines Menschen in seiner Bedeutung zu beurteilen.
Einige würden sagen, man misst es an denen, die man zurücklässt.
Einige meinen, man misst es am Glauben oder an der Liebe.
Andere wiederum sagen, das Leben hat nicht die geringste Bedeutung.
Ich, ich glaube, man misst sich an den Menschen,
die sich ihrerseits an einem selbst messen."
- Carter Chambers, Das Beste kommt zum Schluss (2007)

Zu sechst standen sie in Christians Keller um die Truhe herum.

„Okay," begann Christian und reichte Charlotte den Schlüssel hinüber. „Möchten Sie das machen, oder soll ich Carla eine Haarnadel besorgen?"

Zu Erichs und Giselas Verwunderung fanden die anderen vier diese Bemerkung wahnsinnig komisch.

Charlotte atmete tief ein, lächelte und ergriff den Schlüssel. „Unser Schlüssel, Ihre Truhe. Ich schließe auf, Sie heben den Deckel ... der für mich wahrscheinlich sowieso zu schwer ist."

Sie ging vor der Truhe in die Hocke und betrachtete den Schlossbeschlag. Dann warf sie einen Blick auf den Schlüssel in ihrer Hand. Sie sah hinauf zu Christian, der neben ihr vor der Truhe stand und sagte, „Sagen Sie mal, junger Mann, was werden Sie und Ihr eloquenter Freund machen, wenn der Schlüssel jetzt gar nicht passt?"

Christian kicherte gequält und drehte sich zu Felix herum, der halb rechts hinter ihm stand und ihn entgeistert anstarrte.

„Das wollen wir doch jetzt einfach mal nicht hoffen," antwortete Christian schließlich, und fragte sich, warum sein Hals plötzlich so trocken war.

Grinsend wandte Charlotte sich wieder der Truhe zu. Sie schob langsam den Schlüsselbart durch die Öffnung im Beschlag. Der Schlüssel verschwand immer weiter, bis er auf einen Widerstand stieß, und das Gesenk nur noch knapp vor dem Beschlag saß. Sie sah noch einmal rasch zu Christian hinauf, dann zu Carla, die sich links neben die Truhe gestellt hatte. Dann packte sie mit Daumen und Zeigefinger fest zu und versuchte, den Schlüssel zu drehen.

Er bewegte sich nicht.

Charlotte stutzte und nahm die Hand vom Schlüssel. „Carla?" sagte sie. „Das ist dein Spezialgebiet. Entweder, es ist doch der falsche Schlüssel, oder die Jahrzehnte haben der Konstruktion geschadet. Und ich möchte ihn nicht abbrechen." Sie erhob sich und machte ihrer Tochter Platz.

Carla hockte sich an die Stelle, die ihre Mutter freigegeben hatte und zog den Schlüssel vorsichtig aus dem Schloss. Sie reichte ihn hinauf und Christian nahm ihn entgegen. Sie stellte ihre Handtasche neben sich auf dem Boden ab und griff hinein. Aus den Tiefen der Tasche zog sie zwei Plastikbeutel mit Ziplock-Verschluss. Sie öffnete den kleineren und entnahm ihm ein paar blaue Latexhandschuhe. Sie zog sie an und öffnete den zweiten Beutel. Dieser enthielt eine silberne Sprühdose mit gelbem Kopf.

„Etwas Kriechöl dürfte bei dieser Art Schloss helfen," sagte Carla mehr zu sich selbst. Sie schüttelte die Dose kräftig, klappte den Sprühhalm auf und führte ihn vorsichtig in das Schloss ein. Sie betätigte den Sprühmechanismus mehrere Male, wobei sie den Sprühhalm im Schlüsselloch mit der freien Hand führte und leicht bog, um das Öl überall im Schloss zu verteilen.

„Wir können von außen nicht sehen," erklärte sie dabei, „ob der Schließmechanismus seitlich, oberhalb oder unterhalb des Schlüsselloches verbaut ist. Deshalb versuche ich, das Öl in alle Richtungen auszubringen. Kriechöl verteilt sich zwar auch gegen die Schwerkraft, das heißt, es kriecht durch seine Oberflächenspannung auch aufwärts, aber wir wollen ja schnell ein Ergebnis haben."

Sie zog den Halm langsam wieder aus dem Schlüsselloch und streckte die Hand nach oben aus, um sich den Schlüssel von Christian wieder aushändigen zu lassen.

Sachte sprühte sie etwas Öl auf beide Seiten des Schlüsselbartes. Dann schob sie den Schlüssel ins Schloss, klappte den Sprühhalm wieder ein und steckte die Dose zurück in den Plastikbeutel.

Anschließend betrachtete sie ihr Werk. „Wir werden ein paar Sekunden warten müssen." Sie seufzte, und entledigte sich der Handschuhe.

Felix hatte das Prozedere mit offenem Mund beobachtet. „Schleppst Du immer eine Ölflasche und OP-Handschuhe mit Dir herum?" fragte er.

Carla lachte. „Tatsächlich habe ich meistens ein paar Utensilien im Auto. Inklusive Atemmaske und Schutzoverall. Aber in der Regel weiß ich ja vorher, welches Projekt und welche Aufgaben mich erwarten. Entsprechend bereite ich mich dann vor. Ich konnte hier im Vorfeld eingrenzen, um welche Art von Schloss es sich vermutlich handelt, und es war sehr wahrscheinlich, dass es sich nicht einfach so öffnen lassen würde, nach so vielen Jahren."

„Das Schloss an meiner Wohnungstür ist ein bisschen schwergängig," merkte Felix an. „Eigentlich wäre das eine Sache für meine Vermieterin, aber wenn ich hier eine Expertin habe …"

„Zylinder?" fragte Carla.

„Bitte?" Felix konnte nicht ganz folgen.

Carla nickte. „Vermutlich ist das ein Zylinderschloss. Es gibt vom gleichen Hersteller ein Schließzylinderspray. Das habe ich nur leider nicht dabei, weil ich auf Bahnreisen nun wirklich nicht mein gesamtes Arsenal mitschleppe, wie du sagst. Aber Ihr habt sicher einen Baumarkt in der Nähe."

Dann wandte sie sich an Charlotte: „Das dürfte jetzt lange genug gewesen sein. Mama, soll ich es versuchen?"

„Ja, bitte," antwortete Charlotte.

Behutsam nahm sie die Schlüsselreide zwischen die Finger und begann zu drehen. Erfolglos. Sie wackelte mit dem Schlüssel sachte im Schloss hin und her und drehte ihn ein wenig mal in die eine, mal in die andere Richtung, damit sich das Öl verteilte.

Schließlich ließ er sich weiterdrehen. Knirschend schaffte er endlich eine Umdrehung.

Alle Anwesenden hielten den Atem an.

Carla stand auf und trat einen Schritt zurück. „Du bist dran," flüsterte sie, an Christian gerichtet.

„Felix, komm," sagte dieser, ebenfalls im Flüsterton, „lass sie uns gemeinsam öffnen."

Christian trat links an die Truhe, Felix rechts. Synchron beugten sie sich vor und legten ihre Hände vorne an den Deckel.

In dieser Haltung sahen sie einander an und Christian flüsterte, „Auf drei. Eins, zwei, DREI."

Der Deckel ließ sich nur mühsam heben, war er doch vor Ewigkeiten zum letzten Mal geöffnet und geschlossen worden. Aber er bewegte sich nach oben.

Endlich hatte er seine Endposition erreicht und die Männer konnten ihre Hände fortnehmen.

Sechs Menschen umringten die Truhe und schauten erwartungsvoll hinein.

Schweigen erfüllte den Keller.

Dann flüsterte Felix: „Mein Gott ... Es ist voller ... Was ist das?"

Carlas Stimme ertönte: „Hey! Seht nur! Tischdecken! Oder so."

Tatsächlich war die Truhe bis zum Rand mit weißer, oder ehemals weißer Leinenwäsche gefüllt.

„Das kann doch nicht alles sein," sagte Felix trotzig und kniete sich vor die Truhe. Er fing an, stapelweise die gefalteten Leinentücher herauszuheben und neben sich auf den Boden zu legen. Christian trat hinzu und half ihm.

Endlich fanden sie etwas Anderes als Wäsche.

Am Boden der Truhe, auf einer untersten Schicht Leinen und ringsherum mit Leinentüchern gepolstert, befand sich ein in braunes Papier gehülltes flaches Päckchen, ungefähr von der Größe eines Schreibblockes. Daneben stand eine mit rötlichem Leder verkleidete Kiste.

Christian bückte sich und hob die Kiste heraus, während Felix nach dem Päckchen griff.

Schweigend betrachteten die Umstehenden die Funde in den Händen der Männer.

Schließlich schlug Christians Vater vor, „Lasst uns doch damit nach oben gehen."

Christian schaute Erich an, nickte und ging als erster die Treppe hinauf und in sein Wohnzimmer. Die anderen folgten ihm, allen voran Felix mit seinem Papierpäckchen, zuletzt Charlotte.

Christian setzte sich auf das Sofa und stellte die Kiste vor sich auf dem Tischchen ab. Er wartete, bis die anderen sich ebenfalls im Wohnzimmer eingefunden hatten. Dann klappte er langsam den Deckel auf.

‚Wie die Piratenschatzkisten aus den alten Filmen‘, dachte Felix, der sich neben Christian gesetzt hatte.

In der Kiste befanden sich tatsächlich viele einzelne, große und kleine Schmuckstücke, Broschen, Ketten, Ringe, sogar Münzen verschiedener Größe und vieles mehr.

Christian drehte die Kiste herum, damit die anderen hineinsehen konnten. „Nun schaut euch das an," sagte er. „Das gehört alles Ihnen, Frau Vogt. Deswegen hat Helene Ihnen den Schlüssel überbringen lassen."

Charlotte konnte ihre Augen nicht von der Kiste und ihrem Inhalt nehmen. „Das war ja … sehr nett von ihr. Aber … warum?" stammelte sie.

Felix hielt immer noch das Päckchen in den Händen. Er hob es hoch und sagte, „Vielleicht finden wir die Antwort hier drin?"

Er legte es vor sich auf den Tisch und wickelte vorsichtig das braune Papier ab, bis er einen kleinen Stapel Blätter freigelegt hatte.

„Sieh mal," sagte er zu Christian. „Die gleiche Handschrift wie auf dem Briefchen bei dem Schlüssel. Das ist von Helene."

Er begann zu lesen.

Meine liebe Charlotte

Felix unterbrach seine Lektüre und sagte, „Ich denke nicht, dass ich das als erster lesen sollte. Das ist nun wirklich nicht für mich bestimmt." Er reichte den Stapel an Charlotte hinüber, die in einem der beiden Sessel Platz genommen hatte.

„Erweisen Sie uns die Ehre, Frau Vogt?"

Charlotte nahm die Papiere entgegen und legte sie auf ihren Schoß. Aus ihrer Handtasche zog sie ein schmales Etui, dem sie eine noch schmalere Lesebrille entnahm. Das Etui ließ sie in ihre Tasche zurückrutschen, die Brille setzte sie auf die Nase. Sie räusperte sich, ergriff die Papiere, hob sie näher an ihr Gesicht und las.

25. März 1942
Meine liebe Charlotte,
oder, was ich nicht hoffen mag, verehrter Unbekannter, der möglicherweise – befugt oder unbefugt - in den Besitz des Schlüssels und dieser Truhe gekommen ist!

Möglicherweise erlebe ich es nicht mehr, dass sich eine Gelegenheit ergibt, um Dir persönlich von den Ereignissen zu berichten, die sich in jenem Unglücksjahr ereignet haben, das unser aller Leben auf ewig verändert hat. Deshalb lege ich sie hier dar.

Obwohl es das Schicksal so wollte, dass ich meinem Mann Walter noch kein Kind geboren hatte, schien unsere Ehe doch glücklich zu sein.

Dumm und blind war ich, denn als eines Tages mein Bruder Hans, bleich und aufgewühlt und vor Wut fast außer sich, vor unserer Tür stand, erfasste es mich mit kaltem Entsetzen, was er zu berichten hatte.

Meines Bruders Frau Emma erwartete zu dieser Zeit ein Kind. Die Freude war groß gewesen in der ganzen Familie bei dieser Nachricht. Doch an diesem Tage hatte Emma meinem Bruder gestanden, dass nicht er, Hans, ihr Ehemann, der Vater des Kindes sei, sondern, der Herr stehe mir bei, mein eigener Mann Walter.

Es gelang mir, meinen Bruder und mein eigenes, bis zum Zerbersten klopfendes Herz zu beruhigen. Wir sprachen eine Weile miteinander, und schließlich ging Hans schweigend von mir fort, mit einem Gesichtsausdruck, den ich zunächst nicht zu deuten wusste.

Am nächsten Tage jedoch, nachdem auch Walter auf mein Drängen hin mir gegenüber ein bereits seit mehreren Wochen andauerndes, außereheliches Verhältnis mit Emma zugegeben hatte, kam Hans erneut zu uns und bat

Walter um eine Aussprache. Zu diesem Zwecke verließen sie unser Haus.

Der Herr vergebe uns allen, aber Hans muss meine Reaktion oder meine Worte missdeutet haben. Oder er war selbst so tief verletzt, dass er diesen grauenhaften Entschluss fasste. Er erschlug meinen Ehemann, in dem irren Glauben, dass dies auch in meinem Sinne sei, und als ob dadurch alles ungeschehen gemacht würde!

Es ist mir bis heute nicht gelungen, ihm das zu verzeihen. Das Einzige, was ich tun konnte, war, meinen eigenen Bruder nicht der Polizei auszuliefern.

Nur war da immer noch das Kind, das Emma unter dem Herzen trug. Was sollte nun damit geschehen?

Weder Hans noch ich konnten dieses Kind, welches doch als einziges nicht die geringste Schuld traf, in unserer Nähe ertragen. Zu groß waren der Schmerz und die Schuld, an die es uns immer erinnert hätte. Der Herr Jesus vergebe uns unsere Unbarmherzigkeit.

Also stellte Hans Emma vor die Wahl, das Kind zu behalten und ihre Ehe zu beenden, oder das Kind nach der Geburt fortzugeben und an seiner Seite zu bleiben.

Sie entschied sich für Hans.

Es wurden Arrangements getroffen, dass Emma gerade noch rechtzeitig vor Sichtbarwerden ihrer Schwangerschaft einen – so einigten wir uns, es zu nennen - gesundheitlich notwendigen Kuraufenthalt auf dem Lande bei ihrem Bruder antrat. Dort sollte sie ihr Kind *bekommen und ihr Bruder und seine Frau waren bereit, es als das ihre anzunehmen.*

Meines Bruders Frau, die Geliebte meines Mannes, die sein Kind erwartete, ging also fort, um in der Stille und fern von der Aufmerksamkeit der Nachbarschaft ihr Kind auszutragen und zu gebären.

Dieses Kind warst Du, Charlotte.

Damit Du unbelastet von dieser Schande, durch die Du Dein Leben erhieltest, aufwachsen konntest, haben meiner Schwägerin Bruder, Konrad Vogt, und seine Frau Margarete Dich als ihr eigenes Kind angenommen.

Verzeihe mir und meinem Bruder, dass wir es nicht konnten. Du bist sicherlich unter dem Schutze des Allmächtigen und seiner Engel ein wunderschönes, fröhliches Kind geworden, das uns aber immer daran erinnert hätte, was uns angetan wurde, und was wir getan haben.

Dies alles ist nun an die fünf Jahre her. Vor wenigen Wochen wurde mir eine Nachricht weitergeleitet, die meine Schwägerin Emma von ihrem Bruder Konrad erhalten hatte. Sie enthielt die Botschaft, dass aus Emmas kleiner Charlotte ein wissbegieriges, lebhaftes, liebenswertes Mädchen geworden sei. Ich bin dankbar, dass Emma mir heimlich diesen Brief, von dessen Existenz Hans nichts weiß, zukommen ließ.

Nun zu der Truhe, die einst schon die Aussteuertruhe meiner Mutter war: Bevor ich sie verschließe, lege ich folgende Dinge hinein:

Dieses Schreiben zusammen mit dem Versuch, den ich unternommen habe, Stammbäume, zu zeichnen, damit Du die

Zusammenhänge und Familienverhältnisse erkennst sowie

eine Schatulle mit dem teils seit Jahrhunderten in der Familie Most befindlichen Schmuck. Ich werde selbst keine Kinder haben, daher will ich Dir, Charlotte, dies vermachen.

All das bedecke ich mit genügend Tisch- und Bettwäsche, um den eigentlichen Inhalt zu verschleiern.

Dann werde ich die Truhe verschließen und den Schlüssel, zusammen mit einem kurzen Begleitschreiben, an Konrad und Margarete senden, damit sie ihn Dir eines Tages, wenn Du verständig genug bist, aushändigen.

Sofern Du es bist, liebe Charlotte, die nun diese Seiten in den Händen hält, haben sie es getan, und der Weg hat Dich, möglicherweise über Umwege, zu diesem Möbelstück geführt.

Verzeihe mir die Geheimniskrämerei, aber der Schatten, der auf unserer Familie lastet, soll nicht jedem beliebigen Fremden bekannt werden.

Ich tue dies, um etwas von der Schuld zu mildern, die ich mir aufgeladen habe, indem ich nicht bereit war, Dir, dem Kinde meines Mannes, besser zur Seite zu stehen. Ein Ablasshandel! Der Herr vergebe mir!

Meine liebe Charlotte, wir wissen nicht, was die Zukunft bringen wird. In diesem Augenblick befinden wir uns im Kriege mit der halben Welt. Wir haben ein großes Talent, großes Unglück über uns selbst und andere zu bringen.

Unser aller Schicksal liegt in der Hand des Allmächtigen. Möge er Dich und die Deinen beschützen. Möge er uns allen beistehen in dieser schweren Zeit. Und möge diese Botschaft an Dich die möglicherweise noch kommenden Wirren überstehen und den Weg in Deine Hände finden.

Helene Mai

Kapitel 23
Die Stunde der Wahrheit

„Ich bin alles, was ich bin nur wegen meiner Vorfahren, Sir."
  - Ben Gates, Das Vermächtnis des geheimen Buches (2007)

„Gütiger Himmel!" Charlotte nahm langsam ihre Brille ab. „So ein Durcheinander. Emma und Walter also. Und Walter wurde ermordet?"

„Nein," antwortete Felix. „Walter wurde nicht ermordet. Er hat lediglich von Hans einen Schlag auf den Schädel bekommen. Hans hielt ihn für tot und warf ihn sehr wahrscheinlich in den Rhein, wo er aber wieder aufgewacht ist. Ohne Gedächtnis und orientierungslos hat er sich dann jahrelang durchgeschlagen und ist – das wissen wir – irgendwann in der Schweiz gewesen.

Allerdings wusste Helene das alles noch nicht, als sie die Truhe füllte und verschloss. Dieses Schreiben hier ist von 1942. Walter hat sich vier Jahre später per Brief bei ihr gemeldet."

„Lasst uns einen Blick auf diese Stammbäume werfen," schlug Carla vor. „Ich blicke immer noch nicht ganz durch."

Charlotte legte die Papiere auf den Sofatisch, wobei sie die Seiten mit Helenes Brief zuunterst schob. Das nächste Blatt enthielt drei einzelne, handgeschriebene Stammbäume.

Familie Frankenberger

               *1886   *1880

        Anna Frankenberger, = Victor Frankenberger

        geb. Most

*1913   *1910   *1910   *1916

Emma Frankenberger, = Hans Frankenberger Helene Mai, = Walter Mai

geb. Vogt   geb. Frankenberger

        Erich Frankenberger
        *1940

Familie Vogt

          *1887   *1885

        Else Vogt, = Wolfhard Vogt

    geb. Aulenbach

*1912   *1909   *1913   *1910

Margarete Vogt,=Konrad Vogt Emma Frankenberger,=Hans Frankenberger

geb. Wiedmann   geb. Vogt

     Charlotte Vogt   Erich Frankenberger

     *1937   *1940

*1910   *1916   *1913   *1910

Helene Mai, = Walter Mai Emma Frankenberger, = Hans Frankenberger

geb. Frankenberger   geb. Vogt

     Charlotte Vogt
     *1937

„Seht doch," sagte Gisela, „Hans und Helene sind im gleichen Jahr geboren. Möglicherweise waren sie sogar Zwillinge. Würde das nicht seine heftige Reaktion zusätzlich erklären?"

Sie sah ihren Mann fragend an. Erich schüttelte den Kopf und wandte sich ab.

„Nicht entschuldigen," ergänzte Gisela, „nur … erklären."

„Außerdem wissen wir jetzt auch," verkündete Felix, „was das Monogramm auf Truhe und Schlüssel bedeutet."

„Ach, wirklich? Kannst du dir die Recherche nach dem Metallhandwerker tatsächlich sparen?" fragte Christian.

Felix nickte. „Allerdings. Das ist keine Herstellersignatur. Carla, hast du eine Idee?"

Carla sah Felix stirnrunzelnd an. Dann betrachtete sie noch einmal die Stammbäume und überlegte. Schließlich lächelte sie und nickte. „Na klar. Wir wissen aus Helenes Brief, dass es sich um die Aussteuertruhe ihrer eigenen Mutter handelt. Und die hieß vor ihrer Heirat Anna Most. A … M!"

Felix strahlte sie an. „Wenn Helene dich noch hätte kennenlernen dürfen, hätte sie es bestimmt noch mehr bereut, dass sie deine Mutter damals nicht großgezogen hat."

Carla lachte. „Charmant. Ich danke dir. Aber meine Mutter musste nicht großgezogen werden. Die ist ganz alleine gewachsen."

Christian prustete los und Felix schlug sich die Hände vor's Gesicht. „Nein, Hilfe! Der Frankenberger'sche Humor!"

„Das heißt," sagte Charlotte, „wir sind anscheinend tatsächlich Geschwister, Erich."

Erich betrachtete sie und sagte: „Es sieht fast so aus."

Gisela seufzte tief und zog ein Stofftaschentuch aus ihrer Strickjackentasche. „Jetzt haben wir gefunden, ohne suchen zu müssen." Sie tupfte sich die Augen ab. „Danke, Felix."

„So!" Erich klatschte einmal lautstark in die Hände. „Bevor wir hier in Schmalz und Tränen ersaufen, Christian, ist noch was von dem Wein übrig? Lass nur, ich schau selber nach."

Er verschwand aus dem Zimmer, während zehn Augen ihm nachblickten.

Kapitel 24
35 Jahre sind ein Tag

Carter: „45 Jahre vergehen ziemlich schnell."
Edward: „Ja, wie Rauch, der durch ein Schlüsselloch zieht."
- Das Beste kommt zum Schluss (2007)

Für den späteren Abend hatte sich die Gesellschaft – auf Charlottes Vorschlag hin – im chinesischen Restaurant im Erdgeschoss des Europa-Hotels, wo die beiden Vogt-Frauen abgestiegen waren, verabredet.

Nur mit Mühe hatte Gisela Erich davon überzeugen können, sie zu begleiten.

Zunächst saß er mürrisch neben ihr an einem der großen runden, glänzend polierten und mit asiatischen Motiven versehenen Tischen. Aber als er sah, wie gut sich die drei jüngeren Leute verstanden, begann auch er allmählich, sich an den Gesprächen zu beteiligen.

Es gab viel zu erzählen. Viele Fragen wurden gestellt und beantwortet, wenn auch noch längst nicht alle. Zaghafte Versuche wurden unternommen, die verlorenen Jahre im Zeitraffer aufzuholen.

Charlotte erzählte von ihrer glücklichen Kindheit auf Margaretes und Konrads Bauernhof. Erich erzählte ihr viel über Emma, ihrer beider leibliche Mutter.

Sowohl Erich als auch seine Halbschwester Charlotte waren bis zu ihrer jeweiligen Pensionierung als Lehrer tätig gewesen. Allerdings hatten sie nie als direkte Kollegen gearbeitet, da Erich in der Laufenburger Hans-Thoma-Schule beschäftigt war, während Charlotte in der Hebelschule in Luttingen unterrichtete.

Bei dieser Gelegenheit fand die Äußerung, wie klein doch die Welt sei, wiederholt Anwendung, da Charlotte gleich in ihrer ersten Position nach ihrem Referendariat Lehrerin in jenem Ort wurde, in welchem ihre Mutter zu der Zeit noch lebte und ihr Halbbruder aufgewachsen war, ohne dass einer von ihnen davon auch nur eine Ahnung hatte.

Dann hatte sich Charlotte nach Stuttgart versetzen lassen, weil sie während einer Fortbildung einen Mann kennengelernt hatte, der dort wohnte und mit dem sie ein neues Leben beginnen wollte. Aus dem Leben war nur ein Abschnitt geworden, welcher allerdings immerhin fast zwölf Jahre gedauert hatte. Man hatte sich in Freundschaft getrennt, und Charlotte hatte keine Veranlassung zu einem erneuten Umzug gesehen.

Erich war wenige Jahre darauf von seiner Schule an die gleichnamige Einrichtung in Tiengen versetzt worden, wo Christian dann auch Felix getroffen hatte.

Natürlich war die Entfernung zwischen Laufenburg und Tiengen per Zug von Erich problemlos zurückzulegen gewesen. Aber als Gisela kurze Zeit nach Erichs Versetzung ebenfalls eine Stelle als Arzthelferin in einer Tiengener Praxis erhielt, suchte und fand die Familie eine Wohnung vor Ort, und Christian ging auf die Grundschule, an der auch sein Vater unterrichtete.

Gisela hatte auf den Umzug bestanden, weil sie so die Möglichkeit hatte, in der Mittagspause nach Hause zu gehen, um ihrem Sohn ein zwar vorbereitetes und aufgewärmtes, aber doch warmes Essen auf den Tisch zu stellen und es mit ihm gemeinsam einzunehmen. Dabei war immer genügend Zeit für ein erstes Gespräch über den Schultag gewesen.

Anschließend gelangte Gisela innerhalb einer Viertelstunde wieder an ihren Arbeitsplatz und überließ Christian getrost seinen Hausaufgaben.

Sehr schnell hatte er sich in seiner neuen Schule dann mit Felix Leonhardt angefreundet, mit dem er sich auch oft zu oder gleich nach den Hausaufgaben traf.

Erich und Gisela hatten Felix sofort gemocht, den stillen Jungen mit der kränkelnden Mutter und dem strengen Vater, und luden ihn oft ein, noch zum Abendbrot zu bleiben oder auch am Wochenende zu Besuch zu kommen.

Charlotte und Gisela hatten noch viel zu besprechen, während Erich wieder stiller wurde und es vorzog, den drei Jüngeren bei ihren Gesprächen zuzuhören. Schließlich schlug Christian vor, sich am folgenden Tag bei ihm zum

Mittagessen zu treffen, um das weitere Vorgehen zu besprechen.

„Morgen können wir nicht!" sagte Erich.

„Wieso? Was ist denn morgen?" fragte Gisela.

„Also gut, morgen kann ICH nicht."

„Aber was hast du denn vor?" fragte Gisela erneut.

„Himmelherrgott, muss ich denn jetzt über alles, was ich
mache, Rechenschaft ablegen?" Er stand auf, riss seine
Jacke von der Garderobe und verschwand Richtung Ausgang.

Als Christian kurz darauf den Kellner herbeirief, um zu
zahlen, informierte dieser ihn darüber, dass Erich beim
Hinausgehen die Rechnung bereits beglichen hatte.

Kapitel 25
Der Überlebende

„Der Mensch bemerkt selten das, was ihm direkt vor Augen liegt!"
- Sir Leigh Teabing, The Da Vinci Code - Sakrileg (2006)

„Ich habe einen Vorschlag," sagte Christian auf der Heimfahrt zu Felix, nachdem sie Gisela zu Hause abgesetzt und die beiden anderen Frauen bereits in der Hotellobby verabschiedet hatten.

„Ich bin gespannt."

„Du erinnerst dich an die Dokumente in Helenes Sekretär? Die haben wir nach der ersten Durchsicht gar nicht weiter beachtet."

„Oh, richtig." Felix nickte. „Einen Tag später fingen die Ereignisse an, sich zu überschlagen."

„Ich schlage vor, wir nehmen uns die Papiere jetzt nochmal vor und besehen sie nun im Licht der neugewonnenen Erkenntnisse."

Felix hob die Augenbrauen und sah seinen Freund an. „Sehr poetisch. Aber du hast recht. Vielleicht fällt uns jetzt wirklich noch ein Schriftstück ins Auge, das uns beim letzten Mal unwichtig erschien."

„Genau."

Im unaufdringlichen Licht einer Stehlampe standen Felix und Christian nun vor Großtante Helenes Sekretär in Christians Wohnzimmer.

Christian drehte den Schlüssel des Möbelstücks und senkte die Schreibklappe. „Ein paar kleine Stücke, die das Puzzlespiel vervollständigen. Das wäre es doch."

Felix stand daneben und beobachtete seinen Freund. „Und welche Stücke fehlen noch? Wir wissen, wer und wo das Kind ist. Und wir wissen, dass es keine Leiche gibt, die wir finden, oder der wir einen Namen geben müssten, wenn sie vor Ewigkeiten irgendwo angeschwemmt und schließlich unidentifiziert begraben worden wäre."

„Aber genau über diese Nicht-Leiche mache ich mir Gedanken," sagte Christian, während er die Papiere aus dem hinteren Bereich des Sekretärs zog und in der Mitte der Schreibklappe positionierte.

„Du willst wissen, ob Walter immer noch lebt," folgerte Felix.

„Ja. Es wäre doch schön, wenn er seine Enkelin noch kennenlernen könnte."

„Das würde ihn vermutlich freuen," antwortete Felix.

„Zumindest mehr, als es meinen Vater gefreut hat, seine Schwester und Nichte kennenzulernen."

Felix nickte. „Ja, das war schon etwas befremdlich. Vermutlich braucht er nur etwas mehr Zeit."

Christian seufzte und blickte sich in alle Richtungen suchend um. „Dein nächster Auftrag, Herr Möbelmakler: Ich hätte gerne einen Stuhl, der im Stil zu diesem Sekretär passt. Sonst stelle ich doch wieder etwas Falsches davor."

Felix lächelte. „Gute Idee. Ich kümmere mich darum. Aber das mit dem Fußbänkchen letzthin war doch hoffentlich nur ein Witz."

Christian sah Felix fragend an, dann sagte er, „Ach das! Ja, vergiss das mal wieder. Hier sind die Unterlagen."

„Wieder halbe-halbe?" fragte Felix.

„Ja." Christian hob die obere Hälfte des Stapels ab und reichte sie Felix, der mit seinen Papieren hinüber zum Sofa ging und sich setzte.

Christian kam mit seinem Anteil hinterher und nahm neben Felix Platz. „Was meintest du beim letzten Mal eigentlich damit," fragte er, „als du sagtest, man könnte mit viel Fantasie eine Familienchronik aus den Papieren erstellen?"

„Oh," sagte Felix schuldbewusst, „das weißt du noch? Ich fürchte, das war nur so daher gesagt. Der Begriff *Chronik* war wohl etwas unglücklich gewählt. Es sind interessante Sachen dabei, aber eher in Bezug auf die Erbmasse von Helene. Das war ja eigentlich damals unser Thema."

„In der Tat." Christian nickte und lachte. „Da waren die aufregenden Seifenoper-Zustände in meiner Familie noch gar nicht aktuell."

Einige Minuten lang lasen die beiden Männer schweigend in den Papieren, bis Christian ohne aufzublicken fragte, „Hast du eigentlich jetzt deine Antwort?"

„Welche Antwort?"

„Ich glaube, das nennt man jetzt Déjà vu."

„Bitte?" Felix sah verwirrt zu Christian hinüber.

„Ein ähnliches Gespräch hatten wir kurz vor Carlas Ankunft." Christian lachte. „Wie beantwortest du jetzt deine Frage, ob die Nachbarstochter hübsch ist?"

Als er keine Antwort erhielt, blickte er seinen Freund an. „Sag mal, wirst du rot?"

„Quatsch," entgegnete Felix schroff. „Aber wenn du's unbedingt wissen willst, ich würde die Frage mit *ja* beantworten. Und du?"

„Ich auch, aber da sie meine Cousine ist, spielt meine Meinung keine so große Rolle wie deine."

„Was willst du denn damit sagen?"

„Gib es zu, du magst Carla!"

„Und wenn?"

„Schon in Ordnung." Christian schüttelte den Kopf und grinste. „Da soll noch mal einer sagen, der Blick in die Vergangenheit bringe selten etwas Gutes!"

Eine Zeitlang war lediglich das leise Rascheln von Papieren, Zetteln und Umschlägen und die eine oder andere Unmutsäußerung zu hören.

Eines der Blätter, das Felix gerade auf den Stapel mit den durchgesehenen Papieren legen wollte, weckte seine Neugier. Es erschien ihm etwas dicker und schwerer als die anderen, die er bisher in der Hand gehabt hatte.

„Nanu?" sagte er und betrachtete das Blatt näher. Er hielt es hoch, gegen den Schein der Lampe, der allerdings nicht so stark wie erwartet hindurch drang.

„Was ist denn los?" Christian sah von seinem Dokumentenstapel auf und beobachtete, wie sein Freund das Blatt nun horizontal hielt und von der Seite besah.

„Sieh mal einer an," platzte Felix überrascht heraus. „Das sind zwei! Hast du ein Messer oder einen Brieföffner für mich?"

„Klar." Christian stand auf und ging hinüber zum Sekretär. Er zog die linke der inneren Schubladen auf und entnahm ihr einen schlanken, langen Brieföffner. Er kehrte zurück zum Sofa und reichte Felix das Werkzeug.

Dieser nahm das elegant geschliffene Stück Metall entgegen und legte das Doppelblatt flach auf den Sofatisch. „Ich schätze, da kleben einfach nur zwei Blätter aufeinander. Das ist uns beim ersten Durchgang bloß entgangen."

Vorsichtig suchte er mit der Spitze des Brieföffners einen Zugang zum Zwischenraum zwischen den Blättern. Als er eine gefunden hatte, schob er das Messer so vorsichtig wie möglich hinein, um zu vermeiden, dass er das alte Papier aus Versehen durchstach. Dann führte er die Klinge behutsam zwischen den Blättern hindurch und löste sie Stück für Stück voneinander.

„Nun wollen wir mal sehen, ob sich die Mühe wenigstens gelohnt hat," sagte er dann und legte das untere Blatt frei. Es war ein Brief, geschrieben in einer Handschrift, die den beiden Männern bereits bekannt war.

„Oh Mann," flüsterte Felix, „sieh doch nur!"

Gemeinsam betrachteten sie das Schreiben.

> *Kandersteg, den 12. Juli 1950*
> *Liebe Helene,*
> *Du kannst Dir nicht vorstellen, wie dankbar ich Dir für Deine Zeilen bin. Beinahe hatte ich die Hoffnung schon aufgegeben, jemals etwas von Dir zu hören. Ich hätte es auch nicht besser verdient gehabt.*
> *Du warst es stets und bist es immer noch: eine charakterstarke Frau, die kennen zu dürfen mir auf ewig eine Ehre sein wird. Das bist Du, liebe Helene, die ich hintergangen habe, und die mir trotz allem Nachricht sendet von meinem Kinde. Ich danke Dir.*
> *Ich bin glücklich, dass das einzige unschuldige Wesen in dieser Sache nicht auch noch darunter leiden muss. Konrad und Margarete werden sich sicher gut um Charlotte kümmern. Meine Strafe wird es sein, sie niemals sehen zu dürfen.*
> *Ich verstehe Dich und Deine Entscheidung gut, auch mich nicht mehr sehen zu wollen. Du hast mich wissen lassen, dass Du Dein Leben*

ohne mich lebst, schon so lange, und das nicht ändern willst. Danke, dass Du Hans meinen Aufenthaltsort verschweigen wirst. Vermutlich ist das besser so. Und danke, dass Du mir von Deinem Umzug berichtet hast. Ich verstehe, dass Du nicht mehr in jenem Hause bleiben wolltest.

Ich liebe Dich noch immer und glaube daran, dass auch wir uns eines Tages, irgendwo, wiedersehen.

Dein Walter

Christian seufzte. „Es ist eigentlich ziemlich traurig, findest du nicht?"

„Zumindest," entgegnete Felix, „hat er von Charlotte erfahren. Das ist sicher wenigstens ein kleiner Trost gewesen. Anfangs hat er doch befürchtet, dass Hans dem Kind etwas angetan haben könnte."

„Und wir wissen damit auch, dass Helene ihm wenigstens einmal geantwortet hat."

„Und wieder Kandersteg," sagte Felix leise. „Und wieder kein Umschlag."

Christian nickte und begann, in seinem durchgesehenen Papierstapel zu wühlen. „Dann habe ich hier aber eben etwas gehabt, was jetzt auch Sinn macht."

„Nämlich?"

Er griff nach ein paar Blättern, die er neben seine Füße auf den Teppich gelegt hatte, damit sie nicht wieder im Stapel verschwanden.

„Hier. Walter hat doch den Umzug von Helene erwähnt. Möglicherweise direkt von Ettikon nach Freiburg?"

„Ettikon? Ja, das hat Walter ja in seinem Brief von 1946 erwähnt. Wofür wir ihm überaus dankbar sind. Wie für jede geografische Angabe, wenn schon die Umschläge mit Absender fehlen."

Christian überlegte. „Ob Emma und Hans wohl zu der Zeit auch in Ettikon gewohnt haben?"

„Das kann ich mir sehr gut vorstellen," antwortete Felix. „Zuletzt lebten sie aber in …?"

„Luttingen," ergänzte Christian.

„Genau," fuhr Felix fort. „Aber du hast recht, das muss ja nichts heißen. Auf jeden Fall können wir aus all diesen Hinweisen schließen, dass das Ganze damals nicht in Freiburg passiert ist, wo Helene zuletzt gewohnt hat. Und ich bin extrem froh, dass wir Charlotte schon gefunden haben. Ich hätte nämlich eigentlich Freiburg als Ausgangspunkt für unsere Suche nach dem verschollenen unehelichen Kind vorschlagen wollen."

„Na, das wäre ganz schön kompliziert geworden."

„Allerdings." Felix seufzte. „Was wissen wir denn überhaupt? Welche Umzüge - von wem wohin und von wo aus

– in der Vergangenheit stattgefunden haben, weiß ja keiner von uns, weil deine Großeltern nie darüber reden wollten. Verständlicherweise, sage ich mittlerweile. Also habe ich mir meine eigene kleine – mögliche – Geschichte zusammengereimt."

„Ich bin gespannt. Lass hören."

„Ich habe mir gedacht, dass die beiden Ehepaare Helene und Walter auf der einen, Emma und Hans auf der anderen Seite möglicherweise nicht weit voneinander entfernt gewohnt haben. Gehen wir, was das betrifft, jetzt mal von Ettikon aus. Und Ettikon liegt am Rhein. Du erinnerst dich? Wir hatten uns gefragt, welches Gewässer sich zur Leichenentsorgung eignet. Da haben wir nicht zu dicht besiedeltes Wohngebiet, Wald und einen Fluss."

„Es ist also definitiv der Rhein gewesen, wie wir schon dachten," warf Christian ein. „Er schrieb ja, dass er die Reichsgrenze überschritt, als er aus dem Wasser stieg. Er ist also gleich in die Schweiz gegangen. Geschwommen. Geschwemmt worden. Wie auch immer."

„Gut beobachtet. Also wenigstens lebten die Paare nah genug beieinander, dass sich zwischen Walter und Emma etwas entwickeln konnte, aber weit genug, dass es nicht sofort aufgefallen ist. Wenigstens nicht, bis Emma schließlich schwanger war und sie endlich ihrem Ehemann gestand, dass er nicht der Vater ist."

„Uh, Felix," warf Christian ein, „dir ist schon klar, dass so eine Affäre keine Ewigkeit gehen muss, bevor, naja, die weibliche Beteiligte schwanger wird? Das kann genauso gut ein einmaliger Ausrutscher gewesen sein, in angetrunkenem Zustand, irgendwo hinter einem Schuppen während eines alle fünf Jahre stattfindenden Familientreffens."

Felix sah Christian gespielt entsetzt an. „Ich wusste ja gar nicht, dass du so wahnsinnig romantisch veranlagt bist!"

„Ja, entschuldige, aber das kann doch ebenso gut möglich sein, oder?"

Felix stöhnte auf. „Theoretisch schon. Aber erstens ging dafür alles viel zu schnell, das Geständnis von Emma gegenüber Hans, das Geständnis von Walter gegenüber Helene, und am nächsten Tag schon steht Hans vor Walters Tür und, naja, *bittet um Aussprache*. So steht es immerhin in Helenes Brief aus der Truhe. Also können die Wohnorte nicht besonders weit von einander entfernt gewesen sein. Auf der anderen Seite bin ich natürlich nicht über die Reichsbahnverbindungen der damaligen Zeit auf dem Laufenden."

„Okay," sagte Christian, als Felix keine Anstalten machte, weiter zu sprechen. „Du tust es gerade schon wieder."

„Was?"

„Und zweitens?!"

„Ach ja, zweitens ... hast du denn überhaupt nicht zugehört, als Charlotte den Brief von Helene vorgelesen hat? Da stand doch was drin von einem schon mehrere Wochen dauernden Verhältnis zwischen den beiden."

„Hoppla. Das habe ich wirklich nicht gehört. Sorry."

Felix schüttelte den Kopf. „Also dann. Die zwei Ehepaare wohnen relativ nah beisammen. Dann passiert diese Geschichte. Ob Emma und Hans danach umgezogen sind, wissen wir zwar nicht genau, aber ich könnte es mir denken. Wenn ich der Meinung bin, ich hätte ganz in der Nähe jemanden umgebracht und seine Leiche beseitigt, dann würde ich wohl auch ziemlich bald wegziehen. Nicht zu überstürzt, damit ich keine Aufmerksamkeit auf mich lenke, aber schnell genug, um außer Sichtweite zu sein."

„Haben die Nachbarn gefragt, wo Walter geblieben ist? Hat es überhaupt irgendwelche Ermittlungen gegeben damals?" fragte Christian. „Das könnten wir eventuell über alte Zeitungsarchive herausbekommen."

„Aber glaubst du wirklich, dass das aufgefallen wäre?" gab Felix zu bedenken. „In den Jahren vor und nach 1937 sind ständig irgendwelche Leute verschwunden und nicht mehr heimgekommen. Wenn auch aus anderen Gründen. Selbst wenn das den Nachbarn aufgefallen sein sollte, haben sie sich doch lieber um ihre eigenen Angelegenheiten gekümmert, als sich in sowas einzumischen."

„Mist," stieß Christian hervor. Sein Blick verfinsterte sich. „Die gute alte Zeit, was?"

Felix nickte. Dann deutete er auf die Blätter, die Christian immer noch in der Hand hielt.

„Was hattest du da eigentlich gefunden?"

„Och, nur ein paar Listen mit Zahlen, Namen von Räumen und verschiedenen Stichpunkten wie *Bücher*, *Wäsche*, *Sonntagsgeschirr* und solche Sachen."

„Ah," Felix nahm seinem Freund die Seiten aus der Hand. „Listen mit Umzugsinventar, wetten? Das ist schon interessant, welche Papiere die Gute aufgehoben hat und welche nicht."

„Wie meinst du das?" fragte Christian.

Felix zuckte mit den Schultern. „Na, der Umzug war doch irgendwann erledigt. Dann hätte sie die Listen auch wegwerfen können. Viel hilfreicher aus unserer Sicht wäre es gewesen, wenn sie den Umschlag aufbewahrt hätte, in dem Walters Brief ankam. Aber vielleicht stand ja auch gar keine Absenderadresse drauf. Dann wiederum ...." Felix drehte die Seiten mit den Inventarlisten in den Händen und überlegte. „Kandersteg ist nicht so furchtbar groß. Und heutzutage auch keine Weltreise mehr entfernt."

Christian schüttelte den Kopf. „Die Schweiz ist doch gleich da drüben." Er machte eine Handbewegung in Richtung des Wohnzimmerfensters. „Und alleine schon nicht gerade riesengroß. War das jemals eine Weltreise?"

Felix lachte. „Naja, in den Dreißigern. Ohne fahrbaren Untersatz. Und dann war er auch noch verletzt. Zu Anfang jedenfalls. Und er hatte ja im ersten Brief auch geschrieben, dass sein Erinnerungsvermögen sich erst wieder einstellen musste. Das heißt, er war zeitweise sicher orientierungslos."

Christian nickte und wirkte für eine Weile geistesabwesend auf Felix.

Felix stieß seinen Freund mit dem Ellbogen an. „Hey, Dr. Frankenberger."

„Hm?"

„Ich wollte eigentlich einen Vorschlag machen, den wir morgen den Damen unterbreiten sollten, wenn sie rüberkommen."

Christian sah seinen Freund müde an. „Und der wäre?"

„Das Berner Oberland ist immer eine Reise wert. Vielleicht sollten wir die mal unternehmen."

Christian dachte nach. „Willst du nicht erst einmal versuchen, herauszufinden, ob in Kandersteg überhaupt noch ein Walter Mai verzeichnet ist. Dann könnten wir ihm schreiben. Oder ihn anrufen."

„Und wenn er blind ist," gab Felix zu bedenken, „oder nicht mehr in der Lage, zu schreiben, oder auf einer Hütte wohnt. Außerdem geht er schon auf die Hundert zu und ist schlimmstenfalls krank, sodass die Sache mit dem Postweg vielleicht um einen jämmerlichen Tag zu lange dauern könnte?"

„Wow," Christian schmunzelte. „Du meinst es jetzt wirklich ernst, oder?"

„Mensch, überleg' doch mal. Wir reden hier nicht von Bolivien oder Australien oder Japan! Wir müssen nur ins Auto steigen und nach Kandersteg fahren. Das dauert nur wenige Stunden. Wir müssten mindestens einen Werktag einplanen, um auch auf die Ämter gehen zu können. Nur für den Fall, dass wir nicht anderweitig voran kommen mit unseren Recherchen. Wir nehmen alle Dokumente mit, die wir bisher gefunden haben. Vielleicht reicht das ja, falls die eine Legitimation wollen."

„Und was ist," fragte Christian leise, „wenn wir dann erfahren, dass Walter nicht mehr lebt?"

Felix zuckte mit den Schultern. „Dann kann Charlotte sicher eine Kopie der Sterbeurkunde bekommen, damit alles vollständig ist. Und Sie und Carla können sein Grab besuchen. Und Abschied nehmen."

Kapitel 26
Die zweite Chance

Gus: „Lara, vielleicht soll dieser Tempel nicht gefunden werden."
Lara: „Alles was verloren ist, soll gefunden werden."
- Lara Croft: Tomb Raider - Die Wiege des Lebens (2003)

„Wir kommen gleich rauf!" rief Carla aus dem Keller hinauf. Sie stand mit Felix bei der Truhe und ließ das Geschehene vom Vortag Revue passieren.

„Schon komisch, das alles," sagte sie. „Erst wächst man auf mit so einer Mini-Familie, ist glücklich, denkt, man hat alles, was man braucht."

„Und hat damit wahrscheinlich sogar recht," merkte Felix an.

„Ja, klar. Wir waren ja auch glücklich. Das haben wir uns schließlich nicht eingebildet. Aber dann wacht man eines Tages auf, und entdeckt diese Kleinanzeige, in der nach dem Schlüssel gesucht wird, dessen Schloss man selber schon fast sein ganzes Leben lang sucht. Und plötzlich ist man Teil einer weitverzweigten Großfamilie mit dramatischer Vorgeschichte."

Carla lachte. Und Felix spürte deutlich, dass dieses Lachen eine stärker werdende Wirkung auf ihn ausübte. *‚Und ich bekomme plötzlich eine E-Mail von der aufregendsten Frau der Welt,'* dachte er. Er schüttelte heftig den Kopf, um den Gedanken wieder loszuwerden.

„Wir, ähm, äh, sollten hier aufräumen. Charlotte und Christian warten sicher mit dem Essen."

Carla nickte und begann, die Laken und Tischdecken, die die beiden jungen Männer am Tag zuvor aus der Truhe geräumt und auf dem Boden gestapelt hatten, zurück in ihr ursprüngliches Behältnis zu räumen. Felix half ihr dabei. Allerdings bemerkte er nicht, dass er, als er seinen nächsten Lakenstapel aufhob, die Ecke eines Leinentuchs mit ergriffen hatte, das eigentlich in dem Bündel steckte, welches Carla gerade im Arm hielt, um es in die Truhe zu legen.

Die Folge war, dass er Carla die Tücher aus dem Arm riss, welche daraufhin in einem Haufen auf dem Boden landeten, und seinen eigenen Stapel vor Schreck ebenfalls fallen ließ.

Für einen Augenblick standen die beiden hustend in der aufgewirbelten Staubwolke, sahen erst die nun noch größere Unordnung am Boden an, dann einander in die Augen. Und beide begannen zu lachen, bis ihnen die Tränen kamen.

„Na dann," gelang es Carla endlich hervorzubringen, „lass uns das Chaos mal beseitigen."

Gemeinsam nahmen sie Tuch für Tuch, Laken für Laken und falteten sie wieder zusammen, die kleineren jeder für sich, die größeren jeweils mit der Hilfe des anderen.

„Hoppla," sagte Felix plötzlich. „Was ist das denn?"

„Was denn?" Carla sah ihn an und folgte dann seinem Blick.

„Dort," er bückte sich. „Das ist gerade aus diesem Laken gesegelt." Er hob einen Briefumschlag auf und betrachtete ihn eingehend. Er ließ das Laken fallen, welches er in der anderen Hand gehalten hatte.

Die Vorderseite trug die Anschrift von Helene Mai, und die Klappe auf der Rückseite …

„CHRISTIAN!" brüllte Felix und rannte die Kellertreppe hinauf, eine verdutzte Carla zurücklassend. „ICH HAB IHN!"

Oben angekommen begegnete ihm sein Freund, der von seinem Geschrei alarmiert worden war. „Was ist denn passiert?"

„Hier!" Felix hielt ihm aufgeregt den Umschlag unter die Nase. „Der ist uns aus den Laken heraus entgegen geflattert. Helene hatte ihn DOCH aufgehoben. Schau dir den Absender an!"

Christian las die handschriftlichen Angaben auf der Umschlagklappe einige Male, bevor er schluckte und endlich flüstern konnte, „Walter Mai. Kandersteg."

Felix grinste breit und nickte. „Ja. Mit Adresse. Wisst ihr, was das heißt?" Er sah an Christian vorbei zu Charlotte, die ebenfalls in die Diele getreten war. Dann drehte er sich um und sah Carla entgegen, deren Schritte er hinter sich gehört hatte.

Christian nickte. „Im Idealfall: Hinfahren und klingeln."

Kapitel 27
Pläne sind zum Scheitern da

„Nichts auf dieser Welt, das sich zu haben lohnt, fällt einem in den Schoß."
- Dr. Robert „Bob" Kelso, Scrubs S4E20, Mein Chef mal anders (2005)

Während des Mittagessens an Christians Küchentisch, legte Felix plötzlich sein Besteck aus der Hand und blickte ins Leere.

Carla betrachtete ihn eine Weile und fragte dann, „Geht's dir gut?"

Felix sah Carla an und seufzte. „Ich muss gerade an etwas denken, das mir jetzt doch gewaltige Sorgen macht."

„Und das wäre?" fragte Christian.

„Du selbst," antwortete Felix, „wolltest mich gestern darauf hinweisen, als du vorgeschlagen hast, erst mal von hier aus zu schauen, ob Kandersteg überhaupt unser Ziel sein sollte. Das letzte Lebenszeichen von Walter, das uns sicher bekannt ist, kam zwar aus Kandersteg, aber bereits im Jahr 1950."

Christian nickte und gestikulierte mit der Gabel in Felix' Richtung.

Dieser fuhr fort: „Wer sagt uns denn, dass er in den sechzig Jahren danach nicht von dort weggezogen ist? Rein theoretisch könnte er sich heute – sofern er noch lebt – sonst wo auf dem Globus aufhalten."

„Na, für seine Leiche gilt das Gleiche," sagte Christian kauend, und erntete kritische Blicke für diese Bemerkung.

Felix stöhnte, kniff die Augen zusammen und schüttelte den Kopf. „Mein Freund, das ist schon wieder so ein Moment, in dem ich nicht weiß, ob ich lachen oder weinen soll."

„Lachen ist gesünder, sagt mein Papa immer."

„Stimmt. Das habe ich ihn auch schon sagen hören."

Carla stellte fest, „Irgendwo müssen wir ja anfangen. Und das können wir genauso gut in Kandersteg tun."

„Entschuldigt ihr mich kurz?" Felix stand auf und verließ die Küche.

Er ging in Christians Arbeitszimmer und setzte sich vor den Computer. Er rief eine Seite mit dem Schweizer Telefonbuch auf und gab *Walter Mai* und *Kandersteg* ein. Nichts. Aber vielleicht hatte Walter kein Telefon oder es war nicht unter seinem Namen eingetragen. Aber auch eine ausschließliche Adressbuch-Seite ergab keine direkten Treffer. Selbst das musste allerdings nichts heißen. Man konnte nie wissen, wie aktuell die jeweiligen Seiten waren. Oder Walter konnte sich auch gegen eine Eintragung in irgendwelche Verzeichnisse generell ausgesprochen haben.

Felix kehrte in die Küche zurück und setzte sich. „Ich hatte nur gerade die Idee, einfach mal im Online-

Telefonbuch nachzusehen. Aber da war nichts zu finden. Das wäre auch zu einfach gewesen."

Charlotte nahm einen Schluck Wasser und wischte sich den Mund mit ihrer Serviette ab. „Wir werden auch telefonisch von den Ämtern keine Auskunft bekommen. Sogar wenn ich selbst anrufe. Jede x-beliebige Frau kann behaupten, Walters Tochter zu sein. Vor allem wenn diese Frau nicht einmal als Mädchennamen Walters Namen vorweisen kann. Und in meiner Geburtsurkunde ist er natürlich auch nicht namentlich erwähnt. Wie soll ich das dann auf die Entfernung beweisen?"

Felix bekräftigte ihre Befürchtung. „Nicht nur auf die Entfernung. Ich denke, das wird allgemein schwierig. Du kannst zwar all diese Dokumente vorlegen. Wobei ,Dokumente' das falsche Wort ist. Helenes Briefe werden nicht als Dokumente anerkannt werden. Und wie sollten wir überhaupt ihre Echtheit beweisen?"

Carla merkte an, „Darüber hinaus ist *Walter Mai* sicher nicht gerade ein seltener Name. Der in den Schriftstücken und den Stammbäumen Erwähnte könnte ja auch sonst irgendein Walter Mai sein."

Christian nahm die Mineralwasserflasche und füllte alle vier Gläser nach. „Ja, aber es gibt bestimmt nicht viele Walter Mais, die eine Helene Frankenberger geheiratet haben.

Vor allem, wenn Ort und Datum auch noch übereinstimmen."

Felix wurde nachdenklich. „Ort und Datum? War bei Helenes Nachlass eigentlich ein Familienbuch? So eines, wie deine Eltern es uns gezeigt haben? In den Dokumentenstapeln war ja nichts dergleichen."

„Nicht, dass ich mich entsinne."

Felix seufzte und griff resigniert nach seinem Besteck. Schweigend setzte die kleine Runde ihre Mahlzeit fort.

Kapitel 28
Demaskierung

„Woher weiß man, wer die Guten und wer die Bösen sind?"
- Anne Stewart, The Others (2001)

„Also Kandersteg soll es sein," sagte Gisela, während sie Apfelschorle aus einer Halbliterflasche in ihr Glas goss. „Selbstverständlich kommen wir mit."

Die neugeformte Familie hatte sich auf Christians Einladung hin im Biergarten des Brauereigasthofes in Grafenhausen getroffen.

Felix und Christian waren davon überzeugt, dass sie versuchen sollten, herauszufinden, ob Walter Mai noch lebte. Das sei man ihm schuldig, meinte Felix.

Charlotte und Gisela stimmten dem zu, während Carla und Erich der Ansicht waren, dass Walter selbst in den letzten Jahrzehnten genug Gelegenheiten gehabt hätte, zu versuchen, mit seinem Kind Kontakt aufzunehmen, sofern er das denn gewollt hätte.

Christian hielt dagegen, dass sie nicht wissen könnten, ob er das nicht vielleicht tatsächlich versucht hatte. Man müsse, fügte er scherzhaft hinzu, sämtliche Möbel von Helene und das Mobiliar, das Erich von seinen Eltern geerbt und behalten hatte, zu Kleinholz zerlegen, um sicher zu gehen, dass nicht noch weitere Briefe von Walter an Helene oder sogar an Emma existierten.

Charlotte hatte leider keine Möbel von Konrad und Margarete behalten, die man untersuchen könnte. Sie hatte die schönen, alten aber größtenteils sehr gut erhaltenen Bauernmöbel einem nahegelegenen Heimatkundemuseum gestiftet.

„Und die haben alle Stücke auch angenommen?" fragte Felix.

Charlotte nickte. „Angenommen haben sie alles, aber ich weiß nicht, ob sie alle Stücke in die Ausstellung aufgenommen haben. Carla, weißt du darüber etwas?"

„Nein," antwortete Carla, „was eigentlich eine Schande ist. Wir hätten das Museum schon längst besuchen müssen. Immerhin schicken sie dir ja regelmäßig Einladungen zu Veranstaltungen seit deiner Stiftung. Es wird sicher kein Problem, das herauszufinden," fügte sie, an Felix gewandt, hinzu.

„Aber ehrlich gesagt ist mir das alles egal," verkündete Charlotte, während sie einen hauchdünnen Streifen Schwarzwälder Schinken auf ihrem Vesperbrett mit Hilfe ihrer Gabel zu einem Röllchen formte.

„Ich möchte ihn suchen gehen. Wenn er noch lebt, das wäre schön. Dann habe ich wenigstens meinen leiblichen Vater kennengelernt. Und meinst du nicht, Carla, dass er gerne seine Enkelin sehen würde?"

„Ich habe meine Meinung dazu schon gesagt, Mama. Er hatte genug Zeit, an uns heranzutreten."

„Aber möglicherweise hat er es versucht und Helene hat es ihm verboten," gab Felix zu bedenken.

„Verboten?" Carla schnaubte verächtlich. „Helene? Unglaublich, wenn er sich davon wirklich hätte beeindrucken lassen. Dann wäre es ihm nicht wichtig genug gewesen, uns zu finden."

„Da hat sie recht," bemerkte Gisela. „Es hätte ja niemand mitbekommen müssen, dass er wieder aufgetaucht ist."

Christian schüttelte den Kopf. „Und wen hätte er dann nach den neuen Adressen fragen sollen, wenn er gemerkt hätte, dass niemand mehr am ursprünglichen Platz in Ettikon wohnt? Da wäre doch nur Helene geblieben. Denn ihre neue Anschrift hatte er ja wohl."

„Meine Großeltern sind nie umgezogen. Die waren bis zum Schluss auf ihrem Hof," sagte Carla. „Dort hätte er nachsehen können."

Charlotte beschloss, der Diskussion ein Ende zu setzen. „Ich schlage vor, wer fahren will, fährt. Wer nicht mitfahren möchte, kann hier bleiben. Was sagt ihr?"

Alle nickten, außer Carla und Erich. Gisela wandte sich an ihren Mann. „Ich verstehe nicht, warum du dagegen bist.

Wir wollten doch der Sache auf den Grund gehen, geschehenes Unrecht wieder gut machen."

Erich schaute seine Frau an. „DU wolltest der Sache auf den Grund gehen, Gisela. Ich hätte sie ruhen lassen. Okay, es ist schön, zu wissen, dass ich eine Schwester habe. Aber ich habe Jahrzehnte ohne dieses Wissen leben können. Prima, wir haben sie gefunden und müssen nun diesbezüglich nicht mehr in Ungewissheit leben. Aber was das geschehene Unrecht angeht ... ist das wirklich gutzumachen? Und es ist ja nun ausgerechnet Walter, der daran mit schuldig ist. Ich frage dich: Was sollen wir bei ihm?"

Niedergeschlagen stocherte Gisela in ihrem Wurstsalat herum.

Charlotte legte Carla eine Hand auf den Arm. „Und was ist mit dir? Du hast dich schon immer für Rätsel interessiert. Möchtest du nicht auch dieses bis zum Schluss mit mir zusammen lösen? Und Helene wollte doch wohl, dass wir die Möglichkeit haben, Walter zu finden. Sonst hätte sie nicht den Umschlag mit seiner Adresse zwischen die Laken gesteckt."

Die nächsten Minuten vergingen in Schweigen.

Felix beobachtete Carla vorsichtig. Er hatte das Gefühl, ihren Konflikt nachvollziehen zu können.

Einerseits war dieser fremde Mann, der irgendwo in der Schweiz – möglicherweise noch – lebte, ihr Großvater. Und sie versuchte, den Wunsch ihrer Mutter zu verstehen, die etwas über den Verbleib ihres biologischen Vaters erfahren wollte.

Andererseits hatte Carla den Eindruck, dass Walter selbst nie wirklich gewollt hatte, dass sie Teil seiner Familie würden. Aber vielleicht hätte er eventuell sehr gerne für sein Kind gesorgt, wäre vielleicht sogar soweit gegangen, Helene zu verlassen und mit Emma ein neues Leben zu beginnen.

Aber er hatte nie die Chance dazu erhalten. Und nach dem missglückten Mordversuch, an den er sich auch erst einige Zeit danach erinnern konnte, war womöglich die Furcht vor einer Rückkehr zu groß.

Felix' Überlegungen wurden durch Erichs Stimme unterbrochen. „So so," sagte er. „Sonst hätte Helene also nicht den Umschlag zwischen die Laken gesteckt, ja? Fällt euch Schlaubergern da gar nichts auf?"

Die anderen sahen einander an und schüttelten den Kopf.

Erich lehnte sich vor und sah Christian und Felix streng an. „Na, da hat unser Detektiv-Duo doch tatsächlich etwas übersehen, oder?"

Christian sah zu Felix hinüber, der weiterhin Erich anschaute und auf eine Erklärung hoffte.

Endlich fuhr Erich fort: „Aber ich muss zugeben, auch mir wird das gerade erst klar. Kennt ihr nicht diesen alten Witz über den Brief, den eine ostfriesische Mutter an ihren Sohn schickt? Darin steht am Ende ‚P.S.: Ich wollte Dir noch Geld mitschicken, aber ich hatte den Brief schon zugeklebt.'"

Christian kniff die Augen zusammen: „Okay, ich weiß, du willst uns damit irgendwas Bestimmtes sagen, aber ..."

„Na, der Haken an der Sache ist doch, wie kann sie nach dem angeblichen Zukleben des Briefes noch in eben diesen Brief hineinschreiben, dass sie noch Geld dazulegen wollte?"

Christian antwortete, „Ja, das ist doch der Witz an der Sache. Ein Paradoxon eben."

„Ein Paradoxon. Richtig. Das, was besagte Mutter behauptet hat, funktioniert so einfach nicht. Und ihr wisst immer noch nicht, wovon ich rede?"

Felix schüttelte langsam den Kopf. „Ich schätze, wir stehen wohl auf dem Schlauch."

„In Ordnung, dann formuliere ich das Ganze für unseren Fall um und frage euch: Wie kann Helene einen Briefumschlag, den sie erst 1946 bekommen hat, zwischen die Laken in eine Truhe gesteckt haben, die sie bereits 1942 abgeschlossen und deren Schlüssel sie vermutlich kurz danach weggegeben hat?"

Die Anwesenden schwiegen entsetzt. Jeder blickte von einem zum anderen, aber niemand hatte eine Erklärung parat.

„Wenn Ihr mich fragt," sagte Erich, „ist diese ganze Sache ein gewaltiger Schwindel."

„Was meinst du mit Schwindel?" fragte Felix. „All diese Schriftstücke sind doch echt. Wer würde sich die Mühe machen …?"

„Ich weiß es auch nicht," antwortete Erich, aber erklär mir doch mal bitte, wie das gehen soll."

„Vielleicht," wandte Christian ein, „gibt es einen weiteren Brief, den wir noch nicht gefunden haben, der auf vor 1942 datiert. Und der eigentlich in diesen Umschlag gehört hat."

„Nein," sagte Charlotte leise. „Das war ich."

„Was warst du?" fragte Carla.

Charlotte seufzte. „Der Briefumschlag. Den habe ich zwischen die Laken gesteckt, als sie nach dem Öffnen der Truhe dort im Keller auf dem Boden gestapelt lagen."

„Du? Aber Mama, woher hast du …?"

Charlotte sah ihre Tochter an. „Den habe ich vor einer Ewigkeit von meiner Mutter bekommen. Also, von Margarete. Da Helene die Adressatin war, muss sie den Umschlag mit der Adresse wohl aus irgendwelchen Gründen an meine Eltern weitergegeben haben. Dummerweise war der Brief nicht mehr darin."

„Nein," unterbrach Felix. „Den Brief haben vermutlich wir. Wir haben zwei Briefe von Walter aus Kandersteg bei Helenes Sachen gefunden, aber eben beide ohne Umschlag."

Charlotte nickte langsam und fuhr fort. „Mutter muss lange gezögert haben, ihn mir zu geben. Eines Tages kam sie zu mir, erzählte mir, was sie wusste und gab mir den Umschlag. Viel war es nicht, was sie wusste, aber genug, um mich junge Frau zu überfordern. Meine Mutter fand wohl, ich sei erwachsen genug und könne nun selbst entscheiden. Aber das konnte ich nicht. Jedenfalls … ich konnte mich bis heute nicht dazu durchringen, hinzufahren. Ich wusste auch nicht, was du davon halten würdest, Carla."

„Aber," Christian suchte nach den passenden Worten, „warum … wieso hast du ihn jetzt zwischen die Laken gesteckt? Wieso sollten wir denken, er wäre von Helene dort hinterlegt worden?"

„Ich weiß auch nicht, was ich mir bei dem Spielchen gedacht habe. Vielleicht hatte ich Angst vor meiner eigenen Courage. Eigentlich will ich wirklich dort hinfahren. Aber möglicherweise befürchte ich, dass ich doch noch auf halber Strecke umkehre, wenn ich mich alleine auf den Weg mache. Und vielleicht habe ich Angst gehabt, dass ihr meinen Wunsch nicht ernst nehmen würdet, wenn ich ihn

einfach ausspreche. Ich dachte wohl, dass es bedeutungs-
voller sei, wenn es so aussähe, als sei es ein Teil von Helenes Erbe."

„Carla?" Felix sprach seine Sitznachbarin leise an, die
die ganze Zeit schweigend ins Leere gestarrt hatte. „Was
meinst du? Das Berner Oberland ist eine wundervolle Gegend. Komm doch einfach mit. Du kannst dich am Ende
immer noch entscheiden, ob du die letzten Schritte des
Weges dann mitgehen möchtest oder nicht."

Carla ignorierte Felix' Worte. Sie hob langsam den Kopf
und sah ihre Mutter an. „Dann hast du es die ganze Zeit
gewusst," flüsterte sie. „Du hast gewusst, wer dein Vater
ist. Du hast gewusst, dass er lebt."

Sie stand auf und schrie, „Und da spielst du uns so ein
Theater vor. ,*So ein Durcheinander*' und ,*Oh mein Gott,
Walter wurde ermordet.*' BLÖDSINN!" Gäste an Nachbarti-
schen wandten sich nach Carla um.

„Du hast mich belogen! Was hast du mir noch ver-
schwiegen? Wusstest du von Emma? Von Erich und Christian? Die ganze Zeit nach Omas und Opas Tod hätte es
nicht nur dich und mich geben müssen und irgendwelche
Männer, die sowieso nicht bei uns bleiben wollten." Ihre
Wangen waren vor Zorn gerötet. Sie griff nach ihrer Handtasche.

„Ich hätte gerne noch mehr Familie gehabt," fuhr sie fort. „Schon immer. Aber es war halt nicht so. Das hatte ich akzeptiert. Aber jetzt? Jetzt weiß ich, dass das nur deine Vorstellung davon war, wie mein Leben auszusehen hat. Du wusstest nicht, was ich davon halten würde? Ich war doch auch irgendwann erwachsen und hätte selbst entscheiden können, oder? So wie du. Aber du wolltest das nicht zulassen! Hattest du solche Angst vor meiner Entscheidung? Nur weil du damals nicht in der Lage warst, eine Entscheidung zu treffen? Und ich erzähle hier noch stolz, dass wir keine Geheimnisse voreinander haben!"

Sie wandte sich um und marschierte über den Parkplatz davon.

Kapitel 29
Angst hat viele Gesichter

„Wenn Ihr weiterhin in der Vergangenheit herumpfuscht,
werdet Ihr eines Tages die Zukunft zerstören."
  - Sonia Rand, A Sound of Thunder (2005)

Christian gelang es als erstem, sich aus der Wirkung von Carlas unerwartetem Wutausbruch zu befreien. Er sprang auf und lief ihr nach.

Die übrigen Familienmitglieder erholten sich langsam von ihrem Schreck. Erich blickte über den Tisch und zählte still die leeren Bier- und Wassergläser. „Ich hole Nachschub. Wer möchte noch?"

Gisela stand auf und begann, die Gläser einzusammeln. „Ich gönne mir jetzt doch ein Glas Wein. Bleib sitzen, Schatz. Felix, hilfst Du mir bitte?"

„Bitte? Ach so. Na klar." Felix verstand Giselas Absicht, die Geschwister miteinander alleine lassen zu wollen, und ergriff die restlichen leeren Gläser, um sie zur Ausschankhütte zu tragen.

Charlotte hatte den Kopf gesenkt und betrachtete ihre zitternden Hände, die mittlerweile erfolgreich ein Papiertaschentuch zerknüllt hatten.

„Das habe ich wohl verdient," flüsterte sie.

Erich verließ seinen Platz auf der gegenüberliegenden Seite des Tisches und setzte sich neben Charlotte.

„Hätte ich so etwas auch nur geahnt, dann hätte ich hier nicht vor versammelter Mannschaft den schlauen Ermittler markiert. Es tut mir wirklich leid," sagte er.

Charlotte schüttelte den Kopf. „Seit Wochen findet ihr schon echte, kleine Puzzleteile, die Helene und Walter hinterlassen haben. Und ich bin mit meinem Schwindel, wie du sagst, eben aufgeflogen."

„Der Umschlag selbst ist doch kein Schwindel gewesen. Charlotte, das ist doch nicht das Problem hier. Der Umschlag ist genau so authentisch wie alles andere. Aber du hast deiner Tochter jahrelang etwas vorgeschwindelt. Oder vorenthalten. Ach, nenn es, wie du willst. Ich denke, ich kann deine Bedenken nachvollziehen. Auch ich lebte viele Jahre mit einem Wissen, das ich mit meinem Sohn nicht geteilt habe. Weil ich nicht einmal wusste, wie ich selbst damit zurechtkommen sollte. Ich hatte keine Ahnung, welche Reaktion ich von ihm erwarten sollte, wenn ich ihm erzählen würde, was ich herausgefunden hatte.

Aber mein Wissen, Charlotte, war keines um positive Tatsachen. Wie hätte ich meinem Sohn denn sagen sollen, dass sein Großvater ein Mörder war? Das habe ich wirklich lieber für mich behalten.

Ich will mein Handeln nicht rechtfertigen. Aber an diesem Punkt kann ich nun Carla verstehen, Charlotte. Du hättest ihr doch sagen können, dass sie noch mehr Familie hat. Wovor hattest du denn Angst?"

Charlotte fischte ein neues Taschentuch aus ihrer Handtasche. Sie entfaltete es und drückte es sich auf die Augen. Dann schüttelte sie den Kopf.

„Ich bin mir nicht mal sicher, dass es wirklich Angst war. Es war mehr die Wut, dass er uns nicht haben wollte."

„Wer wollte euch nicht haben?"

„Mein Vater. Walter. Er ist nie wieder zurückgekommen, um nach uns zu sehen. Und später hat er auch nicht mehr geschrieben."

„Hast du denn jemals die Adresse auf dem Umschlag genutzt, um an ihn zu schreiben?"

Sie schüttelte heftig den Kopf. „Ich sagte doch gerade, ich war wütend, dass er sich nicht viel mehr gekümmert hat. Stattdessen hat er mich von fremden Menschen aufziehen lassen. Ich weiß, ich will mich darüber auch nicht beschweren. Ich hätte es viel schlimmer treffen können. Margarete und Konrad waren die liebsten Menschen. Aber er hat einfach ihnen die Verantwortung überlassen. Und ich glaube, das habe ich ihm nicht verziehen. Deshalb wollte ich es wohl allen zeigen, dass ich Verantwortung für mein Kind übernehmen kann. Dass ich es auch alleine schaffe. Ohne … seine Hilfe."

Ihre letzten Worte gingen in ihrem Schluchzen fast unter.

„Und jetzt hast Du ihm verziehen?" fragte Erich. „Jetzt möchtest Du ihn besuchen."

Charlotte nickte. „Jetzt habe ich sogar Angst, dass ich zu spät komme. Dann habe ich niemanden mehr. Denn Carla habe ich jetzt auch verloren."

Erich bemühte sich, ihr Weinen zu übertönen. „Aber aber. Erstens hast Du jetzt auch noch uns, und zweitens hast du Carla gar nicht verloren. Natürlich ist sie jetzt zornig. Aber ich bin sicher, dass sich das wieder gibt."

Kapitel 30
Im Schatten der Schuld

„Leider kennen wir niemanden - nur unsere Familie.
Und die kennt uns nicht."
- Louis Mazzini d'Ascoyne, Adel verpflichtet (1949)

Christian staunte, wie schnell Carla das Gelände überquerte. Er konnte kaum Schritt halten. „Carla, nun warte doch bitte," rief er ihr nach.

Sie schritt an einem kleinen Spielplatz vorbei und steuerte einen Baum an, dessen dicker Stamm komplett mit einer hölzernen Sitzbank umbaut war. Dort ließ sie sich nieder und wühlte leise fluchend in ihrer Handtasche, während Christian sich neben sie setzte.

„Hör zu, Cousinchen, ich kann ja verstehen, dass du …"

„Nenn mich nicht Cousinchen!" unterbrach sie ihn schroff und zerrte eine Packung Zigaretten und ein Feuerzeug hervor.

Ungläubig beobachtete Christian, wie sie eine Zigarette aus der Schachtel zog und etwas unbeholfen anzündete.

„Ähm," kämpfte er gegen seine Sprachlosigkeit an, „also, eben hast du uns noch alle sehr erfolgreich davon überzeugt, dass du schon immer scharf auf eine große Familie warst, und jetzt darf ich dich nicht mal Cousinchen nennen? Und das da," er deutete auf die Zigarette, „würde ich an deiner Stelle sein lassen. Wenigstens in meiner

Gegenwart. Die Drecksdinger haben die Mutter meines besten Freundes umgebracht. Abgesehen davon - falls du's noch nicht wusstest, ich bin Arzt, und wenn ich mit ansehen muss, wie Leute sich selbst und ihre Mitmenschen systematisch zu vergiften versuchen, dann stehe zur Abwechslung mal ich kurz vor einem Wutanfall. Soll ich mal?" zischte er.

Carla schaute ihn entgeistert an, schleuderte nach kurzem Zögern die Zigarette auf den Boden und trat sie mit der Ferse aus. Dann sah sie sich suchend um und stand auf. Sie ging auf einen Papierkorb zu und warf das Feuerzeug und die Zigarettenschachtel hinein.

Sie blieb noch kurz stehen, so als ob sie ein leises Abschiedsgebet sprechen wollte. Dann drehte sie sich herum und setzte sich wieder neben Christian, ohne ihn anzusehen.

„Jetzt bin ich aber platt," sagte er. „So schnell und gründlich hat meine Anti-Nikotin-Predigt noch nie gewirkt. Normalerweise bekomme ich ein schwaches ‚Jaaa, Herr Doktor, Sie haben ja recht. Ich müsste wirklich mal aufhören.'"

„Aber du hast doch auch recht. Es ist Unsinn, sich kaputt zu machen, nur um jemanden zu ärgern."

„Jemanden zu ärgern?" fragte Christian.

„Egal," lenkte Carla ab. „Aber du sagtest vorhin, du verstehst mich?"

„Nun, wir haben etwas gemeinsam, du und ich." Christian lehnte sich mit dem Rücken an den Baumstamm und streckte seine Beine aus.

„Unsere Altvorderen haben etwas vor uns geheim gehalten, das – hätten wir es früher gewusst – unser Leben beeinflusst hätte. Es wäre einiges anders gelaufen, anders gewesen. Ich zum Beispiel hätte meinen Großvater nicht vorbehaltlos bis zu seinem Tod und darüber hinaus lieben können, wenn ich gewusst hätte, was damals passiert ist. Stell dir vor, mein Vater hätte mir gleich von seinem Fund erzählt. Von Opas Mordgeständnis. Wir hätten die ganze Zeit davon überzeugt sein müssen, dass er ein Mörder war. Dass das nicht ganz der Wahrheit entspricht, haben wir erst jetzt vor kurzem erfahren."

Er machte eine Pause und beobachtete die wenigen weißen Wolken, die über das Brauereigelände zogen.

„Darum beneide ich meinen Vater nicht. Er musste die vergangenen paar Jahre glauben, sein Vater hätte jemanden getötet. Und das wollte er mir nicht auch noch aufbürden. Dieses Wissen und diese Entscheidung, die er sicher zusammen mit meiner Mutter getroffen hat, haben ihm das Leben garantiert nicht gerade leichter gemacht."

„Und was ist jetzt mit mir?" Carla ließ ihre Augen ebenfalls am Himmel spazieren gehen. „Ich will ja nicht egoistisch sein. Die letzten Tage und Wochen waren auch kein

Kindergeburtstag für dich. Aber ich habe gerade eben erfahren, dass meine eigene Mutter meine Familie vor mir verheimlicht hat. Was hat ihr denn dazu das Recht gegeben?"

„Das Recht der Mutter."

„Wie bitte?" Carla setzte sich kerzengerade hin und ihr Blick schickte neu aufflammende Zornesfunken in Christians Richtung. „Eben hieß es noch, du verstehst mich, und jetzt ..."

„Ich verstehe dich immer noch," beschwichtigte Christian. „Ich habe bloß deine Frage beantwortet. Als deine Mutter hat sie diese Entscheidung getroffen. Ich habe nicht gesagt, dass sie richtig war. Und das werde ich auch nicht beurteilen. Also versuch ja nicht, mich da festnageln zu wollen. Davon mal abgesehen hat sie nicht *deine Familie* vor dir verheimlicht. Sie hat dir lediglich nicht gesagt, dass dein leiblicher Großvater vor Jahrzehnten mal in der Schweiz gelebt hat. Mehr nicht. Sie weiß das seit ihrem achtzehnten Geburtstag. Wie viele Jahre sind danach vergangen, bis diese Tatsache dich überhaupt interessiert hätte?

Von uns jedenfalls hat sie gar nichts gewusst, hat dir also nicht verheimlicht, dass wir irgendwo herumlaufen. Mag ja sein, dass Walter von der Geburt meines Vaters erfahren hat ... ich weiß nicht, dazu müsste ich die Briefe noch einmal lesen, ob er da etwas erwähnt. Oder vielleicht finden wir noch mehr Briefe in Helenes Nachlass, in denen er es tut.

Aber wenn nicht, dann hätte ein Kontakt mit Opa Walter auch nichts daran geändert, dass du uns erst jetzt getroffen hast. DAS hast du eigentlich Felix und seiner Schlüssel-such-Aktion zu verdanken."

Carla lehnte sich wieder an den Baum und überlegte. „Aber hätte sie Kontakt mit Walter aufgenommen, dann hätte er vielleicht den Mut gefunden, zurückzukommen, und ..."

„Ja, Carla, vielleicht. Vielleicht aber auch nicht. Dann wärst du am gleichen Punkt wie jetzt. Zornig, dass er sich nicht kümmern konnte oder wollte. Man weiß nie, wie Dinge gelaufen wären, wenn andere Ereignisse stattgefunden hätten oder eben nicht. Darüber zu spekulieren ist Energieverschwendung, solange man nicht in der Zeit zurückreisen kann!"

„Du meinst also, ich soll Mama verzeihen?"

„Also, zumindest solltest du ihr eine Chance geben, dir zu erklären, weshalb sie so und nicht anders entschieden hat."

Carla betrachtete ihre Hände, als ob sie dort die nächsten Worte, die sie sagen müsste, ablesen könnte. Dann stand sie auf und wandte sich zu Christian um. „Na gut.

Dann spreche ich mit ihr und komme vielleicht sogar mit auf euren kleinen Ausflug in die Sommerfrische."

Sie lächelten einander an und machten sich gemeinsam auf den Rückweg zu ihrem Tisch im Biergarten.

Erich entdeckte sie als erster. Als er die Hand zum Gruß hob, richteten sich Charlottes, Felix' und Giselas Blicke ebenfalls in die Richtung, aus der Christian und Carla auf sie zu kamen.

Erwartungsvoll sah Charlotte ihre Tochter an. „Carla," begann sie.

„Bitte, Mama," sagte die junge Frau schnell. „Ich möchte da jetzt erst mal nicht weiter drüber sprechen, okay?" Sie setzte sich auf einen Stuhl neben Charlotte.

„Aber eine Frage habe ich doch noch," fuhr sie fort. „Was hättest du getan, wenn Felix und ich nicht dieses Durcheinander im Keller veranstaltet hätten? Wären mir nicht zufällig die Laken heruntergefallen, in denen der Umschlag versteckt war, dann hätten wir ihn gar nicht entdeckt. Und dann?"

Charlotte lächelte verlegen. „Eigentlich wollte ich ja mit in den Keller gehen, um die Laken wieder in die Truhe zu packen. Dann hätte ich den Umschlag ... finden ... können. Aber Christian hat mich in der Küche aufgehalten, und so seid eben ihr beide alleine ..."

Christian fiel seiner Tante ins Wort: „Es hat sich halt so ergeben, weil ich gerne wollte, dass Charlotte mir beim Kochen hilft. Und ihr zwei habt doch auch alleine ganze Arbeit geleistet." Er grinste seinen Freund an.

Ein ärgerliches Funkeln in Felix' Augen wischte das Grinsen von Christians Gesicht.

„Und?" fragte Felix, an Carla gerichtet. „Fahren wir nach Kandersteg?"

Sie seufzte und kramte mit einer Hand in ihrer Handtasche. Dann hielt sie inne und warf Christian einen Blick zu, als ihr einfiel, dass sie das, was sie suchte, gerade entsorgt hatte. Ihr Cousin erwiderte den Blick, lächelte und hob die Augenbrauen.

Carla zog resigniert die Hand zurück und ließ ihre Tasche auf den Boden gleiten. Dann schaute sie zu Felix hinüber, der sie immer noch betrachtete.

„Wisst ihr was?" sagte sie lächelnd. „Warum eigentlich nicht? Wenn schon Abenteuer, dann richtig."

„Na dann!" rief Gisela. „Auf nach Kandersteg!"

Sie hoben ihre Gläser, um auf ihre Reise anzustoßen.

Kapitel 31
Die letzte Runde

„Wenn man die Geschichte betrachtet
und über die Errungenschaft der Menschen von damals nachdenkt,
rückt das vieles in eine andere Perspektive.
Meine Reise nach Denver zum Beispiel ist so unbedeutend
im Vergleich mit den Reisen, die andere unternommen haben.
Den Mut, den sie bewiesen haben und den Opfern, die sie bringen mussten."
- Warren Schmidt, About Schmidt (2002)

Zwei Tage später, am frühen Morgen, trat die Gruppe die knapp zweieinhalbstündige Fahrt ins Berner Oberland an. Christian und seine Eltern hatten ihre beiden Autos für den Transport der sechsköpfigen Reisegruppe und ihres leichten Gepäcks zur Verfügung gestellt. Man hatte sich darauf eingerichtet, ein oder zwei Mal vor Ort zu übernachten.

Sie nutzten die Fahrzeit, sich gegenseitig noch näher kennenzulernen, von sich zu erzählen, Fragen zu stellen und zu beantworten.

Erich, Gisela und Charlotte, die zusammen in Erichs Wagen saßen, konnten nicht aufhören, sich darüber zu wundern, dass sie jahrelang im gleichen Haus gewohnt und auch eine gute Nachbarschaft geführt hatten, einander beim ersten erneuten Treffen in Christians Haus aber nicht wiedererkannt hatten. Fünfunddreißig Jahre waren selbstverständlich eine lange Zeit, und Menschen veränderten sich, aber diese Tatsachen halfen ihnen nur langsam über die Verwunderung hinweg.

Zur gleichen Zeit in Christians Wagen erzählte Carla, dass sie Restauratorin war – eine Tatsache, die Felix das Blut in die Wangen trieb, wenn er daran zurück dachte, wie er versucht hatte, sie mit seinen Angaben über Helenes Möbelstück und seinem Gestammel über das gravierte Monogramm hinters Licht zu führen.

Nach einer kurzen Rast übernahm Felix von Christian das Steuer, und Carla machte es sich auf dem Beifahrersitz bequem. Während Christian auf der Rückbank ein Nickerchen hielt, versuchte Felix verzweifelt, eine Unterhaltung mit Carla in Gang zu bringen. Nun hatten sie schon ein gemeinsames Lieblingsthema, und trotzdem wollte Felix schier kein geeigneter Satz einfallen, mit dem er eine Konversation eröffnen könnte.

,*So, du bist also Restauratorin?*' hielt er für extrem banal. ,*Was macht denn so ein Restaurator?*' war überflüssig. Die Antwort kannte er längst, und er wusste, dass Carla wissen musste, dass er sie kannte.

„Wo hast du deine Ausbildung zur Restauratorin gemacht?" fragte er schließlich. ,*Na also, gar nicht mal so furchtbar, die Frage.*'

„In Mainz. Nach dem Abitur habe ich erst eine Ausbildung zur Goldschmiedin gemacht. Dann wollte ich aber nicht in Stuttgart bleiben, sondern mal ein bisschen was Anderes sehen, und da bot es sich an, sich am Römisch-Germanischen Zentralmuseum zu bewerben, weil ich ja mit meiner Ausbildung auch die Voraussetzungen hatte. Damals gab es da noch nicht diese Bachelor-Geschichte. Das ist ja heute auch schon ein halbes Studium."

Felix lachte. „Ist Studieren wirklich so schlimm?"

„Ach was." Carla stimmte in sein Lachen ein. „Als ich mit der Ausbildung fertig war, habe ich ja dann sogar noch ein paar Semester Vor- und Frühgeschichte und sogar Mittelalterliche Geschichte drangehängt, weil ich die ganze Sache wahnsinnig interessant fand, die historischen Zusammenhänge und alles."

„Und dann?"

„Das war mir dann doch alles zu theoretisch. Ich bin mehr die Praktikerin. Also habe ich das Studium abgebrochen und bin an den heimischen Herd zurückgekehrt. Jetzt mache ich viel für das Landesamt für Denkmalpflege."

„Freiberuflich?"

„Sicher, oder wie erklärst du dir sonst, dass ich mal eben so für ein, zwei Wochen auf Ahnenforschung fahren kann?"

Felix wurde nachdenklich. „Ich würde auch gerne Möbel restaurieren können."

„Ach wirklich? Du bist Immobilienmakler, richtig?"

„Ja. Ist'n schrecklicher Beruf."

Carla sah ihn von der Seite an. „Ich dachte immer, Immobilienmakler verdienen einen Haufen Geld."

Felix schnaubte verächtlich. „Oh ja, der Reiz des Goldes … Aber auch in dem Beruf kann man Pech haben. Auf jeden Fall wird man nicht einfach Immobilienmakler, wacht dann eines Tages auf und kann sich vor Hundert-Euro-Scheinen kaum noch rühren. Das ist manchmal ganz schöne Knochenarbeit. Und nicht immer, sagen wir, sauber. Wenn ich mir so manche Kollegen ansehe, zumindest. Aber wir sind wirklich nicht alle schmierig und geldgeil."

Carla lachte laut auf. „Das kann ich sehen, Felix, das kann ich sehen. Aber, wenn ich dich das fragen darf, wenn du den Beruf so schrecklich findest, warum machst du ihn dann?"

„Weil ich ihn gelernt habe."

„Okay, ich bin so schlau wie vorher."

„Ich habe ihn gelernt, weil mein Vater es so wollte. Er ist selber einer und hat mich bei einem seiner … alten Kumpels untergebracht. Dort habe ich eine extrem langweilige kaufmännische Ausbildung gemacht und bin dann übernommen und sozusagen weitergebildet worden, bis ich meine Lizenz hatte."

„Zum Umsatteln ist es nie zu spät, weißt du?"

„Was? Zum Restaurator meinst Du?" Felix warf Carla einen Blick zu. „Jetzt noch? Na, ich weiß nicht."

„Ich sagte *nie* und hab es auch so gemeint. Wenn du es träumen kannst, dann kannst du's auch machen. Oder so ähnlich." Carla lächelte ihn an und Felix hatte alle Mühe, seinen Blick wieder auf die Straße zu richten.

„Don't dream it, be it?" fragte er.

„Wir reden da demnächst mal drüber, wenn du möchtest," fügte sie hinzu.

Felix lächelte und nickte.

Auf der Höhe von Bern entschloss sich die Gruppe zu einer weiteren Pause. Nach einem leichten, sehr schmackhaften Mittagessen stieg Felix wieder auf den Fahrersitz, in der Hoffnung, dass Carla erneut neben ihm Platz nehmen würde. Sie enttäuschte ihn nicht.

Christian setzte sich hinter Carla, die sich durch die Windschutzscheibe hindurch die atemberaubende Gebirgslandschaft am Horizont mit ihren schneebedeckten Gipfeln betrachtete.

„Eine wunderbare Landschaft! Jürgen hätte dafür sicher nicht viel übrig," sagte Carla leise. „Die Skyline eines jeden beliebigen Bankenviertels würde ihn mehr beeindrucken."

Felix lief es kalt den Rücken hinunter. „Wer ist Jürgen?" fragte er schließlich.

„Mein Verlobter."

Felix hörte, wie Christian, der die Unterhaltung mitgehört hatte, schräg hinter ihm scharf die Luft einzog und flüsterte: „Ich spüre eine große Erschütterung der Macht."

Felix selber hatte das Gefühl, nackt in einer mit Eiswürfeln gefüllten Badewanne zu liegen und von oben mit kochendem Öl übergossen zu werden.

Er gab sich die größte Mühe, einen halbwegs normalen Tonfall zustande zu bringen, als er erwiderte: „Dein Verlobter. Ach, sieh mal an. Und wann ist die Hochzeit?"

„Eigentlich halte ich nicht so viel vom Heiraten. Jürgen ist da anderer Meinung. Genau wie der Rest seiner Familie. Und meine Mutter. Merkwürdigerweise. Oder vielleicht gerade *weil* sie mir die Sicherheit wünscht, die sie selbst nie hatte. Deshalb der Zirkus mit der Verlobung."

Sie zögerte, bevor sie fortfuhr. „Im Grunde bin ich mir schon seit einiger Zeit nicht mehr sicher, ob die Sache mit Jürgen und mir eine gute Idee ist. Wenn man schon bei solchen grundlegenden Dingen nicht der gleichen Ansicht ist, dann ist das eigentlich kein gutes Zeichen, oder?"

Christian schaltete sich in das Gespräch ein. „Oh je, Cousinchen, das sehe ich aber genau so. An deiner Stelle würde ich mir das noch mal gut überlegen!"

Felix lächelte. Er war Christian dankbar für diese Äußerung.

,Jürgen', dachte er. *,Was ist das überhaupt für ein Name? Wer heißt denn schon Jürgen? Jürgen Grabowski, von mir aus. Jürgen Klinsmann, Ausnahmen bestätigen ja die Regel. Jürgen Klopp, Mist. Passt auch nicht. Und warum habe ich ausgerechnet jetzt nur Fußball im Kopf?'*

Ihm wollte partout kein Jürgen einfallen, auf welchen er die negativen Schwingungen projizieren konnte, die er gerade für diesen Eindringlings-Jürgen empfand.

„Ich denke," entgegnete Carla, „dass ich mir das schon lange überlege. Er ist auch der Grund, weswegen ich rauche … geraucht habe."

„Du rauchst?" staunte Felix.

„Nein," antwortete Carla mit Bestimmtheit. „Nicht mehr. Und ich habe auch nur deshalb damit angefangen, weil Jürgen es hasst. Kindisch, oder? Nicht gerade gute Voraussetzungen für eine Partnerschaft. Und das ist immer noch nicht alles." Erneut zögerte sie, bevor sie weiter erzählte. „Ich selbst hätte mir nämlich schon vorstellen können, Kinder zu haben, ohne verheiratet zu sein. Das soll ja funktionieren, habe ich irgendwo gehört." Sie drehte sich halb herum und lächelte Christian an.

„Aber für Jürgen kam das auf gar keinen Fall in Frage. Erst Hochzeit, dann Kinder. Basta."

„Und was kommt dann?" fragte Felix wütend, während er das Lenkrad so fest umklammerte, dass seine Knöchel weiß hervortraten. „Soll das kleine Frauchen dann brav zu Hause bleiben und ihren Beruf aufgeben?"

Carla sah ihn an, etwas überrascht von der Heftigkeit seiner Reaktion. „Um ehrlich zu sein, ich habe mich noch gar nicht getraut, dieses Thema anzusprechen. Aber es würde mich absolut nicht wundern, wenn du da recht hättest. Abgesehen davon, ist es für Kinder ohnehin schon zu spät bei mir. Und mittlerweile bin ich fast froh darüber, mit ihm keine zu haben."

„Das kann es ja nun wirklich nicht sein. Wie lange seid Ihr denn schon verlobt?" fragte Christian.

Carlas Antwort wurde durch einen zornigen Ausbruch vom Fahrersitz her verhindert: „Das nennt man SICHER-HEITSABSTAND und nicht Einfädel-Lücke für Hornochsen, du DEPP!" brüllte er in Richtung eines Autofahrers, der sich rücksichtslos knapp zwischen Felix und seinen Vordermann geschoben hatte.

„Schon viel zu lange," sagte Carla leise nach einer kurzen Pause, während der sie Felix, genau wie Christian, entgeistert anstarrte. „Du hast ja gesehen, wir Vogt-Frauen haben's nicht so mit dem spontanen Treffen von wichtigen Entscheidungen. Deshalb habe ich mich nach ewigen Diskussionen erst mal auf den Verlobungsquatsch eingelassen. Einerseits hat seine Familie dann erst einmal Ruhe gegeben, andererseits ..." sie seufzte, „schiebe ich so die Entscheidung vor mir her. Und das klärende Gespräch."

Christian legte eine Hand auf Carlas Schulter. „Das solltest du so schnell wie möglich hinter dich bringen. Eine Verlobung kann man noch relativ preisgünstig lösen. Wenn man vom Zurückschicken der Geschenke absieht. Eine Scheidung kann aber richtig teuer werden."

Carla senkte den Kopf und nickte schweigend.

„Außerdem", fügte Christian hinzu, „hast du in deiner E-Mail an Felix geschrieben, dass du nichts weniger leiden kannst als Unaufrichtigkeit. Also solltest du auch aufrichtig zu Jürgen sein, was deine Gefühle angeht. Gerade da ist es doch besonders wichtig."

Carla seufzte ein weiteres Mal, drehte sich wieder nach vorne und ließ ihren Blick durch die Frontscheibe ins Leere wandern.

„Warum kann das Leben nicht einfacher sein?" fragte sie.

„Zum Beispiel," sagte Christian, „weil wir uns dann alle nicht kennengelernt hätten!"

Kapitel 32
Nicht nach Fahrplan

„Wer die Vergangenheit beherrscht, beherrscht die Zukunft."
- Ministerium für Wahrheit, 1984 (1984)

Im Hotel zur Post in Kandersteg hatte die kleine Reisegruppe drei Doppelzimmer reserviert. Sie wurden freundlich empfangen, verstauten ihr Gepäck in den Zimmern, legten eine kurze Verschnaufpause ein und trafen sich anschließend im Restaurant des Hotels auf eine kleine Erfrischung.

Lediglich Carla war nicht wieder heruntergekommen.

„Sie hat Kopfschmerzen und möchte sich ein wenig hinlegen," erklärte Charlotte.

Kurz entschlossen und von seinem eigenen Mut überrascht erhob sich Felix und verkündete, „Ich bringe ihr eine Tasse Kaffee und ein Mineralwasser hinauf."

Er ignorierte den leisen Pfiff, den Christian ihm hinterherschickte und machte sich auf die Suche nach jemandem, bei dem er seine Bestellung aufgeben könnte.

Felix freute sich über das prompt erfolgende „Ja, bitte?", als er an die Tür zu Carlas und Charlottes Zimmer klopfte. Er hatte sie also wenigstens nicht aufgeweckt. Er balancierte das kleine Tablett auf einer Hand und öffnete die Tür.

„Zimmerservice!" rief er beim Eintreten.

Carla hatte sich die Schuhe ausgezogen und saß, den Rücken ans Kopfteil gelehnt, auf dem Bett.

„Das ist aber nett von dir."

„Wie geht es deinem Kopf?"

Carla seufzte und schwang die Füße auf den Boden. „Ehrlich gesagt, das war nur ein Vorwand. Ich wollte ein bisschen mit meinen Gedanken alleine sein."

Felix stellte das Tablett auf den Tisch in der Zimmerecke, die auf beiden Seiten von Fenstern eingerahmt war.

„Oh, soll ich lieber wieder …?" begann er.

„Nein nein," unterbrach sie ihn. „Bleib ruhig. Du bist so etwas wie die Oase der Vernunft in der Wüste des Wahnsinns."

Felix lachte. „So schlimm?"

Er stellte die Kaffeetassen und Wassergläser auf den Tisch und legte das Tablett aufs Bett.

„Noch viel schlimmer," antwortete Carla und nahm auf einem der Stühle Platz.

Felix drehte den zweiten Stuhl zum Tisch hin und setzte sich dazu.

„Hast du dich mittlerweile mit deiner Mama ausgesprochen?" fragte er.

„Nein, noch nicht. Ich weiß noch nicht so recht, was ich eigentlich sagen soll. Vielleicht sollte ich es auf sich beruhen lassen."

Felix zog den leeren Umschlag aus seiner Brusttasche und betrachtete ihn eine Weile schweigend. „Ich bin sicher, sie wartet auf ein Wort von dir. Wenigstens ein ‚Schwamm drüber‘ oder so was."

„Ich weiß nicht, ob mir das reicht."

„Eben wolltest du es noch auf sich beruhen lassen!"

„Ich weiß nicht, was ich will!"

„Siehst du! Und vermutlich ging es deiner Mama ähnlich. Ich bin mir gar nicht mal sicher, ob sie dir absichtlich nichts von dem hier gesagt hat." Er fuchtelte mit dem Umschlag vor Carlas Gesicht herum.

„Vielleicht hat sie bloß das Treffen einer Entscheidung immer weiter hinausgezögert, weil sie nicht wusste, was sie tun sollte. Weil sie nicht wusste, was sie wollte. Und so sind die Jahre vergangen. Und obwohl sie möglicherweise nicht bewusst entschieden hat, dir nichts davon zu erzählen, war das genau das Ergebnis ihrer Nicht-Entscheidung."

„Wieso haben eigentlich alle so überaus großes Verständnis für meine Mutter und keiner für mich?" brauste Carla auf.

„Wen meinst du mit *alle*?"

„Christian hat mir einen ähnlichen Vortrag gehalten."

„Ach, sieh mal an. Und du bist jetzt sauer, weil du das Gefühl hast, dass wir recht haben könnten, stimmt's?"

„Ich weiß nicht, ob Ihr recht habt. Wenn es so einfach wäre … Es ist wohl diese Frage, die ich mir die ganze Zeit stelle. Was wäre gewesen, wenn so manches anders gelaufen wäre? Wie hätte mein Leben ausgesehen, wenn Mama damals von Christians Großeltern aufgezogen worden wäre? Von ihrer eigenen Mutter."

„Ach, Carla. Wer weiß das schon? Ich habe keine Ahnung, was an deinem bisherigen Leben gut oder schlecht war. Es hätte aber auch alles viel schlimmer sein können. Vielleicht hätte Hans das nicht lange ertragen, das Kind eines anderen aufzuziehen und hätte seine Frau verlassen. Vielleicht hätte er ihr das Leben zur Hölle gemacht. Möglicherweise wäre Christians Vater niemals geboren worden und ich hätte niemals diesen wunderbaren besten Freund gehabt."

Carlas Augen füllten sich mit Tränen, und sie nickte schweigend. Sie fuhr sich mit Daumen und Zeigefinger über die Augen und zog leise die Nase hoch.

„Aber was ich weiß," fuhr Felix fort, „ist, dass du und Christian doch ein paar Jahre eurer Kindheit miteinander verbracht habt. Zwar ohne zu wissen, wer der andere für euch in Wirklichkeit war. Aber es kann doch sein, dass Charlotte auch dann mit dir nach Stuttgart gezogen wäre, wenn ihr das alles gewusst hättet."

„Dann hätten wir aber Kontakt gehalten," wandte Carla ein.

Felix nickte. „Ach, wenn und hätte, Carla." Er legte den Umschlag vor ihr auf den Tisch. „Andere Leute haben große Familien und interessieren sich überhaupt nicht für sie, treffen sich vielleicht mal bei Hochzeiten und Beerdigungen."

„Aber ich konnte nicht mal das," flüsterte sie.

„Und wie soll es jetzt weitergehen?" Felix betrachtete Carla, die ihren Blick starr auf den Umschlag gerichtet hielt. Er lehnte sich in seinem Stuhl zurück und sagte, „Weißt du, so gut wie keiner kriegt das Leben, das er gewollt hat. Glaub mir. Ich weiß, wovon ich rede. Aber irgendwann kommt der Zeitpunkt, an dem man eine Entscheidung treffen muss. Man kann den Rest seines ... nicht gewollten Lebens damit verbringen, in Selbstmitleid zu baden und nach den Schuldigen zu suchen. Oder man kann aus dem, was man nun mal zur Verfügung hat, das Beste machen."

„Und einfach aufgeben?" warf Carla ein, ihre Augen nun weit geöffnet und immer noch tränenfeucht auf Felix gerichtet.

Er betrachtete sie einige Sekunden lang, bevor er antwortete. „Das würde ich nicht als Aufgeben bezeichnen. Während man in Ruhe sein Leben annimmt, wie es nun mal ist, werden nämlich Energien frei, ganz nebenbei

Ausschau zu halten nach einer Chance, die sich vielleicht ergibt. Nach einer Chance, doch noch das zu bekommen, was man ursprünglich wollte. Eine Chance, die man möglicherweise übersieht, wenn einem der Blick von Selbstmitleidstränen verwässert ist."

Carla sah ihn an und wischte sich dann mit dem Ärmel über die Augen. „Besser so?" fragte sie.

Felix lächelte. „Das ist schon mal ein Anfang."

„Danke." Carla streckte die Hand aus und legte sie mit der Handfläche nach oben vor Felix auf dem Tisch ab. Er legte nach kurzem Zögern die seine darauf und schloss seine Finger. Für einen Moment schien das Universum wie eingefroren, während heiße Schauer über seinen Rücken liefen. Keiner von beiden senkte den Blick oder unterbrach die Verbindung der Hände.

Felix war es nun endgültig klar, was er seit der ersten Begegnung mit Carla empfunden hatte. Mehr als Sympathie. Und sofort fiel ihm wieder Jürgen ein, Carlas Verlobter. Ihr Verlobter, mit dem sie aber offensichtlich nicht besonders glücklich war. Außerdem war Jürgen nicht hier. In dieser schwierigen Zeit war Jürgen nicht bei ihr. Er, Felix, war bei ihr. Bedeutete ihr dieser Unterschied etwas? Jürgen war weit weg. Buchstäblich in einem anderen Land. Auf einem anderen Planeten ….

In einem plötzlichen Aufwallen von Kühnheit, so empfand Felix, wagte er es, Carlas Hand an seine Lippen zu führen und sanft zu küssen. Er erwartete, dass sie sie fortziehen würde. Aber Carla blickte ihm nur weiter in die Augen und lächelte.

„Es gibt Momente," flüsterte sie ein paar Herzschläge später, „da spürt man, wo man hingehört. Momente wie diesen."

Nachdem sie ihren Kaffee getrunken hatten, gingen Felix und Carla hinunter ins Restaurant, wo der Rest der Reisegruppe sich immer noch angeregt unterhielt.

Sie setzten sich dazu und Felix legte den kleinen Stadtplan, den er aus dem Internet heruntergeladen und ausgedruckt hatte, vor sich auf den Tisch. Die Adresse, zu der sie wollten, war nicht weit vom Hotel entfernt.

„Sollen wir alle zusammen hingehen?" fragte er und brachte damit die Gespräche in der Runde zum Verstummen.

Jeder blickte fragend um sich, bis Carla endlich sagte, „Mein Vorschlag wäre, Mama, dass wir zwei zuerst alleine gehen. Einverstanden?" Sie sah in die Gesichter der Familie.

Gisela nickte. „Wir anderen warten am besten hier."

Erich seufzte. „Wollt Ihr das wirklich heute Abend noch in Angriff nehmen?"

„Warum denn nicht?" Charlotte runzelte die Stirn. „Deswegen sind wir doch hier. Und so spät ist es nun auch noch nicht."

„Ich wäre aber trotzdem dafür," sagte Carla, „dass wir uns direkt auf den Weg machen." Sie nahm ihre Handtasche und stand auf.

Auch Charlotte erhob sich. „Du meinst, ehe wir es uns anders überlegen?"

„Die Gefahr besteht wohl kaum," sagte Carla und verließ das Restaurant.

Charlotte verabschiedete sich mit einer kurzen Handbewegung von den anderen und folgte ihrer Tochter auf die Straße hinaus.

Kapitel 33
Das andere Leben

„Mylady, ich bin ein Held, und Helden wissen,
dass die Dinge geschehen, wenn es Zeit ist, dass sie geschehen.
Eine Suche darf man nicht einfach abbrechen.
Einhörner können für lange Zeit ohne Rettung bleiben,
doch nicht für immer.
Das glückliche Ende kann nicht mitten in der Geschichte kommen.“
- Prinz Lir, Das letzte Einhorn (1982)

Charlotte und Carla legten die Strecke in wenigen Minuten zurück, bis sie vor dem Haus standen und zögerten.

„Mama, hör zu," sagte Carla. „Wir können die Zeit nicht zurückdrehen und die Vergangenheit ändern. Egal, wie die Sache hier weitergeht … Du und ich, wir waren immer eine glückliche kleine Familie. Bitte versprich mir, dass du von jetzt an immer ehrlich zu mir bist. Egal, worum es geht."

Charlotte nahm ihre Tochter in die Arme und flüsterte, „Das verspreche ich. Ich hab dich lieb, mein Schatz."

„Ich hab dich auch lieb, Mama. Und jetzt lass uns tun, weswegen wir gekommen sind."

Charlotte nickte und trat auf die Tür zu. Sie las den Namen neben der Klingel und schüttelte den Kopf. „Das ist ein anderer Name," sagte sie.

Carla stellte sich neben ihre Mutter und begutachtete ebenfalls das Namensschild. „Egal," entschied sie. „Wir klingeln einfach. Wenn es nicht gerade Jahrzehnte her ist, dass er hier gelebt hat, dann wird ihn schon irgendjemand kennen. Hoffe ich." Mit diesen Worten hob sie die Hand und drückte auf den Klingelknopf.

Es knackte in der Gegensprechanlage. „Ja?" Die Stimme einer Frau ertönte.

Carla räusperte sich. „Hallo. Wir suchen Walter Mai."

Stille. Dann: „Den gibt's hier nicht."

Charlotte und Carla sahen einander an, erst Schrecken, dann Enttäuschung auf den Gesichtern.

„Der hat hier mal gewohnt," knackte es wieder aus der Sprechanlage. „Worum geht's?"

Charlotte trat an das Sprechgitter und holte tief Luft. „Ich … ich bin seine Tochter."

Wieder Stille. Dann ein lautes, heftiges Knacken, als ob die Frau am anderen Ende eingehängt hätte. Ein paar Minuten vergingen.

Als Carla gerade vorschlagen wollte, zum Hotel zurückzugehen und am nächsten Tag zum zuständigen Zivilstandsamt zu fahren, knackte es noch einmal.

„Sind's noch da?"

Charlotte rief, „Ja, ja, wir sind noch da."

„Warten Sie. Ich komme herunter." Noch ein lautes Knacken.

Kurz darauf öffnete sich die Haustür, und eine Dame von etwa Mitte fünfzig trat heraus.

„Salü," begrüßte sie die Frauen. „Ich bin Vreni Kind."
Dann drehte sie sich zu Charlotte herum.

„Sie sagen, Sie sind Walters Tochter?"

Charlotte nickte.

Vreni streckte ihr die Hand entgegen und sagte, „Ich
auch."

Kapitel 34
Eine Handvoll Staub

„Die Wahrheit schmilzt jeden Zauber! Immer!"
  - Schmendrick, Das Letzte Einhorn (1982)

Langsam ergriff Charlotte die dargebotene Hand.

„Heißt das, wir ... sind tatsächlich am Ziel?"

„Nun, das kommt ganz darauf an, wo Sie hinwollten,"
antwortete Vreni.

„Sie sind gar nicht überrascht," schaltete Carla sich ein.
„Da stehen plötzlich Frauen vor Ihrer Tür und behaupten,
die Tochter und Enkelin Ihres Vaters zu sein ... und Sie
sind gar nicht misstrauisch?"

„Sie sind's doch auch nicht," sagte Vreni, „obwohl ich
das gleiche behaupte. Aber machen Sie sich mal keine Gedanken. Ich werde Sie schon noch um Legitimation bitten.
Genauso wie ich Ihnen meine zeigen werde."

„Ich habe zumindest den Eindruck," bemerkte Carla,
„wir sind um einiges überraschter als Sie."

„Sagen Sie," Charlotte holte tief Luft, „lebt ... unser Vater noch?"

„Jetzt kommen Sie erst einmal mit herauf," sagte Vreni
und führte die Frauen ins Haus hinein.

Sie nahmen in einem kleinen, gemütlich eingerichteten
Wohnzimmer Platz. Im Fenster brannte eine Kerze in

einem großen Windlicht aus blauem Glas. Vreni goss kalte Getränke in Gläser.

„Ernsthaft," sagte Carla und stellte ihre Handtasche neben ihren Sessel auf den Teppich. „Man könnte wirklich meinen, Sie hätten uns erwartet."

Vreni stellte die Rivellaflasche auf einem Holzuntersetzer ab.

„Sagen wir, ich bin von Vater schon lange auf so etwas vorbereitet worden."

Charlotte zog aus ihrer Tasche eine Mappe mit Helenes und Walters Briefen und den Stammbäumen. Sie reichte sie Vreni über den Sofatisch hinüber.

„Ich bin erst vor kurzem durch einen großen Zufall in den Besitz dieser Papiere gelangt. Kurz gesagt, Helene Mai ist vor ein paar Wochen verstorben, und ihr ... Nachlassverwalter hat uns ausfindig gemacht."

„Oh," sagte Vreni. „Helene? Das ... tut mir leid."

„Der Name sagt Ihnen etwas?" fragte Carla.

„Natürlich." Vreni stand auf und verließ das Zimmer. Sie kehrte mit einem schwarzen Aktenordner zurück. Sie setzte sich und öffnete ihn.

„Hier," sie entnahm dem Ordner eine Klarsichthülle, die ein Blatt Papier enthielt, „ist meine Geburtsurkunde."

Charlotte nahm sie entgegen.

„Und Helene war Vaters deutsche Ehefrau," fuhr Vreni fort.

Charlotte und Carla beugten sich über das Schriftstück.

„Walter Mai," flüsterte Charlotte.

„Schade, dass Felix nicht hier ist," sagte Carla. „Der würde jetzt komplett aus dem Häuschen geraten."

„Wer ist Felix?" fragte Vreni.

„Der Nachlassverwalter," antwortete Carla schnell.

„Und ein Freund der Familie," ergänzte Charlotte.

Vreni erhob sich erneut und nahm ein gerahmtes Foto von der Anrichte. Sie gab es Carla. „Das sind mein Vater – unser Vater – und meine Mutter."

„Ihre Mutter?" fragte Charlotte.

„Ja, meine Mutter. Ich steh hier lebendig vor Ihnen. Also werd ich auch eine Mutter gehabt haben. Genau wie Sie!"

„Aber ... wie konnte unser Vater ... Ihre Mutter ... er war doch ... offiziell noch mit Helene verheiratet. Oder gab das keine Probleme hier?"

„Worüber genau wundern Sie sich denn jetzt? Mit IHRER Mutter war er doch auch nicht verheiratet. Und doch sind Sie da. Es braucht keinen Trauschein, um Kinder zu kriegen."

„Entschuldigen Sie. Ich weiß das. Ich ... bin auch nicht verheiratet."

Vreni setzte sich wieder hin und legte den schwarzen Aktenordner auf ihre Knie. „Und die Dame neben Ihnen ist Ihre Tochter?"

Charlotte nickte.

„Sehen Sie?" fragte Vreni und sah auf ihre Armbanduhr.

„Wir wollen Sie gar nicht lange aufhalten," sagte Carla schnell. „Wir sind ja schon so froh, dass wir gleich an die richtige Adresse gekommen sind. Im wahrsten Sinne des Wortes."

„Nun, Sie haben aber doch eigentlich nicht mich gesucht," merkte Vreni an.

„Aber nur, weil wir von Ihnen vorher nichts wussten," entgegnete Carla. „Wir freuen uns schon, Sie jetzt getroffen zu haben. Stimmt's, Mama?"

„Er hat mit Ihnen also tatsächlich…" begann Charlotte.

„Über seine Vergangenheit gesprochen?" vollendete Vreni den Satz.

Charlotte nickte.

„Aber ja," antwortete Vreni. „Er hat nie ein Geheimnis darum gemacht. Helene, Emma, Hans, alles, was damals passiert ist. Es dauerte wohl eine Weile, bis seine Erinnerung wieder da war. Aber er hat hier eine neue Heimat gefunden. Und als ihm dann endgültig klar war, dass es keinen Sinn haben würde, zu versuchen, Helene zurückzubekommen, hat er hier eine neue Familie gegründet. Er verliebte sich in Luise, meine Mutter. Und dann kam irgendwann ich."

„Trotzdem," sagte Carla, „finde ich es bemerkenswert, dass Sie sich überhaupt nicht wundern, dass wir den Weg zu Ihnen gefunden haben. Auch wenn er Sie, wie Sie sagen, vorbereitet hat. Nach all diesen Jahren?"

Vreni nahm einen Schluck Limonade. „Unser Vater hat immer daran geglaubt, dass alles, was passieren soll, auch passiert. Also habe ich auch immer an die Möglichkeit geglaubt."

„Vreni, Sie haben meine Frage vorhin nicht beantwortet," sagte Charlotte.

„Welche Frage?"

„Lebt unser Vater noch?"

Vreni sah erneut auf ihre Armbanduhr, dann blickte sie ihre Besucherinnen fest an und antwortete:

„Nein!"

Kapitel 35
Das Ende eines langen Weges

„Es gibt Dinge, die sollen nicht gefunden werden."
- Lara Croft, Lara Croft: Tomb Raider - Die Wiege des Lebens (2003)

Entsetzt schauten Charlotte und Carla ihre Gastgeberin an.

„Was soll das heißen?" fragte Carla.

Vreni seufzte. „Vater ist drüben im Schweizerhof gestorben. Ganz friedlich. Im Schlaf."

„Was … was ist der Schweizerhof?" fragte Charlotte.

„Ein Seniorenzentrum mit Wohnungen und Zimmern. Er hat dort die letzten Jahre gewohnt, weil es ihm hier ein wenig beschwerlich wurde mit den Treppen und dem Bad.

Einige seiner besten Freunde haben dort auch gewohnt. Ich glaube, die haben jeden Abend eine Fete geschmissen." Vreni lächelte.

„Können wir sein Grab besuchen?" fragte Carla.

„Das ist leider nicht möglich. Es gibt kein Grab."

„Kein Grab?"

„Er hat drum gebeten, dass wir seine Asche droben in den Oeschinensee streuen. Dort ist er immer sehr gerne gewesen. Es ist nicht weit. Sie können gerne hinauf wandern oder mit der Gondelbahn fahren."

Charlotte presste die Lippen zusammen und nickte.

Vreni lehnte sich nach vorne. „Wir sind doch Schwestern, Charlotte. Wollen wir nicht ‚du' sagen?"

Wieder nickte Charlotte schweigend.

Vreni blätterte im Aktenordner, bis sie zu einer Klarsichtfolie kam, die einen Umschlag enthielt. Sie zog ihn heraus und reichte ihn den Besucherinnen hinüber.

Darauf stand, in blauer Schrift

- Charlotte -

Tränen liefen Charlotte über die Wangen. Ihr Name in der Handschrift ihres Vaters?

Tatsächlich sagte Vreni, „Der Brief ist von Vater. An dich. Ich weiß nicht, was drinsteht. Ich weiß auch nicht, warum er nie versucht hat, ihn abzuschicken. Vermutlich war er nicht sicher, wo er ihn hinschicken sollte. Oder er hatte Angst, dass Hans ihn in die Hände bekäme. Oder vor deiner Reaktion.

Vielleicht wusste er auch, dass du eines Tages hierher finden würdest. Ich habe wirklich keine Ahnung."

„Ja, nur leider zu spät," flüsterte Charlotte.

„Dürfen wir den Brief mitnehmen?" fragte Carla.

„Natürlich," sagte Vreni. „Er gehört doch euch."

Charlotte blickte auf. „Er wusste meinen Namen."

Vreni nickte. „Das ist jetzt alles ein bisschen viel gewesen. Nimm den Brief doch mit und … bleibt Ihr hier im Ort für ein paar Tage?"

„Ja, wir sind im Hotel zur Post," antwortete Carla.

„Gut." Vreni stand auf. „Ihr wisst ja jetzt, wo Ihr mich findet. Kommt wieder, wenn Ihr noch reden möchtet. Darf ich meinen Töchtern von euch erzählen?"

„Töchter?" fragte Charlotte.

„Ja. Drei Nichten hast du. Und eine Großnichte."

„Die würden wir gerne kennenlernen," sagte Carla und stand auf.

Zum Abschied umarmten sich die drei Frauen lange und schweigend.

Im Hotel zog sich Charlotte mit Walters Brief sofort auf ihr Zimmer zurück und überließ es Carla, den anderen von ihrem Treffen mit Walters Tochter Vreni zu berichten.

Mit gemischten Gefühlen hörten sie Carla zu.

Walters letzten Aufenthaltsort hatten sie gefunden, aber die Nachricht von seinem Tod traf sie doch. Auch wenn sie nicht ganz überraschend kam.

Kapitel 36
Ein Leben für ein Leben

„Du hast nicht genug Tränen für das, was du mir angetan hast."
  - Claudia, Interview mit einem Vampir (1994)

Am nächsten Morgen saßen Gisela und Erich bereits beim Frühstück, als Christian und Felix das Restaurant betraten.

„Guten Morgen," begrüßte Christian seine Eltern, „habt Ihr auch so mies geschlafen wie wir?"

Erich nickte. „Ich wünschte, sie wäre gestern nicht einfach mit dem Brief verschwunden, so als ob es nur sie etwas anginge. Oder sie hätte wenigstens wieder herunterkommen können. Ich kann ja verstehen, dass sie ihn erst alleine lesen wollte. Aber wie gesagt. Es ist ja nicht nur ihre Angelegenheit."

Felix schenkte sich Kaffee ein. „Vermutlich muss sie es erst einmal verkraften, was sie gestern erfahren hat. Nehmt es mir bitte nicht übel, aber Ihr drei seid nicht direkt mit Walter verwandt gewesen. Im Gegensatz zu Charlotte und Carla. Also, ich kann verstehen, wenn die beiden jetzt erst einmal alleine sein wollen."

Christian schaute zur Tür. „Das hat sich wohl mittlerweile erledigt."

Charlotte und Carla kamen an den Tisch und nahmen mit einem leisen „Guten Morgen" Platz.

„Wie geht's Euch?" fragte Felix.

Charlotte seufzte und öffnete ihre Handtasche. „Das ist schwer zu sagen. Ich bin am Ziel und hab doch nicht, was ich wollte. Nur das hier."

Sie zog den Brief ihres Vaters hervor und legte ihn neben Felix' Frühstücksteller.

„Du darfst ihn vorlesen. Ihr wollt das doch sicher alle hören."

„Na endlich," flüsterte Erich.

Felix nahm den Umschlag und holte die Blätter heraus. Dabei fiel ein Foto auf den Tisch. Er warf nur einen kurzen Blick darauf, legte es beiseite und las vor.

Kandersteg, den 29. Mai 2011
Meine liebe Charlotte,
meine Tochter,

im Grunde habe ich nicht das Recht, Dich so zu nennen, obwohl Du es bist. Ich habe grosse Schuld auf mich geladen, die ich nicht wiedergutmachen kann. Ich fühle, dass mir nicht mehr viel Zeit bleibt. Deshalb möchte ich noch ein paar Worte an Dich richten. Ob Du sie jemals lesen wirst, weiss ich nicht. Meine letzten Briefe an Konrad und Helene kamen ungeöffnet zurück. Ob sie verzogen sind oder verstorben, oder es vorziehen, keinen Kontakt mehr mit mir zu pflegen – ich weiss es nicht. Aus diesen Gründen jedoch habe ich keine Kenntnis Deines Aufenthaltsortes.

Aber wenn das Schicksal es will, wird es Dich eines Tages hierher führen. Das schrieb Helene mir einst, und ich möchte es gerne glauben.

Ich konnte nicht so für Dich sorgen, wie ich es gerne getan hätte. Aber ich wusste, Du warst in guten, liebevollen Händen.

Wie oft dachte ich daran, zurückzukehren, wenn vielleicht auch heimlich, um nachzusehen, wie es Helene geht und Emma. Und meiner kleinen Charlotte.

Du magst Dich fragen - mich fragen -, warum ich es niemals tat.

In gewisser Weise war ich sicher einfach zu feige. Aber der eigentliche Grund war, dass ich gebeten wurde, nicht wiederzukommen.

Sowohl Helene als auch Konrad und Margarete, die beiden wundervollen Menschen, die Dich als ihr eigenes Kind aufzogen, baten mich, Dein Leben nicht unnötig durcheinander zu bringen, da Du nichts von mir wissest, und zu bleiben, wo ich sei.

Also entschloss ich mich eines Tages, nachdem ich lang überlegt hatte, nicht mehr zurückzukehren.

Ich lege Dir die Briefe von Helene und Deinen Eltern bei, damit Du ihre Worte siehst. Sie haben es gut mit Dir gemeint. Und wer war ich schon, dass ich daran zweifeln durfte? Ich will meine Entscheidung damit nicht entschuldigen, und vielleicht war sie auch falsch. Aber zu dem Zeitpunkt fand ich, sie hätten recht.

Also versuchte ich, nach langer Wanderung Frieden zu finden im Herzen dieses Landes, das mir eine neue Heimat schenkte. Und eine neue Familie.

Irgendwann habe ich also beschlossen, nicht mehr in der Vergangenheit zu leben. Ich war zwar aufrichtig und habe der Frau, in die ich mich hier verliebte, alles erzählt. Sie wollte mich trotzdem, meine Luise.

Ich fand Anstellung in der Schreinerei ihres Vaters und wir betrieben sie zusammen weiter, als er aufhören wollte, ich in der Werkstatt, sie im Vertrieb.

Dann hat Luise mir die Vreni geschenkt, obwohl ich sie nicht heiraten konnte, weil da ja trotz allem noch die Helene war.

Und von der Vreni hab ich drei Enkelkinder, alles prächtige Mädels.

Da hab ich eine so grosse Familie, und doch stirbt mein Name aus. Aber wenn das der einzige Fluch ist, den meine Tat vor so vielen Jahren nach sich zieht, dann kann ich damit leben und in Frieden sterben. Da sind so viele schöne, starke Frauen in meinem Leben gewesen und sind es immer noch.

Muss ich da nicht einfach dankbar sein?

Drei wunderbare Frauen, von denen ich zweien furchtbar weh getan habe, zwei schöne Töchter, von denen ich nur eine habe gross werden sehen dürfen, und meine drei Enkelinnen.

Und wer weiss, vielleicht hast Du, meine liebe Charlotte, ja auch Kinder? Ich wünsche es Dir. Sie sind ein Segen.

Seit letztem Monat nenne ich sogar noch eine Urenkelin mein Eigen.

All diese herrlichen Geschenke, die ich vom Allmächtigen bekommen habe, lassen mich denken, dass ich wohl nicht alles falsch gemacht haben kann im Leben.

Du darfst aber nicht denken, dass mir gar nichts leid tut.

Ich hätte nicht begehren sollen meines Nächsten Weib! Das war nicht richtig! Was passiert ist, habe ich selber über mich gebracht. Und ich bin traurig, dass ich nun auf das nächste Leben warten muss, um Helene wiederzusehen. Oder was auch immer … danach … kommt.

Bitte verzeih mir.

In Liebe

Dein Vater, Walter Mai

„Mai 2011," sagte Christian. „Das ist gerade mal eineinviertel Jahr her. Wie lange er danach wohl noch gelebt hat?"

„Und so lange hätte ich noch die Chance gehabt ...," sagte Charlotte mit brechender Stimme. „Ich wusste, wo er wohnt, aber ich war zu feige. Zu bequem. Und jetzt ist es zu spät."

„In einem solchen Fall," sagte Erich, „bleibt einem nichts anderes übrig, als zu versuchen, alleine Frieden zu schließen. Oder bitter zu werden. Das ist eine Entscheidung, die einem niemand abnehmen kann. Glaub mir. Ich weiß, wovon ich rede."

Felix betrachtete das kleine Farbfoto, das er neben den Umschlag auf den Tisch gelegt hatte.

Es zeigte den Mann, der als Phantom durch die Recherchen der letzten Tage und Wochen gegeistert war. Auf der Rückseite stand in blauer Schrift: *Walter, Sommerfest 2008.*

Walter Mai, ein quicklebendiger Frühneunziger, war trotz der aufregenden und ereignisreichen Jahrzehnte, die hinter ihm lagen, nicht gerade das, was Felix sich unter einem Greis vorstellte. Faltige Haut, graue Haare und einen leicht gebeugten Rücken, die hatte er.

Aber gleichzeitig funkelte da eine Lebenslust in seinen Augen und seinem Lachen, die Felix denken ließ, dieser

Mann müsse sicher Gevatter Tod mit einem simplen Kartenspielchen immer mal wieder ein paar Jahre abgeluchst haben.

Er konnte es genau vor sich sehen: Walter Mai als Brandner Kaspar, Schnaps in der einen, Karten in der anderen Hand. Und ein etwas verdattert dreinblickender Tod, der ihn eigentlich holen soll, am Ende aber selbst nicht weiß, wie ihm geschieht, weil er sich von einem Sterblichen übers Ohr hat hauen lassen.

Vermutlich war es eben diese Über-Lebenslust, die Walter gerade während der ersten Jahre weitergeholfen hatte, die es ihm ermöglicht hatte, Gedächtnis und Orientierung wiederzufinden, den Mut nicht zu verlieren und sich ein neues Leben aufzubauen.

„Er hatte also auch Kontakt mit Konrad und Margarete?" fragte Gisela.

„Ich schätze, die beiden haben sich die Freiheit herausgenommen, mit Walter Kontakt aufzunehmen, nachdem Helene Margarete diesen Umschlag zugeschickt hat," vermutete Carla.

„Aber davon," sagte Charlotte, „hatte ich wirklich keine Ahnung! Bitte, Felix, lies den Brief vor, den meine Eltern an Walter geschrieben haben."

Felix legte das Foto und den Brief von Walter beiseite und suchte das gewünschte Schriftstück zwischen den anderen Blättern.

Klosterhofen, den 17. Januar 1951
Verehrter Walter,

wir brauchen Dir nicht zu beschreiben, wie über alle Maßen überrascht und auch misstrauisch wir waren, als wir Deinen Brief erhielten. Aber eine Rücksprache mit Helene, die leider nur zögerlich zustande kam, hat uns bestätigt, dass der Schreiber dieser Nachricht wirklich der Walter ist, den wir vor Jahren verstorben glauben mussten.

Hans hat es gar nicht verdient, jemals zu erfahren, was er durch seine Entscheidung, Charlotte nicht bei sich aufzunehmen, versäumt hat und noch versäumen wird.

Daher haben wir zu ihm keine Verbindung mehr. Du musst also nicht befürchten, dass er von uns erfährt, wo Du Dich aufhältst.

Aber wir bitten Dich ebenso inständig, es Dir gut zu überlegen, ob Du Dich Charlotte gegenüber irgendwann als Vater zu erkennen geben willst.

Emma hat den Entschluss gefasst, Charlotte hier oben auf dem Hof bei uns in Ruhe aufwachsen zu lassen.

Es geht Charlotte gut bei uns. Wir lieben sie über alles und werden dafür sorgen, dass sie so glücklich bleibt, wie sie jetzt ist, solange der Herrgott uns die Möglichkeit dazu gibt.

Bitte respektiere ihren Frieden und ihr Glück und halte Dich von ihr fern.

Wir wünschen Dir Gottes Segen. Lebe wohl.

Konrad und Margarete Vogt

„Wow," sagte Christian, „harte, klare Worte."

„Denen er gehorcht hat," entgegnete Carla.

„Was ich immer noch nicht ganz nachvollziehen kann," ergänzte Erich.

Charlotte sagte, „Helene hat ins gleiche Horn gestoßen wie diese beiden. Hören wir uns ihren Brief an, Felix."

„Gerne."

Freiburg, den 22. Juni 1950

Mein lieber Walter,

so lange es für Dich gebraucht hat, mich wissen zu lassen, dass Du noch lebst, so viel Überwindung und Zeit hat es auch mich gekostet, Dir zu antworten. Du wirst es sicher verstehen. Wenn die Adresse, Die Du angibst, noch stimmt, dann soll es so sein, dass Du meine Nachricht erhältst.

Nach dem ersten Schock kam die Erleichterung, dann wieder die Wut über das Vergangene, die Traurigkeit über das Verlorene.

Verzeih mir, Walter, aber es ist besser, dass Du dort bleibst, wo Du Dein neues Leben begonnen hast. Auch ich habe mich arrangiert. Und in der Tat, ich kann nicht vorhersehen, wie Hans reagieren würde, trätest Du wieder in unser Leben, aus dem Du im Grunde nie wirklich verschwandest, da wenigstens ich mir tagtäglich die größten Vorwürfe mache. Hans wird es ähnlich ergehen, aber wir reden nicht darüber. Wir reden gar nicht mehr.

Es tut mir in der Seele weh, dass Du all das durchgemacht hast. Ich selbst hätte Dir verzeihen können. Irgendwann. Aber das ist jetzt alles so lange her.

Ich bin dankbar, dass der Allmächtige Dir einen starken Schutzengel an die Seite gestellt hat, sodass Du diesen Anschlag auf Dein Leben überstehen konntest.

Dein Brief erreichte mich auf Umwegen. Ettikon habe ich wenige Jahre nach Deinem Verschwinden verlassen. Du hast meine neue Anschrift bereits auf dem Umschlag gesehen.

Ich werde niemandem von diesem Briefwechsel erzählen. Dass Du lebst, soll unser Geheimnis bleiben. Ich fühle, ich entscheide, dass es so besser ist.

Du hast es verdient, eine Antwort auf Deine Frage zu erhalten, was aus Deinem Kinde wurde. Es lebt, Walter. Du hast eine Tochter, welche Emma im Hause ihres Bruders Konrad zur Welt brachte. Dort wächst sie auf als Konrads und Margaretes Kind. Hans wollte sie nicht haben. Und ich, das verzeihe mir der Herrgott, konnte sie nicht haben.

Ich lege Dir ein kleines Schreiben bei, das Dein Schwager an Emma schickte, und welches sie mir weiterleitete, auf dass auch ich Bescheid wisse über Charlotte, Eure Tochter.

Aber ich bitte Dich sehr, Walter, sie weiß nichts von Dir oder Emma und den unglücklichen Umständen, die sich um uns alle ranken. Und es wäre besser, wenn das so bliebe. Lebe

Du Dein Leben und lass sie ihres leben, unbe-
schwert. Wenn das Schicksal es will, wird es
Euch eines Tages zusammenführen.
Herzlichst
Helene

„Aber später hat sie dann doch Konrad und Margarete davon erzählt," stellte Gisela fest, „obwohl sie hier schreibt, dass sie es für sich behalten wollte.

„Auch darüber habe ich gestern noch lange nachgedacht," sagte Charlotte. „Ich bin ihr dankbar, dass sie es nicht für sich behalten hat. Und ich bin meiner Mutter dankbar, dass sie mir den Umschlag gegeben hat. Nur hätte ich nicht so feige sein dürfen."

„Wie gesagt," merkte Erich an, „das nützt jetzt auch nichts mehr. Schau nach vorne und freu dich über deine neugewonnene Schwester."

„Lachen ist gesünder als Weinen?" fragte Charlotte.

Felix hielt ihr das Foto des lachenden Neunzigjährigen hin. „Wenn du daran zweifelst, dann wirf noch einen Blick hier drauf."

Charlotte nahm das Foto und sagte, „Magst du jetzt noch den letzten Brief vorlesen? Es steht nicht mehr viel Neues darin, aber es ist ein letztes Puzzlestück."

Felix las vor.

Klosterhofen, den 19. Januar 1942

*Meine geliebte Schwester, liebe Schwäge-
rin,*

*wir bringen es nicht über's Herz, die Forde-
rung Deines herzlosen Ehemannes einzuhal-
ten und den Kontakt zu Dir abzubrechen. Immerhin gehörst Du zu unserer Familie. Nichts,
was Du tun könntest, würde daran je etwas ändern. Und Hans hat nicht das Recht, von uns
zu verlangen, diese Tatsache zu ignorieren.*

*Im Gegenteil: Wir sind erfüllt mit Dankbar-
keit, dass uns durch Dich dieses Engelchen geschenkt wurde.*

*Der Schmerz über den frühen Tod unseres
eigenen Töchterchens wird nie ganz vergehen.
Aber Deine kleine Charlotte hilft uns, ihn zu
vergessen.*

*Wir möchten, dass Du weißt, dass sie ein
fröhliches, gesundes, charmantes Kind ist,
wissbegierig und klug. Sie liebt alle Geschöpfe
und behandelt alles Lebendige wie einen wert-
vollen Schatz.*

*Liebe Emma, solltest Du doch eines Tages
den Entschluss fassen können – wir sagen es
gerade heraus – Hans zu verlassen, unsere
Tür ist für Dich und Deinen kleinen Erich immer
offen.*

In herzlicher Zuneigung

*Dein Bruder Konrad, Deine Schwägerin
Margarete und*

Deine Charlotte

„Er wusste also tatsächlich auch von meiner Existenz."
Erich rieb sich den Nasenrücken.

„Lachen, Erich!" sagte Charlotte bitter. „Auch das macht jetzt keinen Unterschied mehr."

„Du hast recht," gab Erich zu. „Und wie geht es jetzt weiter?"

Charlotte antwortete. „Ich gehe nachher nochmal zu Vreni hinüber. Ich möchte sichergehen, dass wir jetzt wenigstens Kontakt halten. Ich gebe ihr unsere Adresse, Telefonnummer und so weiter. Und ich spreche gleich eine Einladung zu Weihnachten aus. Wie man das eben so macht. In einer Familie.

Und anschließend, wenn Ihr nichts mehr vorhabt, können wir auch wieder heimfahren. Schließlich wissen wir jetzt, was wir wissen wollten."

„Ich nicht," sagte Erich. „Ich hätte gerne gewusst, was er über Vater erzählt hat."

„Sprich doch nachher mit Vreni," sagte Gisela. „Vielleicht kann sie dir etwas dazu sagen. Es kann doch sein, dass sie irgendwann mal darüber gesprochen haben."

Erich nickte. „Eine andere Möglichkeit bleibt mir ja nicht mehr."

Charlotte lud Vreni ein, hinüber ins Hotel zu kommen, um ihr den Besuch der gesamten Gruppe in ihrer Stube zu ersparen.

Vreni kam und brachte ihre zweitälteste Tochter mit, die ebenfalls noch in Kandersteg wohnte, und ihre kleine Enkeltochter.

Erich erfuhr von Vreni, dass Walter in der Tat niemals böse über Hans gesprochen hätte.

„Vater sagte mal, Hans hätte sicher anders handeln können, aber das hat er nun mal nicht. Und damit müsse Hans nun selber fertig werden. Über ihn zu urteilen sei die Aufgabe eines Höheren, nicht seine."

„Ich glaube, mir wird gleich schlecht," zischte Erich. „Immer dieses noble Gequatsche. Walter hat nicht über ihn geurteilt, ja? Hat er das wirklich nicht? Ich sag euch was: Er hat nicht nur ÜBER ihn geurteilt, er hat ihn VERurteilt. Genauso wie Helene, wie Konrad, wie Margarete. Und auch wie du, Vreni! Und wie du, Charlotte. Ja, genau wie du. Wie viel hast du denn eigentlich wirklich gewusst? Konntest du dir nicht vorstellen, dass er Schuldgefühle mit sich herumschleppt? Konntet Ihr alle euch das nicht vorstellen? Bis zu seinem Tod hat er sich Vorwürfe gemacht. Und ihr habt ihn ALLE dazu verurteilt. Der ganze, verdammte Vogt-Clan!

Wisst ihr, auch ICH hatte Zeit, über alles nachzudenken. Ich habe meinem Vater insgeheim immer vorgeworfen, ein gefühlskalter Mann zu sein. Aber wer SO handelt, wenn ihm Unrecht getan wird, ist ein leidenschaftlicher Mann! Ich finde es nicht gut, dass er Walter umbringen wollte. Ich finde es nicht gut, dass er unsere Mutter vor eine so schreckliche Wahl gestellt hat, sich zwischen ihrem Kind und ihrer Ehe zu entscheiden. Zu beidem hatte er kein Recht. Aber gefühlskalt war er nicht. Im Gegenteil.

Jenes eine Mal hat er seinen Gefühlen freien Lauf gelassen, und sie sind aus ihm herausexplodiert. Haben zu dieser schrecklichen Tat geführt. Also hat er sich ab da versagt, seine Gefühle zu zeigen. Nicht nur die Schuld, die Angst, die Last der falschen Entscheidungen, das Wissen, das er bis zu seinem Tod mit sich herumgetragen hat, sondern eben leider auch Liebe und Wärme.

Ich weiß heute, dass er mich geliebt hat. Auch wenn er Schwierigkeiten hatte, das zu zeigen, nachdem ich aus dem Kindesalter heraus war. Ich erinnere mich an warme Sommersonntage im Wald, wo er mir beigebracht hat, Tierfährten zu erkennen und Lagerfeuer anzuzünden.

Er hat geschwiegen, um MICH zu schützen. Um MICH nicht zu belasten. Wenn es nicht um mich gegangen wäre, dann hätte er das Geheimnis sicher nicht Jahrzehnte mit sich herumtragen können.

Vater war in seinen letzten Jahren, seit Mutters Tod, ein furchtbar bitterer Mann gewesen. Über die Vergangenheit hat er da noch weniger als vorher schon sprechen wollen. Und heute weiß ich, warum.

Ich bin sicher, er selbst hätte es gerne anders gehabt. Aber IHR habt ihn nicht gelassen.

Gisela, Du hast vor ein paar Tagen zu mir gesagt, dass ich dich an meinen Vater erinnere. Ich weiß gar nicht, warum ich dir das übel genommen habe. Heute danke ich dir dafür. Es ist ein Kompliment!"

Er nahm seinen Zimmerschlüssel vom Tisch und verließ das Restaurant.

Kapitel 37
Eine schönere Welt

„Ich will keine Angst mehr haben."
  - *Vincent Grey/Cole Sear, The Sixth Sense (1999)*

Die Heimfahrt am folgenden Tag ging überwiegend still vor sich. Jedes einzelne Mitglied der kleinen Gruppe war mit seinen eigenen Gedanken beschäftigt.

Es würde allen schwer fallen, angesichts des Erlebten zur Tagesordnung überzugehen. Also konnte man genauso gut weiterhin Dinge anpacken, die außerhalb des Alltags auf einen warteten.

„Zur Hölle mit den Roaming-Gebühren," sagte Felix während der ersten Rast zu der kleinen Stimme in seinem Kopf, die ihn schon wieder zurückhalten wollte. „Jetzt oder nie."

Er spazierte ein Stück von den anderen fort, eine kleine Allee entlang, wählte eine Nummer und drückte sich sein Handy ans Ohr. Er ignorierte das Zittern seiner Hand, als er am anderen Ende eine Stimme hörte. Der Anrufbeantworter.

„Ebenfalls Leonhardt, hallo Papa. Wie geht es dir? Du, ich muss es kurz machen, ich ... bin noch bis heute Abend in der Schweiz unterwegs. Aber ich wollte dich fragen, ob wir am Sonntag zusammen auf den Friedhof gehen wollen.

Und danach lade ich dich noch ins Café ein. Oder zu mir nach Hause. Ganz wie Du magst."

Er zögerte, holte tief Luft und sagte, „Ich hab dich lieb, Papa ... Ruf mich zurück, ja?"

Jetzt zitterte er am ganzen Leib. Dann stellte er sich das Gesicht seines Vaters beim Abhören seines Anrufbeantworters vor und begann zu kichern. Er musste sich mit dem Rücken an einen der Bäume lehnen und ein paarmal tief ein- und ausatmen, bis er sich beruhigt hatte.

Es war ohne Belang, wie sein Vater sich in den letzten Jahrzehnten ihm gegenüber verhalten hatte. Wichtig war nur, wie er in Zukunft selber damit umging.

‚*Keiner kann uns zwingen, das Erbe anzutreten,*‘ dachte er, während sich sein Atemrhythmus normalisierte. ‚*Es liegt ganz allein in unserer Hand.*‘

Er würde ihrer Beziehung noch eine Chance geben. Und danach würde er selber entscheiden, ob er seinen Vater nur noch als Geschäftspartner sehen würde, oder nicht.

Dann fragte Felix sich, ob wohl auch Erich bald in der Lage sein würde, die Geister seiner Vergangenheit, die nun alle wenigstens ein Gesicht und einen Namen hatten, in Frieden ruhen lassen zu können.

Und ob Carla sich nun wirklich damit auseinandersetzen würde, wie sie Jürgen beibringen sollte, dass sie seine Vorstellungen einer Lebensplanung nicht teilte.

Immerhin versprach sie es Christian beim Abschied am Bahnhof in Tiengen am nächsten Tag.

„Du solltest wirklich tun, was gut für dich ist, wenn es zunächst auch erst mal schwer fällt," riet er ihr. „Weißt du, du hast nur dieses eine Leben. Und nicht jeder bekommt eine solche zweite Chance wie Großonkel Walter."

Sie nickte und umarmte ihn. Dann trat sie auf Felix zu.

„Herr Leonhardt," sagte sie lächelnd und reichte ihm die Hand. „Ich freue mich auf Ihren nächsten Artikel."

Enttäuscht wollte Felix ihre Hand ergreifen, aber Carla zog sie schnell zurück und legte stattdessen lachend ihre Arme um seinen Hals. „Blödsinn, Felix, wir sind doch jetzt Freunde. Vorbei mit Händeschütteln. Aber auf deinen nächsten Artikel freue ich mich wirklich."

Felix erwiderte ihre Umarmung und sagte, „Wenn die aktuellen Verkäufe und Auktionen abgeschlossen sind, werde ich wohl etwas über antike Schlösser und Schlüssel verfassen. Darf ich dich anrufen, wenn ich dabei Hilfe brauche?"

„Aber selbstverständlich. Jederzeit." Sie löste sich aus seinen Armen und öffnete ihre Handtasche. Sie zog ein Taschentuch heraus und reichte es Felix.

„Oh, ein Minnepfand des Edelfräuleins an ihren Ritter," spottete Christian.

Felix funkelte seinen Freund an.

Carla lachte. „Nein, nein. Falte es mal vorsichtig auseinander."

Felix öffnete eine Falte des Taschentuchs nach der anderen, bis er einen kleinen Gegenstand freigelegt hatte.

„Ein Schlüssel?" fragte er.

„Man mag es nicht für möglich halten, nicht wahr?" antwortete Carla. „Den habe ich in Tante Helenes Schmuckschatulle gefunden."

„Und in welches Schloss passt der nun wieder?" Christian nahm Felix den Schlüssel ab und betrachtete ihn. Es war ein kleiner Schlüssel mit rundem Schaft, kreisförmiger Reide und kurzem Bart. Fast wie ein kleiner Bruder des so lange gesuchten Truhenschlüssels.

„Ich habe keine Ahnung," gab Carla zu. „Aber ich lasse ihn euch hier. Vielleicht könnt ihr es ja herausfinden."

Sie ging ein paar Schritte zur Seite, damit auch ihre Mutter sich von Charlotte und Felix verabschieden konnte.

„Meine lieben jungen Freunde," sagte Charlotte, während sie einen Arm um Christian und einen um Felix schlang und beide gleichzeitig an sich drückte. „Ich freue mich so auf unser nächstes Treffen. Vielleicht sieht Erich bis dahin ja auch ein paar Dinge anders. Grüß deine Mutter, Christian. Macht's gut."

Der Interregio-Express fuhr in den Bahnhof ein und die Türen öffneten sich.

„Carla, dein Taschentuch!" rief Felix und hielt das weiße Stück Stoff in die Luft.

„Ach, lass mal. Ist schon gut." Sie zwinkerte ihm zu, und Felix war froh, dass Christian gerade damit beschäftigt war, die Koffer in den Waggon zu heben.

Carla sah sich in der Tür des Wagens stehend noch einmal um und winkte Christian und Felix zu. Sie erwiderten den Gruß und beobachteten, wie sich die Türen schlossen, der Zug sich langsam auf den Weg in Richtung Schaffhausen machte und allmählich außer Sicht verschwand.

„Komm," sagte Christian, „lass uns nach Hause fahren und bei einem schönen Glas Rotwein nachsehen, wie die Gebote auf meine Möbel stehen."

Felix nickte und folgte seinem alten Freund vom Bahnsteig auf den Parkplatz. „Und danach schauen wir *Cube*, ja?"

„Von mir aus."

Felix betrachtete den kleinen Schlüssel in seiner Hand und lächelte.

,Kein Schlüssel schließt nur die Tür zur Vergangenheit anderer Menschen auf,' dachte er, ,sondern immer auch die zur eigenen Zukunft.'

Auf dem Balkon seiner Zweizimmer-Seniorenwohnung im Schweizerhof saß Walter Mai und genoss die laue Abendluft.

Er beobachtete die zwei Frauen, die vor dem Haus, das er vor Jahren seiner Tochter überschrieben hatte, stehen blieben und sich kurz unterhielten und sogar umarmten.

Dann klingelten sie, Vreni trat heraus, wechselte ein paar Worte mit ihnen und bat sie hinein.

Bevor seine Tochter jedoch aus dem Haus gekommen war, hatte sie das blaue Windlicht ins Fenster gestellt und angezündet.

Walter starrte hinüber. Sein Mund wurde trocken. Es war eines der vereinbarten Zeichen.

Die beiden fremden Frauen hatten Nachricht von Helene. Vielleicht auch von Charlotte. Möglicherweise, dachte er, war eine dieser Frauen …

Alles, was er nun zu tun hatte, war, zum Telefon hinein zu gehen und seine Tochter anzurufen.

Wenn er es nicht täte, wüsste sie, dass er sich anders entschieden hatte, und sie würde die vereinbarte Geschichte erzählen.

Mühsam stand er aus seinem Stuhl auf und ging langsam hinein.

Dort auf dem Nachttisch stand das Telefon.

Er ließ sich auf dem Rand des Bettes nieder und schloss die Augen. Vielleicht sollte er dem Arzt doch einmal erzählen, dass er in letzter Zeit schlecht Luft bekam.

Vorsichtig legte er die Beine aufs Bett hinauf. Er legte sich zurück und beschloss, mit dem Anruf ein paar Minuten zu warten.

Bis die Übelkeit und die Schmerzen in der Brust ... wieder ... vorbei ...

Molly Grue: „Und was ist, wenn es gar kein glückliches Ende gibt?"
Schmendrick: „Es gibt nie ein glückliches Ende, denn es endet nichts."
*   - Das letzte Einhorn (1982)*

Ein paar Schlussworte in uneigener Sache ...

Liebe Leserin, lieber Leser,

Felix und Christian sind Film- und – auch wenn sie es vielleicht nur ungern zugeben – Serienfans.

Und wie es im Film-und-Serien-Fandom nicht unüblich ist, versehen auch diese beiden Charaktere ihre Unterhaltungen dann und wann mit Anspielungen oder Zitaten.

Das eine oder andere dürften Sie wiedererkannt haben, manches vielleicht auch nicht.

Aus drei Gründen habe ich beschlossen, an dieser Stelle die offenen und versteckten Anspielungen auf Filme oder Fernsehserien aufzuführen und ihren jeweiligen Ursprung darzulegen.

Erstens für die Leser, die es einfach interessiert.

Zweitens, um Lust darauf zu machen, sich mit manchen der Filme oder Serien selber (wieder) näher zu befassen.

Und drittens, um klarzustellen, dass ich auf keine der zitierten Figuren oder ihre Zitate irgendeinen Anspruch erhebe. Sie gehören alle jemand anderem.

Das gilt natürlich auch für die Zitate am Kapitelbeginn, die der Vollständigkeit halber hier ebenfalls noch einmal angegeben sind, ohne weiteren Kommentar.

Unfreiwillig Pate für den Titel des Buches selbst und die der einzelnen Kapitel standen mir die wunderbare amerikanische Fernsehserie *Twilight Zone* (*Unwahrscheinliche Geschichten*, 1959-1964) des unsterblichen Rod Serling und ihre beiden Nachfolge-Serien (*Unbekannte Dimensionen*, 1985-1989 und The *Twilight Zone*, 2002-2003).

Ich bediente mich dabei der Titel, welche die Episoden im deutschen Fernsehen trugen.

Manchmal passen sogar die englischen Originaltitel zum Inhalt meines Kapitels, manchmal eben auch nicht. Und es kann sogar vorkommen, dass auch die Episode selber inhaltlich passt. Aber auch das ist selten. Es ging mir nur um den Titel.

In manchen Fällen habe ich den deutschen Originaltitel meinen Bedürfnissen etwas angepasst, welches ich dann an der jeweiligen Stelle angemerkt habe.

Darüberhinaus musste ich mich für diese Zusammenstellung fremden Detailwissens bedienen.

Als Quelle für die *Twilight Zone*-Episoden-Details diente zum Beispiel der Wikipedia-Eintrag *Liste der Episoden des Twilight Zone Franchises*. Und auch sonst bin ich dankbar für die Existenz des http://www.wikipedia.org/-Komplexes.

Bei den *Doctor Who*-Episoden half mir http://tardis.wikia.com.

Titel - Das Erbe der Väter

Englischer Originaltitel: *What Are Friends For?* (1986, Regie: Gus Trikonis, Drehbuch: J. Michael Straczynski) – *Unbekannte Dimensionen*, S2E2

- „S2E2" bedeutet Staffel 2, Episode 2. Die gleiche Abkürzung wird auch bei den anderen Serien-Zitaten verwendet.

Kapitel 1 - Tante Lenis Erbe

Deutscher Originaltitel: *Onkel Simons Erbe*

Englischer Originaltitel: *Uncle Simon* (1963, Regie: Don Siegel, Drehbuch: Rod Serling) - *Unwahrscheinliche Geschichten*, S5E8

„Ich glaube, wenn Menschen Dinge besitzen und sie die Welt eines Tages verlassen, dann bleibt etwas von ihrem Wesen an den Stücken zurück. Wie Fingerabdrücke."

- Anna Crowe (Olivia Williams), *The Sixth Sense* (1999, Regie & Drehbuch: M. Night Shyamalan)

Seite 10

„Oder willst Du aus Frankenberger Frankenstein machen?"

- Mary Shelleys Roman *Frankenstein oder der moderne Prometheus* (1818) ist seit 1910 wiederholt verfilmt

worden. Welche der Versionen Felix zu seiner Äußerung veranlasst hat, oder ob es gar seine Kenntnis der
literarischen Vorlage war, sei dahingestellt.

Kapitel 2 - Generationsspiel

Englischer Originaltitel: *Father and Son Game* (1989, Regie: Randy Bradshaw, Drehbuch: Jeremy Bertrand Finch
& Paul Chitlik) – *Unbekannte Dimensionen*, S3E30

"Ärzte verbringen die meiste Zeit damit, sich auf die Zukunft zu konzentrieren, sie zu planen, darauf hin zu arbeiten. Doch an einem bestimmten Punkt erkennt man plötzlich, dass sich das Leben jetzt abspielt. Nicht erst wenn
das Studium vorbei ist, oder die Facharztausbildung, sondern jetzt und hier. Es passiert gerade eben. Einmal blinzeln und man hat es verpasst."

- Dr. Meredith Grey (Ellen Pompeo), *Grey's Anatomy:
  Die jungen Ärzte*, S5E24, "Jetzt oder nie" - Intro
  (2009, Regie: Rob Corn, Drehbuch: Debora Cahn)

Kapitel 3 - Der Markt der Fundsachen

Deutscher Originaltitel: *Nicht im Branchenverzeichnis* (Die
Ausstrahlung erfolgte auch unter dem Titel *Der Markt der
Fundsachen*)

Englischer Originaltitel: *Wong's Lost and Found Empo-
rium* (1985, Regie: Paul Lynch, Drehbuch: William F. Wu
& Alan Brennert) – *Unbekannte Dimensionen*, S1E9

Mrs. Sanderson (Fay Compton): „Doktor, was glauben Sie und Ihre Assistenten denn nun wirklich in Hill House zu finden?"

Dr. John Markway (Richard Johnson): „Vielleicht nichts weiter als ein paar knarrende Fußböden. Aber vielleicht auch, ich sage vielleicht, den Schlüssel zu einer anderen Welt."

- *Bis das Blut gefriert* (1963, Regie: Robert Wise, Drehbuch: Nelson Gidding)

Seite 30

„Hey, Mr. Madson! Hast du schon Geld für mich verdient?"

- Christian hat hier den Antiquitätenhändler Franklyn Madson (Derek Jacobi) aus *Schatten der Vergangenheit* (1991, Regie: Kenneth Branagh, Drehbuch: Scott Frank) im Sinn.
- Wo Franklyns Affinität zu Antiquitäten herrührt und wieso er ausgerechnet diesen Nachnamen trägt, behalte ich an dieser Stelle für mich, sonst … „Spoilers!"

„Spoilers?" Ja:

- River Song (Alex Kingston) in folgenden Episoden:
    o *Doctor Who* S4 E8, „Tödliche Stille" (2008, Regie: Euros Lyn, Drehbuch: Steven Moffat)
    o *Doctor Who* S4 E9, „Wald der Toten" (2008, Regie: Euros Lyn, Drehbuch: Steven Moffat)

- Doctor Who S5 E4, „Zeit der Engel" (2010, Regie: Adam Smith, Drehbuch: Steven Moffat)
- Doctor Who S5 E12, „Die Pandorica" (2010, Regie: Toby Haynes, Drehbuch: Steven Moffat)
- Doctor Who S5 E13, „Der große Knall" (2010, Regie: Toby Haynes, Drehbuch: Steven Moffat)
- Doctor Who S6 E1, „Der Astronaut, den es nie gab" (2011, Regie: Toby Haynes, Drehbuch: Steven Moffat)
- Doctor Who S6 E13, „Hochzeits-Song" (2011, Regie: Jeremy Webb, Drehbuch: Steven Moffat)
- Doctor Who S7 E14, „Der Name des Doktors" (2013, Regie: Saul Metzstein, Drehbuch: Steven Moffat)

Aber … ich schweife ab, Entschuldigung.

Kapitel 4 - Die Jagd beginnt

Englischer Originaltitel: *Opening Day* (1985, Regie: John Milius, Drehbuch: Gerrit Graham & Chris Hubbell) – *Unbekannte Dimensionen*, S1E10

„In diesem Haus darf keine Tür geöffnet werden, ohne dass die vorige verschlossen wurde! Es ist lebenswichtig, immer daran zu denken! Das ist nicht so einfach, wie es erscheinen mag. Es gibt fünfzehn verschiedene Schlüssel für die fünfzig Türen, je nach dem, in welchem Teil des Hauses Sie sich gerade befinden."

- Grace Stewart (Nicole Kidman), *The Others* (2001, Regie & Drehbuch: Alejandro Amenábar)

Seite 39

„Oh, Indiana Jones-Feeling. [...]"

- Benötigt der in vier Filmen von Harrison Ford verkörperte, schätzesuchende, peitschenschwingende, schlagfeste und wortgewandte Archäologe mit Hut und Vornamen Henry noch einer näheren Vorstellung meinerseits?
- Schauen Sie sich lieber die Filme an, sofern noch nicht geschehen:
  o *Jäger des verlorenen Schatzes* (1981, Regie: Steven Spielberg, Drehbuch: George Lucas, Philip Kaufman, Lawrence Kasdan)
  o *Indiana Jones und der Tempel des Todes* (1984, Regie: Steven Spielberg, Drehbuch: George Lucas, Willard Huyck, Gloria Katz)
  o *Indiana Jones und der letzte Kreuzzug* (1989, Regie: Steven Spielberg, Drehbuch: Jeffrey Boam, George Lucas, Menno Meyjes)
  o *Indiana Jones und das Königreich des Kristallschädels* (2008, Regie: Steven Spielberg, Drehbuch: David Koepp, George Lucas, Jeff Nathanson)

„Weißt du, wie das aussieht? [...] Wie Mr. Spock in Uniform samt wissenschaftlichem Tricorder neben einem Kavalier aus dem Rokoko oder Empire!"

[...] „Und wo liegt das Problem? Das hat es doch schon gegeben."

[...] „Ja. Aber wir sind hier nicht auf Gothos. Und selbst dort war der Anblick schon mehr als ... zweifelhaft. [...]"

- Hier ist die Rede von einer Folge der Serie *Raumschiff Enterprise* S1 E17, „Tödliche Spiele auf Gothos" (1967, Regie: Don McDougall, Drehbuch: Paul Schneider). Die Crew des Raumschiffes U.S.S. Enterprise NCC-1701 trifft auf ein unerzogenes, aber leider anscheinend allmächtiges Wesen, das sich als *General Trelane, im Ruhestand* (William Campbell) vorstellt. Allerdings war es nicht der 1. Offizier und Vulkanier Mr. Spock, der Trelane mit seinem Tricorder – einem wissenschaftlichen Messgerät - gescannt hat, sondern der Schiffsarzt Dr. Leonard McCoy.

Kapitel 5 - Wer den Unsichtbaren sieht

Englischer Originaltitel: *To See the Invisible Man* (1986, Regie: Noel Black, Drehbuch: Robert Silverberg & Steven Barnes) – *Unbekannte Dimensionen*, S1E16

Armand (Antonio Banderas): „Wenn du sie retten willst, dann schick sie fort."

Louis de Pointe du Lac (Brad Pitt): „Dann gehe ich auch fort."

Armand: „So schnell? Ohne auch nur eine deiner heißersehnten Antworten?"

Louis: „Du hast gesagt, es gibt keine."

Armand: „Weil du die falschen Fragen gestellt hast!"

- *Interview mit einem Vampir* (1994, Regie: Neil Jordan, Drehbuch: Anne Rice & Neil Jordan)

Kapitel 6 - Tee für die Oma

Englischer Originaltitel: *Gramma* (1986, Regie: Bradford May, Drehbuch: Stephen King & Harlan Ellison) – *Unbekannte Dimensionen*, S1E18

„Das Universum bewegt sich weiter. Schmerz und Verlust formen uns genau so wie Freude oder Liebe. Egal ob es um eine Welt oder eine Beziehung geht ... alles hat seine Zeit. Und alles hat ein Ende."

- Sarah Jane Smith (Elisabeth Sladen), *Doctor Who* S2 E3, „Klassentreffen" (2006, Regie: James Hawes, Drehbuch: Toby Whithouse)

Seite 53

„Da haben sich wohl die Welt der Toten und die Welt der Lebendigen miteinander vermischt, was?"

- Mrs. Bertha Mills (Fionnula Flanagan) bekannte in *The Others* (2001, Regie & Drehbuch: Alejandro Amenábar): „Und ich glaube, dass sich manchmal die Welt der Toten und die Welt der Lebendigen miteinander vermischen."

Kapitel 7 - Was keiner wissen darf

Englischer Originaltitel: *Need to Know* (1986, Regie: Paul Lynch, Drehbuch: Mary Sheldon) – *Unbekannte Dimensionen*, S1E21

Kosa (Djimon Hounsou) übersetzt: „Weißt du wirklich, auf was du dich da einlässt? Bist du wirklich bereit für das, was du erfahren wirst? Manche Geheimnisse müssen verborgen bleiben. Dies sind sehr schwere Bürden, Bürden der Einsamkeit. Wenn du die Schatulle findest, wirst du die Leiden ertragen müssen."

Lara Croft (Angelina Jolie): „Ich bin bereit dafür."

- *Lara Croft: Tomb Raider - Die Wiege des Lebens* (2003, Regie: Jan de Bont, Drehbuch: Dean Georgaris)

Kapitel 8 - Die Stimme des Gewissens

Englischer Originaltitel: *Fair Warning* (2003, Regie: John T. Kretchmer, Drehbuch: David Weddle & Bradley Thompson) – *The Twilight Zone*, Episode 13

„Spartiaten, bereitet euer Frühstück und esst tüchtig, denn heute Nacht speisen wir in der Hölle!"

- König Leonidas (Gerard Butler), *300* (2007, Regie: Zack Snyder, Drehbuch: Zack Snyder, Kurt Johnstad, Michael Gordon)

Kapitel 9 - Vertreibung aus dem Paradies

Englischer Originaltitel: *Sanctuary* (2002, Regie: Patrick Norris, Drehbuch: James Crocker) – *The Twilight Zone*, Episode 10

„Dank dem Schicksal, der einzigen kosmischen Macht mit einem tragischen Sinn für Humor, bekommen die, die man in einem früheren Leben umgelegt hat, eine Chance, sich in diesem Leben an einem zu rächen. Das ist der Karma-Kreditplan: Kaufe jetzt, bezahle bis in alle Ewigkeit."

- Dr. Cozy Carlisle (Robin Williams), *Schatten der Vergangenheit* (1991, Regie: Kenneth Branagh, Drehbuch: Scott Frank)

Kapitel 10 - Unverhofftes Glück

Englischer Originaltitel: *Dream Me a Life* (1988, Regie: Allan King, Drehbuch: J. Michael Straczynski) – *Unbekannte Dimensionen*, S3E5

„Wir reden hier von Schicksal! Und wenn es sowas wie Schicksal überhaupt gibt, dann nur deshalb, weil alle Menschen glauben, dass es sich diesmal eben nicht bewahrheitet.“

- Franklyn Madson (Derek Jacobi), *Schatten der Vergangenheit* (1991, Regie: Kenneth Branagh, Drehbuch: Scott Frank)

Seite 74

„Edgar Allan Poe!‘ rief er plötzlich.

- In Poes Geschichte *Der entwendete Brief* war ein Schriftstück zwar penibel gründlich gesucht aber lediglich deshalb nicht gefunden worden, weil es gar nicht versteckt worden war. Es hatte ganz unschuldig und offen zwischen anderen Dokumenten gelegen.“
- 1844 wurde *The Purloined Letter* von Edgar Allan Poe veröffentlicht, und 1988 von Stephan Bender verfilmt.

Seite 78

„[…] kaum ein Mensch wird je für das gehalten, was er wirklich ist […]“

- Worte des manchmal ungeschickten, aber überraschend weisen Zauberers Schmendrick (Alan Arkin/Torsten Sense) aus dem Zeichentrickfilm *Das letzte Einhorn* (1982, Regie: Jules Bass, Arthur Rankin Jr., Drehbuch: Peter S. Beagle)

Seite 78

„Na dann viel Spaß, Mr. Marlowe."

„Danke, Mrs. Rutledge. [...]"

- Es handelt sich hier natürlich um Raymond Chandlers Prototyp des amerikanischen Privatdetektivs, Philip Marlowe (Humphrey Bogart), der im Film *Tote schlafen fest* (1946, Regie: Howard Hawks, Drehbuch: William Faulkner, Jules Furthman, Leigh Brackett) auf Vivian Sternwood Rutledge (Lauren Bacall) trifft.

Kapitel 11 - Lektion für einen Freund

Englischer Originaltitel: *The Prime Mover* (1961, Regie: Richard L. Bare, Drehbuch: Charles Beaumont) – *Unwahrscheinliche Geschichten*, S2E21

„Ich hatte später nie solche Freunde wie damals, als ich zwölf war. Aber mein Gott, wer hat die schon?"

- Gordie Lachance (Richard Dreyfuss), *Stand by me – Das Geheimnis eines Sommers* (1986, Regie: Rob Reiner, Drehbuch: Bruce A. Evans, Raynold Gideon)

Seite 87

„Sie betreten die Twilight Zone."

- Der gesprochene Text über dem Vorspann der 2002/03er *Twilight Zone*-Serie lautet: „Sie reisen in eine andere Dimension. Eine Dimension, die nicht nur Augen und Ohren beansprucht, sondern auch unsere Fantasie. Die Reise führt uns in ein geheimnisvolles Land, dessen Grenzen nur die unserer eigenen Imagination sind. Sie betreten ... die Twilight Zone!"

Seite 90

Felix saß entspannt in Christians Bürostuhl und fing an zu grinsen. In Gedanken sah er sich selbst, klein, dürr, bleich und buckelig, mit haararmem Kopf und großen Augen auf der Truhe kauern und hörte sich mit zittriger Stimme heiser murmeln, ‚*Meiiinnnnn Schaaa-aaaatzzzzz,*‘ während er mit dünnen, langen Fingern über das Holz streichelte.

[...] „Na? Wo bist du jetzt wieder in Gedanken hingewandert?"

[...] „Mittelerde," antwortete er.

- Felix sieht sich hier natürlich als Gollum (Andy Serkis) aus *Der Herr der Ringe: Die Gefährten* (2001, Regie: Peter Jackson, Drehbuch: Fran Walsh, Philippa Boyens, Peter Jackson).

Seite 97

„Willkommen in der Wüste der Wirklichkeit."

- ... sagte Morpheus (Laurence Fishburne) zu Neo (Keanu Reeves) in *Matrix* (1999, Regie & Drehbuch:

The Wachowski Brothers) während einer kleinen Füh-
rung durch dieselbige.

Kapitel 12 - Licht im Dunkel

Englischer Originaltitel: *Nothing in the Dark* (1962, Regie:
Lamont Johnson, Drehbuch: George Clayton Johnson) –
Unwahrscheinliche Geschichten, S3E16

„Fast könnte man glauben, dass ein Fluch auf unserer unglücklichen Familie liegt, Mazzini."

- Lord Ascoyne d'Ascoyne (Alec Guinness), *Adel verpflichtet* (1949, Regie: Robert Hamer, Drehbuch: Robert Hamer & John Dighton)

Seite 109

„Gut. Lass uns *Cube* schauen."

[…] „Wir haben gerade gegessen."

„Na und? Dann mach an der Stelle mit der Säure eben
die Augen zu … Herr *Doktor*."

[…] „Wie wär's stattdessen mit *Cypher*? Es muss ja heute
offensichtlich unbedingt Natali sein."

[…] „Ja, muss es. Und *Cypher* klingt prima. Das ist so
schön kompliziert, dass mir deine Familiengeschichte wie
das kleine Einmaleins vorkommen wird. […]"

- *Cube* und *Cypher* sind Filme des amerikanisch-kanadischen Regisseurs und Drehbuchautors Vincenzo Natali.
- In *Cube* (1997, Drehbuch: Ernie Barbarash, André Bijelic, Graeme Manson, Vincenzo Natali) wird eine Gruppe von Menschen, die einander vorher nie getroffen haben, in einen aus mit tödlichen Fallen versehenen Würfeln bestehenden Würfel gesteckt und muss auf der Suche nach dem Ausgang ums Überleben und gegen den Wahnsinn kämpfen.
- *Cypher* (2002, Drehbuch: Brian King) ist ein Science-Fiction-Agenten-Film, dessen Hauptfigur (Jeremy Northam) als Doppelagent mit verschiedenen Identitäten Industriespionage betreibt, und sich schließlich fragen muss, welches seine wirkliche Identität ist.

Kapitel 13 - Friedhof der Träume

Englischer Originaltitel: *Elegy* (1960, Regie: Douglas Heyes, Drehbuch: Charles Beaumont) – *Unwahrscheinliche Geschichten*, S1E20

„Wissen Sie, ich habe gerade gedacht, es muss auch eine gewisse Art von Freiheit bedeuten, wenn man nur in der Gegenwart lebt. Wenigstens müssen Sie nicht jeden Tag versuchen, Ihre Vergangenheit zu vergessen."

- Mike Church (Kenneth Branagh), *Schatten der Vergangenheit* (1991, Regie: Kenneth Branagh, Drehbuch: Scott Frank)

„Du weißt doch, ‚Rache ist ein Gericht, das am besten kalt serviert wird.' […]"

- Interessanterweise gibt es hierzu mindestens zwei einander sehr ähnliche mögliche Quellenzitate:
  o Louis Mazzini d'Ascoyne (Dennis Price) sagte bereits 1949 in *Adel verpflichtet* (Regie: Robert Hamer, Drehbuch: Robert Hamer & John Dighton): „Rache ist eine Mahlzeit, die Leute von Geschmack kalt geniessen."
- Die bekanntere, wenn auch jüngere, Quelle ist aber vermutlich diese:
  o „Ach Kirk, mein alter Freund … Kennst du das klingonische Sprichwort, das sagt: Die Rache ist ein Gericht, das am besten kalt serviert wird?! Es ist sehr kalt im Weltraum!" - Khan Noonien Singh (Ricardo Montalbán), *Star Trek II: Der Zorn des Khan* (1982, Regie: Nicholas Meyer, Drehbuch: Jack B. Sowards, Harve Bennett)

Kapitel 14 - Einmal Jenseits und zurück

Englischer Originaltitel: *Mr. Garrity and the Graves* (1964, Regie: Ted Post, Drehbuch: Rod Serling & Mike Korologos) – *Unwahrscheinliche Geschichten*, S5E32

„Ich glaube, wenn man genau hinsieht, erkennt man im Universum mehr Wunder, als man sich je erträumen könnte."

- Vincent van Gogh (Tony Curran), *Doctor Who* S5E10, „Vincent und der Doktor" (2010, Regie: Jonny Campbell, Drehbuch: Richard Curtis)

Kapitel 15 - Bilder voller Leben

Englischer Originaltitel: *Still Life* (1986, Regie: Peter Medak, Drehbuch: Gerrit Graham & Chris Hubbell) – *Unbekannte Dimensionen*, S1E14

„Jedes Leben ist eine Ansammlung von guten und schlechten Dingen, meiner Ansicht nach. Die guten Dinge mildern nicht immer die schlechten. Aber umgekehrt verderben die schlechten Dinge nicht notwendigerweise die guten, oder machen sie bedeutungslos."

- The Doctor (Matt Smith), *Doctor Who* S5E10, „Vincent und der Doktor" (2010, Regie: Jonny Campbell, Drehbuch: Richard Curtis)

Kapitel 16 - Hilferuf der Seelen

Englischer Originaltitel: *Voices in the Earth* (1987, Regie: Curtis Harrington, Drehbuch: Alan Brennert) – *Unbekannte Dimensionen*, S2E10

„De profundis clamo ad te domine."

- Cole Sear (Haley Joel Osment), *The Sixth Sense* (1999, Regie & Drehbuch: M. Night Shyamalan)

„Dort, in seinem Traum, stand er alleine unten in Christians Keller und musste hilflos mitansehen, wie sich langsam, unaufhaltsam, der gewölbte Deckel der Holztruhe hob. Die Scharniere knarrten wie in einem alten Gruselfilm. Aber anstelle von Graf Dracula tauchte aus der Truhe Großonkel Walter auf."

- Graf Dracula, der berühmteste nicht-glitzernde Vampir, wurde uns 1897 vom irischen Autoren Bram Stoker geschenkt. Verfilmungen des Stoffes gibt es reichlich seit dem 1922er *Nosferatu – Eine Symphonie des Grauens* (Regie: Friedrich Wilhelm Murnau, Drehbuch: Henrik Galeen), mit Max Schreck als Graf Orlok alias Nosferatu.
- Stokers Roman am nächsten kommt dabei *Bram Stoker's Dracula* (1992, Regie: Francis Ford Coppola, Drehbuch: James V. Hart) mit Gary Oldman als Titelfigur.

Kapitel 17 - Kinderspiele

Englischer Originaltitel: *Kick the Can* (1962, Regie: Lamont Johnson, Drehbuch: George Clayton Johnson) – *Unwahrscheinliche Geschichten*, S3E21

„Man kann eines Engels wegen eine Welt von Dämonen ertragen."

- Madame De Pompadour (Sophia Myles), *Doctor Who* S2 E4, „Das Mädchen im Kamin" (2006, Regie: Euros Lyn, Drehbuch: Steven Moffat)

„Hilfe, Dr. Crowe, ich sehe tote Menschen!"

- Die berühmte Unterhaltung zwischen Cole Sear (Haley Joel Osment) und Dr. Malcolm Crowe (Bruce Willis) in *The Sixth Sense* (1999, Regie & Drehbuch: M. Night Shyamalan):

  Cole: „Ich möchte Ihnen jetzt mein Geheimnis verraten."

  Malcolm: „Okay."

  Cole: „Ich sehe tote Menschen."

  Malcolm: „In deinen Träumen? - Wenn du wach bist? - Tote Menschen in Gräbern oder in Särgen?"

  Cole: „Sie laufen durch die Gegend wie normale Menschen. Sie können sich gegenseitig nicht sehen. Die sehen nur, was sie sehen wollen. Sie wissen nicht, dass sie tot sind."

Seite 145

„Es scheint sich also wirklich um deine ominöse Nachbarstochter mit den Panzerknackerfähigkeiten zu handeln."

- Die Panzerknacker AG (im Original „Beagle Boys Inc.") - geschaffen von Carl Barks, dem Vater von u.a. Dagobert Duck - sind die berühmtesten bösen Jungs in Entenhausen, deren Lebensziel darin besteht, Onkel Dagobert Ducks Geldspeicher zu knacken, was ihnen allerdings selten bis nie gelingt. Und wenn doch, können sie sich meistens nicht lange an ihrem ergaunerten Reichtum freuen.

Seite 145

„[...] Das ist Ihnen auch nicht aufgefallen, nicht wahr, Holmes?"

„Schuldig im Sinne der Anklage, Watson. [...]"

- Hier sind natürlich der wohl berühmteste(englische) Detektiv der Weltgeschichte, Sherlock Holmes und sein Freund Dr. John Watson gemeint, Figuren des britischen Schriftstellers Sir Arthur Conan Doyle.
- Die Anzahl der Sherlock-Holmes-Verfilmungen steht jener der Frankenstein- oder Dracula-Verfilmungen in nichts nach.

Kapitel 18 - Die unvollendete Geschichte

Englischer Originaltitel: *The Storyteller* (1986, Regie: Paul Lynch, Drehbuch: Rockne S. O'Bannon) – *Unbekannte Dimensionen*, S2E3

„Manchmal, wenn Menschen glauben, dass sie was verlieren, dann verlieren sie es gar nicht. Es wird nur woanders hingebracht."

- Cole Sear (Haley Joel Osment), *The Sixth Sense* (1999, Regie & Drehbuch: M. Night Shyamalan)

Kapitel 19 - Begegnung mit der Zukunft

Englischer Originaltitel: *Spur of the Moment* (1964, Regie: Elliot Silverstein, Drehbuch: Richard Matheson) – *Unwahrscheinliche Geschichten*, S5E21

„Freunde kommen und gehen. Wie Kellner in einem Restaurant."

- Gordie Lachance (Richard Dreyfuss), *Stand by me – Das Geheimnis eines Sommers* (1986, Regie: Rob Reiner, Drehbuch: Bruce A. Evans, Raynold Gideon)

Kapitel 20 - Das Geschenk

Englischer Originaltitel: *The Gift* (1962, Regie: Allen H. Miner, Drehbuch: Rod Serling) – *Unwahrscheinliche Geschichten*, S3E32

„Ich weiß, wir alle sind ziemlich unbedeutend im großen Lauf der Dinge. Ich nehme an, das Beste, das man sich erhoffen kann, ist etwas zu verändern."

- Warren R. Schmidt (Jack Nicholson), *About Schmidt* (2002, Regie: Alexander Payne, Drehbuch: Alexander Payne, Jim Taylor)

Seite 169

„Ach, die Antwort ist irgendwo da draußen."

„In der Matrix?"

- Eine der unzähligen Weisheiten in *Matrix* (1999, Regie & Drehbuch: The Wachowski Brothers), diesmal geäußert von Trinity (Carrie-Anne Moss): „Die Antwort ist irgendwo da draußen, Neo. Sie ist auf der Suche nach dir. Und sie wird dich finden. Wenn du es willst."

Kapitel 21 - Spiel mit offenen Karten

Englischer Originaltitel: *Dealer's Choice* (1985, Regie: Wes Craven, Drehbuch: Donald Todd) – *Unbekannte Dimensionen*, S1E8

„Jeder von uns, der hier anwesend ist, wird eines Tages aufhören zu atmen, erkalten und sterben."

- John Keating (Robin Williams), *Der Club der toten Dichter* (1989, Regie: Peter Weir, Drehbuch: Tom Schulman)

Seite 174

„[…] Er begann in der Küche auf und ab zu gehen und fühlte sich plötzlich ein bisschen wie Hercule Poirot im Orientexpress.

[…] ‚*Das ist dann wohl der richtige Zeitpunkt,*' dachte Felix und beschloss, dieses Poirot-Gefühl noch ein Weilchen zu genießen."

- In der Verfilmung des Agatha Christie-Romans *Mord im Orient-Express* von 1974 (Regie: Sidney Lumet,

Drehbuch: Paul Dehn) versammelt der berühmte belgische (!) Detektiv Hercule Poirot (Albert Finney) Reisegäste und Schlafwagenpersonal, um ihnen mitzuteilen, wie seiner Ansicht nach der Mord an Samuel Edward Ratchett vonstatten gegangen sein muss.

Kapitel 22 - Der wahre Schatz

Englischer Originaltitel: *The Trunk* (1988, Regie: Steve DiMarco, Drehbuch: Paul Chitlik & Jeremy Bertrand Finch) – *Unbekannte Dimensionen*, S3E14

„Es ist schwer, das Leben eines Menschen in seiner Bedeutung zu beurteilen. Einige würden sagen, man misst es an denen, die man zurücklässt. Einige meinen, man misst es am Glauben oder an der Liebe. Andere wiederum sagen, das Leben hat nicht die geringste Bedeutung. Ich, ich glaube, man misst sich an den Menschen, die sich ihrerseits an einem selbst messen."

- Carter Chambers (Morgan Freeman), *Das Beste kommt zum Schluss* (2007, Regie: Rob Reiner, Drehbuch: Justin Zackham)

Seite 183

„Mein Gott ... Es ist voller ... Was ist das?"

- Felix spielt an auf Dr. Dave Bowmans (Keir Dullea) letzten Funkspruch aus *2001 – Odyssee im Weltraum* (1968, Regie: Stanley Kubrick, Drehbuch: Stanley

Kubrick, Arthur C. Clarke) beim Anblick des Jupiter-Monolithen: „Mein Gott, es ist voller Sterne!"
- Zu Beginn der Fortsetzung, *2010 - Das Jahr, in dem wir Kontakt aufnehmen* (1984, Regie: Peter Hyams , Drehbuch: Peter Hyams, Arthur C. Clarke) wird Bowmans Funkspruch ebenfalls zitiert.

Seite 184

„‚*Wie die Piratenschatzkisten aus den alten Filmen*‘, dachte Felix, der sich neben Christian gesetzt hatte.

In der Kiste befanden sich tatsächlich viele einzelne, große und kleine Schmuckstücke, Broschen, Ketten, Ringe, sogar Münzen verschiedener Größe und vieles mehr."

- Wir wissen nicht, an welche ‚alten Filme' Felix hier gerade genau denkt, aber alleine die Verfilmungen von Robert Louis Stevensons Roman *Die Schatzinsel* füllen eine halbe Videothek.
- Nicht nur in alten Piratenfilmen geht es um Schatzkisten. Eine solche der besonderen Art findet sich in *Pirates of the Caribbean – Fluch der Karibik 2* (Originaltitel: *Pirates of the Caribbean: Dead Man's Chest* (!), 2006, Regie: Gore Verbinski, Drehbuch: Ted Elliott, Terry Rossio).

Kapitel 23 - Die Stunde der Wahrheit

Englischer Originaltitel: *The Lateness of the Hour* (1960, Regie: Jack Smight, Drehbuch: Rod Serling) – *Unwahrscheinliche Geschichten*, S2E8

„Ich bin alles, was ich bin nur wegen meiner Vorfahren, Sir."

- Benjamin Gates (Nicolas Cage), *Das Vermächtnis des geheimen Buches* (2007, Regie: Jon Turteltaub, Drehbuch: Cormac Wibberley, Marianne Wibberley, Terry Rossio, Ted Elliott)

Kapitel 24 - 35 Jahre sind ein Tag

Deutscher Originaltitel: *40 Jahre sind ein Tag*

Englischer Originaltitel: *The Long Morrow* (1964, Regie: Robert Florey, Drehbuch: Rod Serling) – *Unwahrscheinliche Geschichten*, S5E15

Carter Chambers (Morgan Freeman): „45 Jahre vergehen ziemlich schnell."

Edward Cole (Jack Nicholson): „Ja, wie Rauch, der durch ein Schlüsselloch zieht."

- *Das Beste kommt zum Schluss* (2007, Regie: Rob Reiner, Drehbuch: Justin Zackham)

Kapitel 25 - Der Überlebende

Englischer Originaltitel: *Shelter Skelter* (1987, Regie: Martha Coolidge, Drehbuch: Ron Cobb) – *Unbekannte Dimensionen*, S2E9

„Der Mensch bemerkt selten das, was ihm direkt vor Augen liegt!"

- Sir Leigh Teabing (Sir Ian McKellen), *The Da Vinci Code - Sakrileg* (2006, Regie: Ron Howard, Drehbuch: Akiva Goldsman)

Seite 202

„Da soll noch mal einer sagen, der Blick in die Vergangenheit bringe selten etwas Gutes!"

- In *The Da Vinci Code – Sakrileg* (2006, Regie: Ron Howard) sagt Sophie Neveu (Audrey Tautou) zu Robert Langdon (Tom Hanks): „Schon komisch. Dabei mache ich mir nichts aus Geschichte. Der Blick in die Vergangenheit bringt selten etwas Gutes."
- Auch Sophie hatte zu diesem Zeitpunkt noch einige Überraschungen vor sich.

Kapitel 26 - Die zweite Chance

Englischer Originaltitel: *Found and Lost* (2002, Regie: Vern Gillum, Drehbuch: Frederick Rappaport & Bill Mumy) – *The Twilight Zone*, Episode 11

Gus Petraki (Jonathan Coyne): „Lara, vielleicht soll dieser Tempel nicht gefunden werden."

Lara Croft (Angelina Jolie): „Alles was verloren ist, soll gefunden werden."

- Lara Croft: Tomb Raider - Die Wiege des Lebens (2003, Regie: Jan de Bont, Drehbuch: Dean Georgaris)

Kapitel 27 - Pläne sind zum Scheitern da

Englischer Originaltitel: *The Jeopardy Room* (1964, Regie: Richard Donner, Drehbuch: Rod Serling) – *Unwahrscheinliche Geschichten*, S5E29

„Nichts auf dieser Welt, das sich zu haben lohnt, fällt einem in den Schoß."

- Dr. Robert „Bob" Kelso (Ken Jenkins), *Scrubs* S4 E20, „Mein Chef mal anders" (2005, Regie: John Inwood, Drehbuch: Mark Stegemann)

Kapitel 28 - Demaskierung

Englischer Originaltitel: *The Masks* (1964, Regie: Ida Lupino, Drehbuch: Rod Serling) – *Unwahrscheinliche Geschichten*, S5E25

„Woher weiß man, wer die Guten und wer die Bösen sind?"

-   Anne Stewart (Alakina Mann), *The Others* (2001, Regie & Drehbuch: Alejandro Amenábar)

Kapitel 29 - Angst hat viele Gesichter

Englischer Originaltitel: *The Fear* (1964, Regie: Ted Post, Drehbuch: Rod Serling) – *Unwahrscheinliche Geschichten*, S5E35)

„Wenn Ihr weiterhin in der Vergangenheit herumpfuscht, werdet Ihr eines Tages die Zukunft zerstören."

-   Sonia Rand (Catherine McCormack), *A Sound of Thunder* (2005, Regie: Peter Hyams, Drehbuch: Gregory Poirier, Thomas Dean Donnelly, Joshua Oppenheimer)

Kapitel 30 - Im Schatten der Schuld

Englischer Originaltitel: *Shades of Guilt* (2002, Regie: Perry Lang, Drehbuch: Ira Steven Behr) – *The Twilight Zone*, Episode 2

„Leider kennen wir niemanden - nur unsere Familie. Und die kennt uns nicht."

- Louis Mazzini d'Ascoyne (Dennis Price), *Adel verpflichtet* (1949, Regie: Robert Hamer, Drehbuch: Robert Hamer & John Dighton)

Kapitel 31 - Die letzte Runde

Englischer Originaltitel: *Last Lap* (2002, Regie: Brad Turner, Drehbuch: Rob Hedden) – *The Twilight Zone*, Episode 12

„Wenn man die Geschichte betrachtet und über die Errungenschaft der Menschen von damals nachdenkt, rückt das vieles in eine andere Perspektive. Meine Reise nach Denver zum Beispiel ist so unbedeutend im Vergleich mit den Reisen, die andere unternommen haben. Den Mut, den sie bewiesen haben und den Opfern, die sie bringen mussten."

- Warren R. Schmidt (Jack Nicholson), *About Schmidt* (2002, Regie: Alexander Payne, Drehbuch: Alexander Payne, Jim Taylor)

Seite 246

„Don't dream it, be it?"

- Die Aufforderung Dr. Frank N. Furters (Tim Curry) an seine *Mitschwimmer*, das Leben nicht nur zu träumen, sondern es zu leben (*The Rocky Horror Picture Show*, 1975, Regie: Jim Sharman, Drehbuch: Richard O'Brien, Jim Sharman)

Seite 247

„Felix hörte, wie Christian, der die Unterhaltung mitgehört hatte, schräg hinter ihm scharf die Luft einzog und flüsterte: „Ich spüre eine große Erschütterung der Macht.'"

- Das war es auch, was Obi-Wan Kenobi (Alec Guinness) in *Star Wars: Episode IV - Eine neue Hoffnung* (1977, Regie & Drehbuch: George Lucas) bei der Zerstörung von Alderaan empfand:

    „Ich spürte eine große Erschütterung der Macht, als ob Millionen in panischer Angst aufschrien und plötzlich verstummten. Was Furchtbares ist passiert."

Kapitel 32 - Nicht nach Fahrplan

Englischer Originaltitel: *A Stop at Willoughby* (1960, Regie: Robert Parrish, Drehbuch: Rod Serling) – *Unwahrscheinliche Geschichten*, S1E30

„Wer die Vergangenheit beherrscht, beherrscht die Zukunft."

- Ministerium für Wahrheit, *1984* (1984, Regie & Drehbuch: Michael Radford)

Kapitel 33 - Das andere Leben

Englischer Originaltitel: *Another Life* (2003, Regie: Risa Bramon Garcia, Drehbuch: Amir Mann & Brent V. Friedman) – *The Twilight Zone*, Episode 14

„Mylady, ich bin ein Held, und Helden wissen, dass die Dinge geschehen, wenn es Zeit ist, dass sie geschehen. Eine Suche darf man nicht einfach abbrechen. Einhörner können für lange Zeit ohne Rettung bleiben, doch nicht für immer. Das glückliche Ende kann nicht mitten in der Geschichte kommen."

- Prinz Lir (Jeff Bridges/Joachim Tennstedt), *Das letzte Einhorn* (1982, Regie: Jules Bass, Arthur Rankin Jr., Drehbuch: Peter S. Beagle)

Kapitel 34 - Eine Handvoll Staub

Englischer Originaltitel: *Dust* (1961, Regie: Douglas Heyes, Drehbuch: Rod Serling) – *Unwahrscheinliche Geschichten*, S2E12

„Die Wahrheit schmilzt jeden Zauber! Immer!"

- Schmendrick (Alan Arkin/Torsten Sense), *Das Letzte Einhorn* (1982, Regie: Jules Bass, Arthur Rankin Jr., Drehbuch: Peter S. Beagle)

Kapitel 35 - Das Ende eines langen Weges

Englischer Originaltitel: *The Passersby* (1961, Regie: Elliot Silverstein, Drehbuch: Rod Serling) – *Unwahrscheinliche Geschichten*, S3E4

„Es gibt Dinge, die sollen nicht gefunden werden."

- Lara Croft (Angelina Jolie), *Lara Croft: Tomb Raider - Die Wiege des Lebens* (2003, Regie: Jan de Bont, Drehbuch: Dean Georgaris)

Kapitel 36 - Ein Leben für ein Leben

Englischer Originaltitel: *In Praise of Pip* (1963, Regie: Joseph M. Newman, Drehbuch: Rod Serling) – *Unwahrscheinliche Geschichten*, S5E1

„Du hast nicht genug Tränen für das, was du mir angetan hast."

- Claudia (Kirsten Dunst), *Interview mit einem Vampir* (1994, Regie: Neil Jordan, Drehbuch: Anne Rice & Neil Jordan)

Seite 276

„Er konnte es genau vor sich sehen: Walter Mai als Brandner Kaspar, Schnaps in der einen, Karten in der anderen Hand. Und ein etwas verdattert dreinblickender

Tod, der ihn eigentlich holen soll, am Ende aber selbst nicht weiß, wie ihm geschieht, weil er sich von einem Sterblichen übers Ohr hat hauen lassen."

- Die Erzählung von Franz von Kobell aus dem Jahr 1871 um den Büchsenmacher, der den Tod mit Kirschwasser abfüllt und ihm dann beim Kartenspiel einige weitere Lebensjahre abgewinnt, wurde 2008 als *Die Geschichte vom Brandner Kaspar* (Regie: Joseph Vilsmaier, Drehbuch: Klaus Richter nach Kurt Wilhelm) neu verfilmt, mit Michael Herbig als wunderbarer Boandlkramer (der Tod) und Franz Xaver Kroetz als Brandner Kaspar.

Kapitel 37 - Eine schönere Welt

Englischer Originaltitel: *The Bewitchin' Pool* (1964, Regie: Joseph M. Newman, Drehbuch: Earl Hamner, Jr.) - *Unwahrscheinliche Geschichten*, S5E36

„Ich will keine Angst mehr haben."

- Vincent Grey (Donnie Wahlberg) / Cole Sear (Haley Joel Osment), *The Sixth Sense* (1999, Regie & Drehbuch: M. Night Shyamalan)

Seite 290

[...] „Und danach schauen wir *Cube*, ja?"

- Siehe Anmerkungen zu Seite 109

Seite 293

Molly Grue (Tammy Grimes/Barbara Ratthey): „Und was ist, wenn es gar kein glückliches Ende gibt?"

Schmendrick (Alan Arkin/Torsten Sense): „Es gibt nie ein glückliches Ende, denn es endet nichts."

- *Das letzte Einhorn* (1982, Regie: Jules Bass, Arthur Rankin Jr., Drehbuch: Peter S. Beagle)